WARRIORS

貓戰士

外傳之XII

說不完的故事3

Shadows of the Clans

艾琳・杭特(Erin Hunter) 著
朱崇旻 譯

晨星出版

特別感謝維多利亞・霍姆斯

目錄

WARRIORS

貓戰士

楓影的復仇

Mapleshade's Vengeance

河族 *Riverclan*

族長 **暗星**：黑色母貓。

副手 **尖尾**：深灰色公貓

戰士 **雨落**：纖瘦的黑色公貓。

蘋果暮：綠色眼睛的褐色公貓。
所指導的見習生，鱸掌。

蘆葦光：深橘色母貓。

乳毛：白色母貓。

潑足：淺灰色公貓。

鰻尾：灰黑相間的虎斑母貓。

見習生 **鱸掌**：毛髮蓬鬆的灰色公貓。

風族 *Windclan*

巫醫 **雲雀翅**：灰色虎斑公貓。

戰士 **疾翔**：淺灰色虎斑公貓。

蠓皮：斑紋毛皮的棕色公貓。

部族以外的貓 *cats outside clans*

麥勒：黑白相間的公貓。

各族成員

雷族 *Thunderclan*

族長　橡星：琥珀色眼睛的紅褐色公貓

副手　蜂尾：暗棕色條紋虎斑公貓。

巫醫　烏翅：藍色眼睛的嬌小黑色公貓。

戰士　（公貓，以及沒有子女的母貓）

楓影：琥珀色眼睛、橘白相間的薑黃色母貓。

鹿斑：銀黑相間的虎斑母貓。
所指導的見習生，蕁麻掌。

斑希：深琥珀色眼睛、有斑點的金毛母貓。

綻心：灰色虎斑公貓。

籽皮：褐白相間的公貓。

鶇爪：褐色虎斑公貓。

見習生　（六個月大以上，正在接受戰士訓練的貓）

蕁麻掌：薑黃色公貓。

長老　（退休的戰士與退位的貓后）

兔毛：灰色虎斑公貓。

影族 *Shadowclan*

巫醫　李毛：黑色公貓。

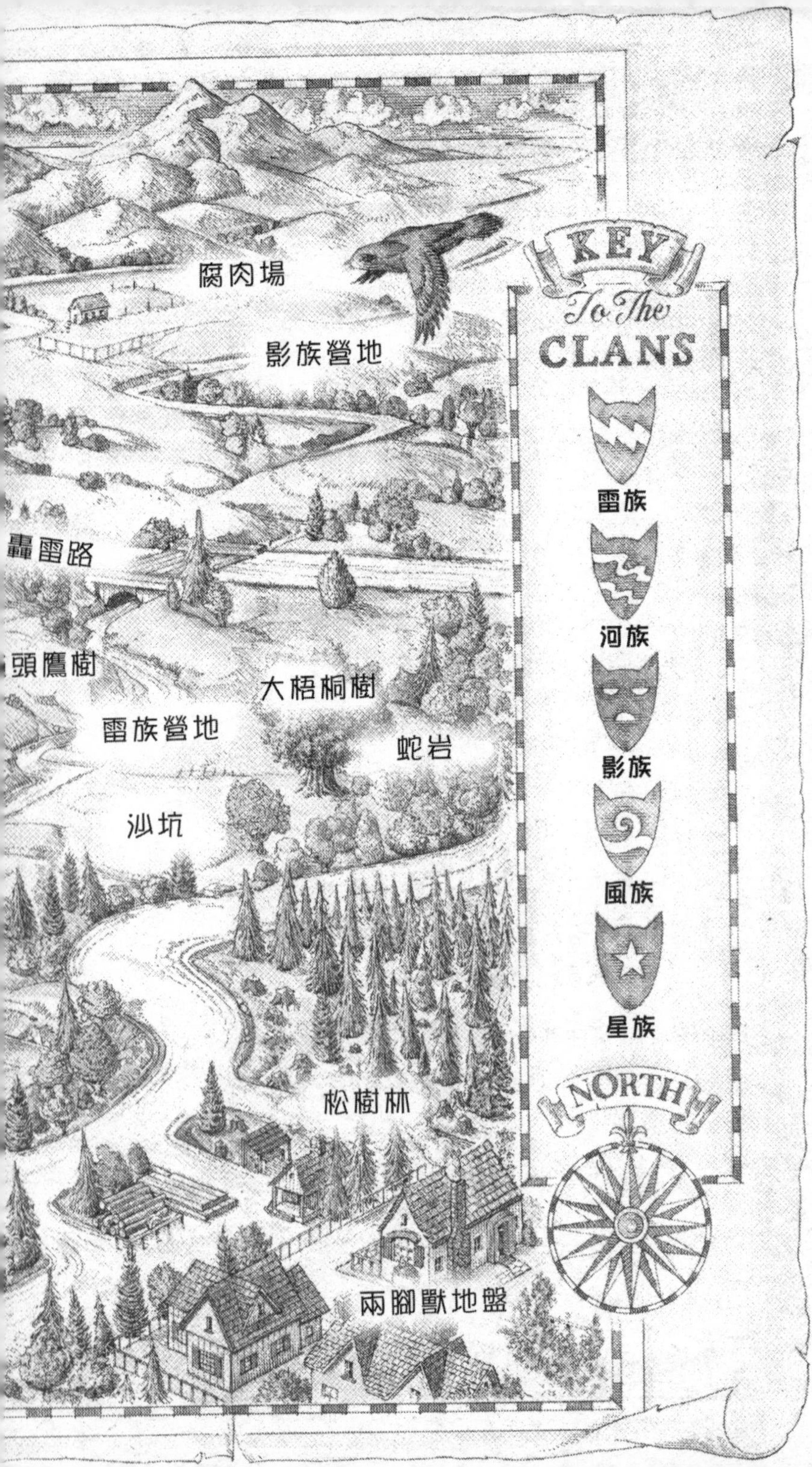

腐肉場
影族營地
轟雷路
頭鷹樹
大梧桐樹
雷族營地
蛇岩
沙坑
松樹林
兩腳獸地盤
KEY To The CLANS
雷族
河族
影族
風族
星族
NORTH

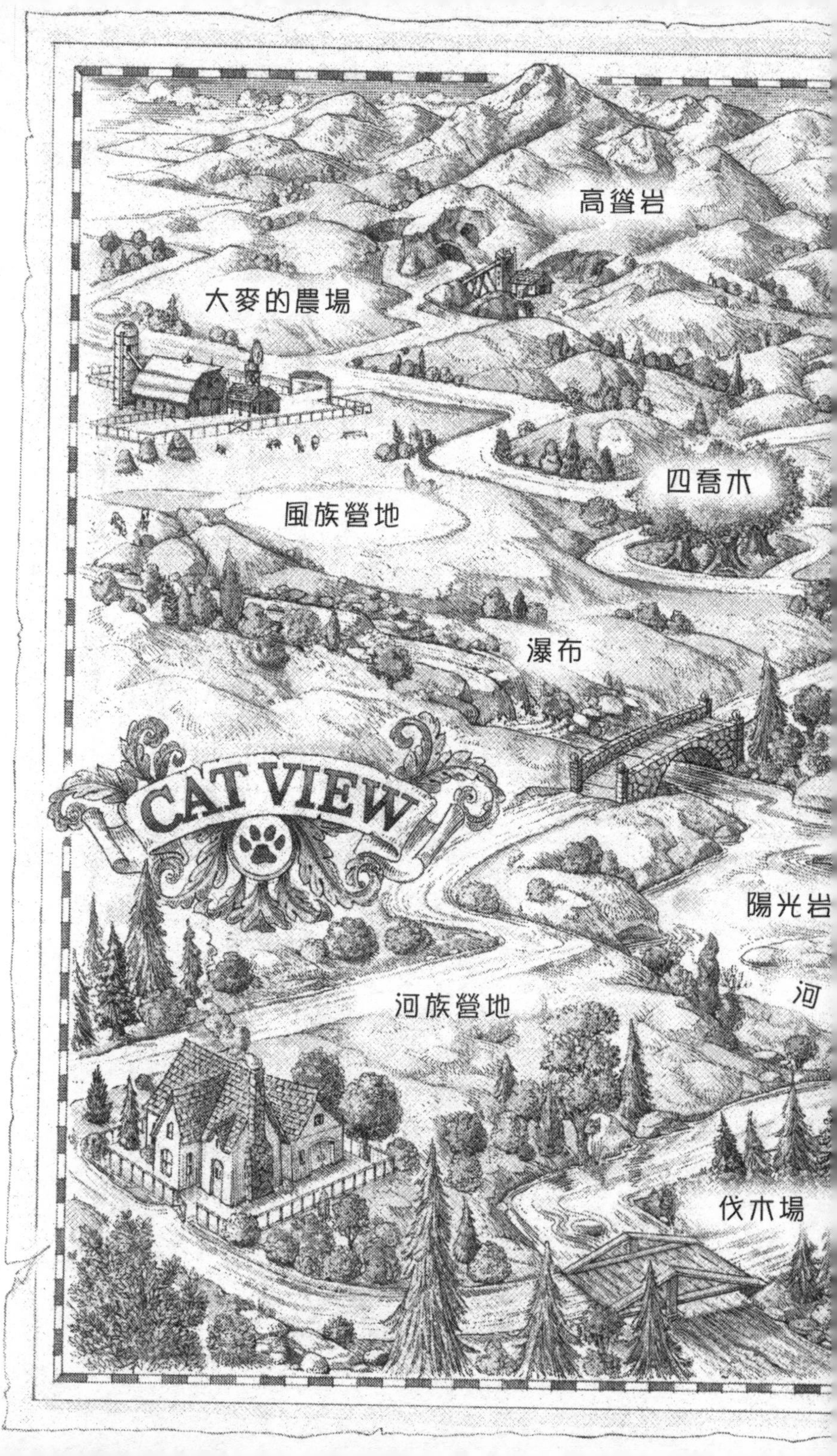
高聳岩
大麥的農場
四喬木
風族營地
瀑布
CAT VIEW
陽光岩
河
河族營地
伐木場

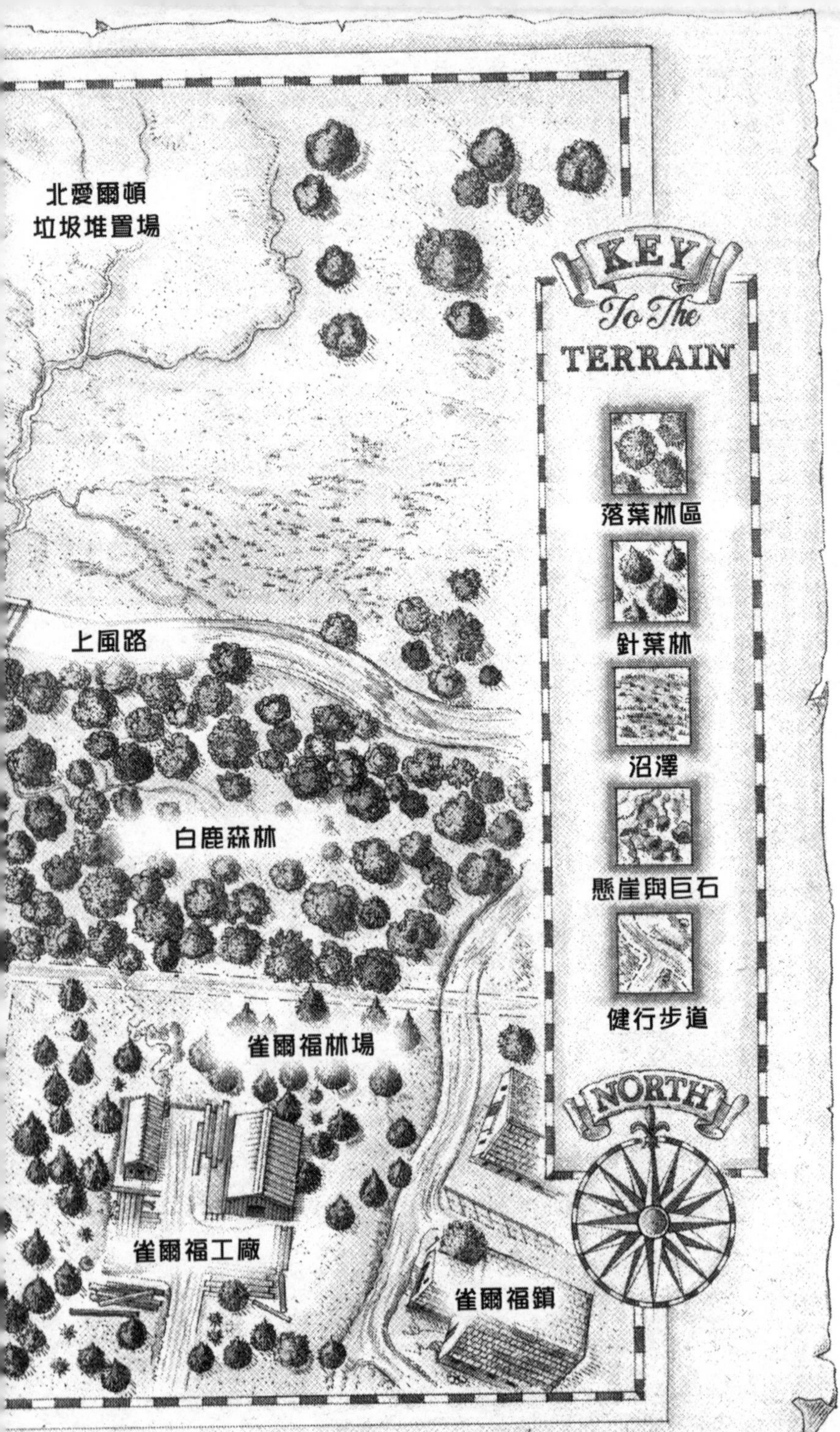
北愛爾頓
垃圾堆置場
上風路
白鹿森林
雀爾福林場
雀爾福工廠
雀爾福鎮
KEY
To The
TERRAIN
落葉林區
針葉林
沼澤
懸崖與巨石
健行步道
NORTH

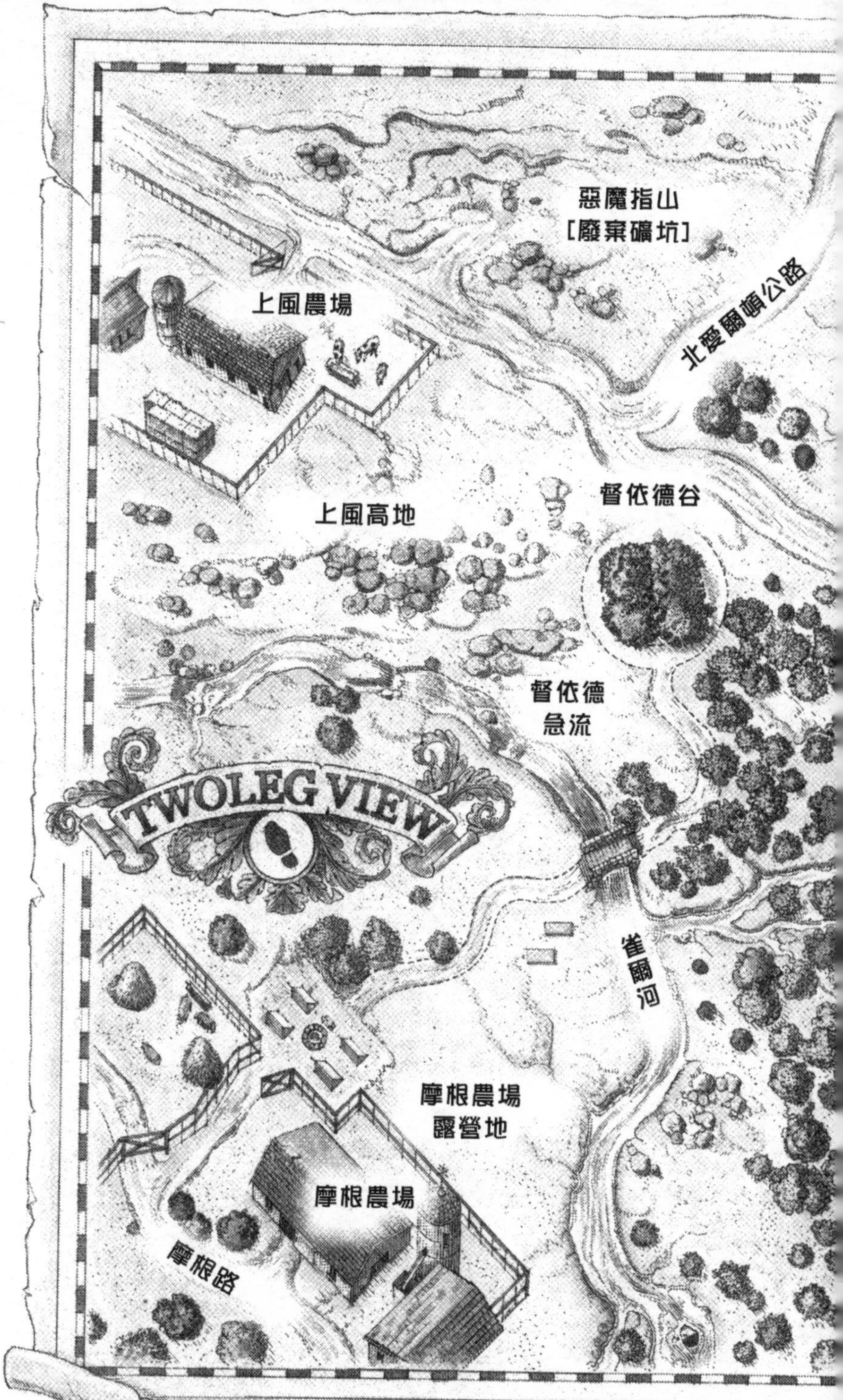

惡魔指山
[廢棄礦坑]
北愛爾頓公路
上風農場
上風高地
督依德谷
督依德
急流
TWOLEG VIEW
雀爾河
摩根農場
露營地
摩根農場
摩根路

第一章

「楓影，看著點！妳踩到我的尾巴了！」風族戰士嘶聲抽走尾巴。

「抱歉，疾翔。」楓影回頭向對方道歉。她更深入聚集的貓群，滿月的光輝使所有貓咪的皮毛變為銀色，其他貓的毛搔得楓影鼻子癢癢的。橡星的話音從上方傳來，迴蕩在四棵矗立的巨橡之間。

「我族戰士已找到位在蛇岩的蛇窩，用石塊堵住洞口。」雷族族長宣布。「多虧了這些戰士的勇氣，我族領地再也不見毒蛇的蹤影。」

「他們也太幸運了，都沒有被咬傷。」一位站在楓影附近的影族長老低聲嘀咕。

「就是啊。」那位長老的族貓附和道。「還記得沼澤掌嗎？他第一次巡邏就不小心踩到毒蛇，死得好慘啊。」

最先說話的那隻貓聳聳肩。「我還見過更慘的。」

楓影翻了個白眼。不愧是影族，連他們見過的死法都能拿來比。她繞過一塊石頭，從一群河族貓之間竄出來，結果身邊的貓立即豎起毛髮，一對對眼睛死死瞪著她。

「我們兩族雖然宣布休戰，」黑毛戰士雨落咆哮。「但妳這坨雷族老鼠屎還是別惹事生非來得好。」

楓影縮了縮頭。「我沒有惡意。」她喵聲說。「我沒有要待在這裡的意思。」

「很好。」一隻不在她視線範圍內的貓低吼。

楓影穿行在這群懷有敵意的戰士之中，不得不強迫自己的毛髮乖乖貼平在身上。河族貓會生氣也是理所當然，畢竟雷族在上一場戰役中拿下陽光岩，河族至今仍未走出敗北的怨憤。

「別忘了樺臉和花掌最後是落得什麼下場。」雨落在她耳邊低喃，近到楓影都能感受到他帶有魚腥味的口氣。「陽光岩是我們的領土，在你們交出那片岩丘之前，我們不會停止屠殺你們的族貓。」

楓影腳下踉蹌，一絲記憶劃過她的腦海：蘋果暮——擁有銳利綠眸、褐色毛皮的河族戰士，他向樺臉重重一擊，導致楓影的雷族族貓腳一滑，從陽光岩最高處摔落至下方高漲的河水。樺臉的見習生花掌也跟著跳了下去，花掌努力掙扎，想幫助樺臉浮出水面，但河流實在太湍急了。兩隻貓被沖往下游，撞上半淹在水下的搭石，在那駭人的一瞬間，深色虎斑貓與花斑灰貓的頭浮出水面，他們驚恐地尖叫一聲，接著又消失在洶湧白浪之中。後來，兩隻貓陳屍在距離搭石不遠處的雷族側河岸，彷彿他們在最後的最後仍想拚命游回家鄉。

楓影嚥下一口怒意。河族為什麼偏要和雷族爭奪那座小小的岩丘？陽光岩很明顯是在雷族的領地啊！她低下頭，硬是推開這群懷有敵意的河族貓，走到山谷邊緣陰影較稠密，足以隱藏身形的地方。一道褐色身影忽然出現在她眼前，撲鼻而來的魚腥味令楓影鼻孔一張。她抬起頭，心臟在胸中狂跳。

「妳在這裡做什麼？」蘋果暮嘶聲說。他長長的前爪在月光下一閃，接著陷入腳下的草地。

楓影只覺得滿腔話語都哽在喉頭，她注視著河族戰士的綠色眼眸，竭力讓呼吸平穩下來。她的族貓會不會看到她和敵族戰士交談呢？

蘋果暮走近一步低下頭，鼻口輕輕掃過楓影的耳尖。「妳來這裡是在冒險，這妳應該明白吧？要是妳的族貓看到妳和我說話怎麼辦？」

楓影向前傾，臉頰貼近蘋果暮胸口羽絨般柔軟的毛髮。「我想和你說說話。」她輕聲說。「我們太久沒見面了。我每晚都在梧桐樹下等你，你卻一直沒有來見我。」

公貓溫暖的氣息吹在她後頸。「我知道。」他呼嚕呼嚕地說。「但上次那一戰過後，我們巡邏邊境的貓數多了一倍，在夜裡也不會放鬆守備，我不可能在不被發現的情況下過河。」他倒退一步時，楓影感覺自己的毛皮瞬間被冷空氣覆蓋。「我新月時再試著過河，到時候我們兩族的關係說不定會和緩一些。」

「如果你沒殺死樺臉就好了。」楓影悄聲說。「參戰的貓有那麼多隻，為什麼死的非得是橡星的兒子不可？」

她感受到蘋果暮毛皮下的肌肉變得緊繃。「那是意外。」他沉聲說。「我不是故意害他掉進河裡的。」

楓影闔上雙眼。「我的族貓可不是這樣想的，他們覺得是你害死了樺臉和花掌。」

「如果他們真的這麼想，那他們都太愚蠢了。」蘋果暮全身一抖，又放鬆下來。「真是的，只要事情扯上陽光岩，我們兩族的貓都會變成一群鼠腦袋。」他舔舐楓影的頭頂。「感謝星族庇佑，妳沒在戰鬥中受傷真是太好了。」

楓影抬頭凝視他。**你是我最珍視的貓，是我深愛的戰士。**「有件事我一定要告訴你。」她喵聲說。

蘋果暮望向她後方沐浴在月光下的某處，他的族貓都聚集在那裡。「一定要現在說嗎？」

「這件事不能拖。」楓影深吸一口氣。「我懷了你的小貓。」

綠光一閃，蘋果暮雙眼圓睜。「妳確定？」

楓影點點頭。

蘋果暮將尾巴捲在身後。「我要當父親了。」他喵嗚笑著說。「太不可思議了。」他的頭歪向一邊。「但我們的小貓會有一半雷族血統，一半**河族**血統。妳的族貓會怎麼看待這件事？」

「我不會讓族貓知道孩子的出身。」楓影回答。她看見蘋果暮微微一抽。「至少一開始會保密，」她接著說。「等小貓長大一些，完全被雷族接受了再說。到時候我的族貓就算知道真相，也只能接受了。小貓的父親是別族的貓，那又如何？你說是吧？」

蘋果暮肩頭的毛髮微微一動。「妳這麼信任妳的族貓？」他低聲問。

「我信任星族和戰士守則。」

「妳覺得星族會贊成我們兩個的關係嗎？」蘋果暮瞇起眼睛。

「我覺得我們的戰士祖先知道貓族需要新的小貓，而我們做的正是把這些新生命帶給貓族，星族怎麼能不保佑我們無辜無邪的孩子呢？我們的小貓長大後一定會成為優秀的戰士，同樣忠於雷族和河族。」楓影在蘋果暮開口前別過頭。「我該趁族貓來找我之前趕快回去了。在小貓生出來之前，我們還是別再見面比較好。」她回眸一望。「但心愛的戰士，我還是會每天思念你的。」

她踏入坑地邊緣的陰影時，楓影聽見快速接近的腳步聲。「蘋果暮，你在這裡啊！我剛剛一直在找你呢！」楓影停下腳步，希望身上的白毛在月光下不會太顯眼。一隻深橘色母貓正緊貼著蘋果暮的肩膀。「一位影族長老正在講故事，他說有隻貓吞了活生生的青蛙！」她喵喵叫著說。「你也來聽吧，很好笑喔！」

蘋果暮擔憂地瞅了藏匿楓影的暗影一眼，跟著那隻母貓朝眾貓聚集的地方走去。橘色戰士的尾巴捲了起來，輕輕靠在蘋果暮背上。

楓影的唇角不悅地捲起。**蘆葦光，妳給我離蘋果暮遠一點，他是我的！等小貓出世，他就再也離不開我了！**

「楓影，快醒醒！」一張薑黃小臉從戰士窩周圍的枝葉中探進來。「蜂尾要妳黎明的時候開始巡邏，妳已經遲到了！」

「好，好，蕁麻掌，我來了。」楓影撐起身體。她昨晚感覺到小貓們在肚子裡有了動靜，會不會是因為他們父親得知了他們的存在呢？她彎過脖子舔平脅腹的亂毛，撐著身體走出戰士窩。楓影感覺自己異常沉重，腫大的腹部令她難以平衡。

空地上的空氣靜謐而冷冽，帶有陳舊樹葉與泥土溼潤的味道。橘色的小見習生在楓影身旁跳上跳下。「快一點！妳怎麼變這麼慢了？」

楓影輕輕用尾巴彈他一下。「你要是用這種態度跟鹿斑說話，你覺得她會怎麼罰你？」聽到導師的名字，蕁麻掌垂頭盯著地面。「她應該會罰我一個月天天幫兔毛挑毛裡的壁虱吧。」他承認。

楓影呼嚕呼嚕叫，一想到肚子裡的小寶寶，她就沒心情生氣。「我沒處罰你，你就該偷笑了。好了，你走吧，我去找蜂尾談談。」

見習生尖呼一聲，匆匆溜走。楓影走向站在橡星的窩外的雷族副族長，深棕色虎斑貓見楓影走近，對她點點頭。

「我希望妳能加入晨間巡邏隊。」他喵嗚說。「隊長是斑希。」

「其實我想跟你商量一下這件事。」楓影說。她的腳爪感到有點麻癢。「我懷孕了，這陣子可能沒辦法完成平時的工作。」

蜂尾愣愣地眨眼。「喔，嗯。我……呃……沒想到妳懷孕了，那妳還是別勉強自己。橡星知道嗎？」

「我還沒告訴他。我今天能在營地幫幫忙就好嗎？」楓影提議。她忍不住一瞥自己圓潤的肚皮。「如果你不介意的話，我可以幫長老們找一些沾溼的青苔。」

「那就麻煩妳了。」蜂尾喵聲說。他動了動腳掌。「還有，呃，恭喜妳。」

「謝謝。」楓影喵嗚笑著說。「這真是件喜事，你說是不是？」

「沒錯。」蜂尾喵嗚道。「那妳的小貓……他們的父親……？」

「我會獨力養育他們。」楓影堅定地回答。

副族長似乎有些錯愕，但他還是點頭說：「願星族照亮妳和妳孩子的道路。」

楓影愉快地呼嚕呼嚕笑著轉身，再次穿過空地。既然她不必加入晨間巡邏，她可以回小窩裡繼續休息，直到其他族貓醒來開始新的一天。楓影明白自己該節省體力，等小貓出生時才不會累垮。

她在斑駁的陽光下小憩時，被窩外的一陣腳步聲吵醒。斑希衝進戰士窩，帶有斑點的金色毛髮蓬了起來，一雙貓眼閃閃發亮。「我剛從蜂尾那邊聽到妳的好消息！」她喵嗚笑著說。「太棒了！恭喜妳！」

楓影坐起身，捲起白色粗尾遮蓋腳爪。「謝謝妳。」**你看吧，蘋果暮，我的族貓知道營地裡將有新的小貓，只會為我感到開心！**

斑希站在楓影的小窩旁，難得一副靦腆的模樣。「蜂尾還說，妳打算自己養育小貓。」她喵聲說。

楓影全身一緊。沒想到這麼快就有族貓問起孩子的父親是誰了。

斑希垂頭盯著戰士窩的地面。「是……是不是因為孩子的父親死了？」她抬起頭，眼裡閃爍的希望之光差點令楓影蹙眉。「妳懷的是樺臉的小貓嗎？」斑希小聲問。「我哥哥雖然走了，但他的孩子還會活在這世上，對不對？」

戰士窩裡的空氣突然變得很濃稠，楓影幾乎無法呼吸。**難道這是星族賜給我的機會？這樣一來，族貓就會接受我的小貓了……但我不能說謊，一旦撒了謊，就再也不能讓其他的貓知道真相了。**她怔怔看著斑希，一時間說不出話來。

金毛母貓似乎不須聽楓影開口回答，她緩緩點頭，眼中的光彩燃燒得更熱烈。「我說中了，對不對？感謝星族！楓影，我也要感謝妳，這對我來說意義太重大了。我……樺臉在那場可怕的戰鬥中遇害以後，我還以為我再也快樂不起來了。現在我能陪妳撫養他的小貓，讓他們知道他們父親是偉大的雷族英雄，看著他們接任他在族裡的位置……」她頓了頓，然後小心踏進小窩，在楓影身邊蹲下。斑希伸出前爪，輕輕搭在楓影橘白相間的脅腹。「樺臉能看到現在的我們就好了。」她悄聲說。

楓影深吸一口氣。**我沒有說謊，是斑希自己誤會了，但我不能讓這個機會白白溜走，我希望孩子能得到他們應得的愛與歡迎。我必須把雷族放在第一順位，至少現在是如此，相信蘋果暮會明白的。**她舒展自己的尾巴，輕輕搭住斑希的肩膀。

「斑希，謝謝妳，妳實現了我的願望。」楓影輕輕喵聲說。「我和孩子不再孤獨了。」

斑希深琥珀色的雙眼目光炯炯。「我永遠不會讓你們感到孤單。」她發誓。「這些小貓會是我們雷族引以為傲的新成員。」

第二章

星族啊，求求祢們，讓我解脫吧！楓影痛苦地扭動，尖爪陷入乾燥的苔癬。

「放輕鬆。」烏翅告訴她。他將一隻腳爪輕貼在楓影震顫不已的腹部上。

換你來生小貓，我倒想看看你怎麼放輕鬆。楓影恨不得這樣對巫醫貓尖叫，但她的身體一次次痙攣，已經快沒氣了。她咬緊牙關，強忍一口咬在烏翅那條黑色毛腿上的衝動。

「是小公貓！」斑希驚呼。「哇，他長得好漂亮！」

烏翅轉頭去看。楓影閉著眼睛癱在小窩裡，努力不去想即將襲來的下一波陣痛。某個溼答答、不斷扭動的東西被塞到她臉邊，她正張口要抱怨，忽然聞到全世界最甜美的氣味。她抬起頭，眨眼看著身旁那一團溼黏的深棕色軟毛。**蘋果暮，你有兒子了，是一個漂亮的小兒子！**

「楓影，舔舔他。」烏翅喵聲說。「舔舐

的動作能幫助他呼吸。」

在那一瞬間，楓影恨不得叫其他的貓滾出去，讓她和這個小寶貝獨處。她和第一個孩子相見那一刻的心跳，是全世界最特別、最珍貴的事物。又一陣劇痛襲來，使楓影全身縮緊，她痛呼出聲。烏翅連忙把剛出生的小貓拉走。「斑希，先給妳看著。」他命令。

「好！」母貓開心地喵喵叫。「來吧，小傢伙，姑姑把你舔得乾乾淨淨，好不好？」

楓影想大聲說，她可以自己照顧自己的小貓，但陣痛愈來愈強烈——一回神，又有一隻小貓躺在她身旁。這隻小貓和母親一樣橘白相間，他嘴巴張得老大，卻沒有喵叫出聲。

「又是一隻公貓。」烏翅宣布。「楓影，妳做得很好。」他用前爪撫過楓影的身體。「最後一隻了，加油。來，集中精神。」

和小貓獨處的強大慾念給了楓影力量，她再猛地用力，將最後一隻小貓推出身體。

「是母貓！」烏翅喵嗚笑著說。「她比兩個哥哥小一點，但看上去很健康。楓影，換妳來。」他將三隻小貓推到楓影的腹部。

楓影撐起上半身，扭頭看著三個孩子，腦中只剩震驚與不可思議。**蘋果暮，我做到了！兩個兒子和一個女兒！**

「他們太美了。」斑希輕聲說，聲音因激烈的情緒而沙啞。

烏翅點點頭。「楓影，恭喜妳。我們先讓妳安靜休息，正午過後我會帶一些藥草回來看妳。妳現在感覺怎麼樣？」他深藍色的眼裡閃過一絲關心。楓影突然很同情這位年輕的巫醫貓——兩個月前燕麥斑死去，烏翅就成了雷族唯一的巫醫，他還沒什麼接生的經驗。

「我感覺好得不得了。」楓影告訴他。她的喉嚨又乾又痛。「能請你給我一點水嗎？」

「我幫妳取水。」斑希說。她跳出小窩，消失在帶刺的灌木叢之中。

烏翅目送她離去。「是妳讓她找回生命的希望。」他說。「她失去哥哥之後，情緒一直很低落。」

楓影將臉埋入小貓溼軟的毛髮裡。「這些小貓是我送給雷族的禮物。」她輕聲說。「我會每天感謝星族賜給我這三個孩子。」

巫醫貓用尾巴尖端輕觸她。「雷族也很感謝妳。」他喵嗚說。

河族也會感謝我。楓影心想。**大家發現這三個完美的小戰士是兩族共有的寶貝之後，肯定會把爭奪陽光岩的事拋到九霄雲外！**

「現在方便會客嗎？」育兒室外傳來低沉的話音。

「那當然！請進。」楓影有些喘不過氣地喵聲說，同時試圖將小母貓從她頭上弄下來。僅三天大的小貓活潑得不可思議，他們似乎隨時都在育兒室裡四處亂爬，又能同時靠在她腹部不停磨蹭。

橡星深棕色的大臉出現在樹叢的枝葉間。「小貓咪，你們好啊。」他呼嚕呼嚕笑。

小母貓聽見橡星的聲音嚇了一跳，小小的爪子放開楓影的耳朵，小身體「咚」一聲溜進青苔堆。

「這是橡星，他是雷族的族長。」楓影告訴她的小貓。她試著將三個孩子排成一排，但他們的眼睛還睜不開，他們無法抗拒陌生貓咪的氣味，紛紛跌跌撞撞地擠到橡星跟前。小貓們短短的尾巴豎得老高，嘴巴張開發出尖細的喵嗚聲。

橡星溫柔地用腳爪把小貓推回楓影身邊。「我不只是他們的族長。」他提醒楓影。「樺臉是我兒子，所以他們是我的孫子孫女。」他低頭看著三隻小貓，眼裡滿溢熱淚。「如果樺臉能看到他們就好了。」

楓影感覺自己的毛皮變得又熱又癢。「他現在肯定以星族族貓的身分看著我們。」她低聲說。小貓開始磨蹭她的肚子，然後安靜喝奶。

「我兒子是個了不起的戰士。」橡星接著說。「他的小貓能傳承他的精神，就是我們雷族最大的榮耀。」

樹叢傳來窸窸窣窣的聲音，斑希叼著田鼠走進育兒室，將田鼠放在小窩邊。「我特別為妳從新鮮獵物堆挑了這隻。」她得意地告訴楓影。

「謝謝妳。」楓影沙啞地喵聲說。現在如果請橡星離開，會不會很失禮？他在旁邊看著，令楓影愈來愈不自在。

斑希轉向橡星。「世界上沒有比他們更完美的小貓了。」她呼嚕呼嚕地說。「我在他們身上清楚看到樺臉的影子！」

楓影看向擠在她肚子旁的三個小身體。只有一隻小公貓和她同樣橘白相間，另外兩隻小貓的毛色和蘋果暮一模一樣，是柔和的褐色。樺臉是深棕色虎斑貓，毛色接近黑色。楓影的心臟撲通撲通直跳，她等著橡星發表意見，結果橡星只問她是否決定好小貓的名字。

楓影用尾巴指向小貓，以免驚擾他們。「棕色公貓我想取名叫小葉松，他弟弟就叫小斑，小妹叫小花瓣。」她的尾巴尖端停留在最小的母貓身上。小花瓣的毛髮最蓬軟，一對耳朵小得幾乎隱沒在頭頂的毛髮中，令楓影的心滿溢憐愛。**蘋果暮，如果你能看到他們可愛的模樣，那該有多好！**

「好名字。」橡星喵聲說。

「妳不打算讓其中一隻繼承樺臉的名字嗎？」斑希失望地問。

楓影的目光不離三隻小貓。「我希望他們長大成為能獨當一面的戰士。」她靜靜地解釋。「而不是為已經逝去的貓拘束自己。」

橡星的呼嚕呼嚕笑讓她放下一顆高懸的心。「楓影，雷族能有妳這麼一位貓后是我們的福氣。我很期待接下來看著這幾個孩子長大，看看他們會有什麼成就。」

「我已經等不及去下一場大集會了，那些河族的貓聽到我們族裡多了三隻完美的小貓，不曉得會露出什麼表情。」斑希嘶聲說。

楓影的心跳再次加快。「可惜我不能參加下次的大集會。妳一定要告訴那些河族貓，跟他們說我生了三隻可愛、健康的小貓咪，他們長大以後鐵定會成為偉大的戰士！」她告訴斑希。「妳一定要先把這個消息說給蘋果暮聽。」

淺薑黃色母貓困惑地眨眼。「我幹嘛跟那隻癩皮貓說話？」她低吼。「害死樺臉的不就是他嗎！」

「對啊！」楓影趕緊喵嗚一聲。「妳一定要讓他知道我們雷族多了這三隻小貓，會變得比以前更強！」

斑希點點頭。「那當然。」她探出前爪，利爪刺入鋪在育兒室地上的青苔。「現在我們的敵人更應該畏懼我們了！」

橡星的唇角捲起，露出尖銳黃牙。「讓河族知道他們雖奪走了雷族兩個優秀戰士的性命，但樺臉為我們留下了三隻新的戰士，他們長大後會一起守衛本就該屬於我們的領土。」

楓影心中閃過一絲不安。「根據戰士守則，我們應該慈悲對待敗在我們手下的戰士才是。」她指出。

「蘋果暮可沒有慈悲對待樺臉和花掌！」斑希嘶聲說，尾巴氣憤地晃動。

那是意外！楓影很想尖喊。**是樺臉自己摔下陽光岩的！花掌不該跟著跳進河裡的！**她忍住為蘋果暮辯駁的衝動，現在不能讓斑希懷疑她對蘋果暮有感情。

橡星準備離開育兒室。「現在最重要的事，就是確保楓影的孩子健康又安全。」他喵嗚說。他的語氣帶有一絲不祥，使楓影的毛髮豎了起來。「我們會把他們好好養大，教他們成為和父親一樣英勇的戰士。」橡星發誓。「等到時機成熟，他們將為父親報仇。」他轉身走出育兒室，只留下顫動的灌木牆。

斑希低頭，鼻尖輕觸每一團扭來扭去的小毛球。「他們是我哥哥送給雷族的禮物。」她輕聲說。「是全森林最珍貴的寶貝！」

楓影克制住拍開斑希的衝動。**他們是我的小貓，不是妳的！**她知道自己和這隻薑黃色母貓維持友好關係，小貓們才能受到全雷族的關愛，等到他們即將成為見習生，他們父親的身分已經不足以動搖族貓對他們的鍾愛。即使是橡星，在撇除小貓們的身世，看清他們各自的能耐與價值之後，也會理解楓影的選擇。**真正認識我的小貓以後，即使是河族的貓也會認同他們！**

第三章

「小葉松，你看！」小花瓣專注地咬住一束乾燥的苔蘚，大力搖晃，專注到鼻嘴都皺了起來。

她哥哥一口搶過苔蘚，把它甩到空地另一邊。兩隻小貓七手八腳地衝過去，小花瓣以極其微小的差距獲勝，她趴到乾苔蘚上。「我的！」她宣布。

「你不想跟他們一起玩嗎？」楓影問小斑。小斑趴在母親肚子旁，母子毫無二致的毛髮完美地融在一起，看不出哪裡是母貓，哪裡是小貓。「看起來很好玩喔。」

楓影的兒子搖搖頭。「我待在這裡就好了。」他喵聲說著，又擠得更近了。「有我在旁邊妳才能保暖，對不對？」他焦慮地對母親眨眨綠眼。

楓影忍住一陣呼嚕呼嚕笑，因為她幾乎感覺不到小斑小小的身體。今天是落葉季難得的晴天，天空在多日的雨後灑下陽光，儘管地面的寒意暗示禿葉季即將來臨，貓咪們仍紛紛從窩裡出來晒太陽。

「謝謝你，我很溫暖喔。」楓影對小斑說。「說不定長老們冷了，我還得把你分給他們用呢。」

小斑的一雙綠眸驚恐地圓睜。「不要！我要永遠永遠跟妳在一起！就算我變成見習生也不要離開妳！」

楓影蹭蹭兒子的頭頂。「小傢伙，你成為見習生可是四個月後的事情，你會變得又大又強壯，到時候肯定等不及離開育兒室，接受戰士的訓練。」

「才不會。」小斑咕噥著將臉埋入母親胸口的毛髮。「我要永遠待在妳身邊。」

小花瓣和小葉松並肩站著，盯著他們的乾燥苔蘚。

「妳把它扯壞了！」小葉松抱怨道。「妳看，它現在都不會滾來滾去了。」他用腳掌戳戳那堆沾滿灰塵的褐色苔蘚碎片。

小花瓣聳聳肩。「它剛剛想逃走，我就把它抓回來了啊！」

此時，其中一位雷族長老——名叫兔毛的灰色虎斑貓，腳步僵硬地走過來。「看來它被妹妹殺死了。」他看著那團碎片說。「你們想不想玩別的遊戲啊？」

「我要！」小葉松喵聲說。

兔毛用前爪將一顆小石子滾到空地中央，接著用鼻頭推動一根樹枝，推到離石子一隻狐狸遠的位置。楓影撐起身子，望向他們。

「你們站在這根樹枝這邊，」兔毛一面用尾巴指向樹枝，一面喵聲說明遊戲規則。「然後飛撲那顆石頭，可是你們不可以碰到樹枝和石頭中間的地面。」

小花瓣眨了眨眼。「可是石頭在空地的另外一邊，很遠耶！」

「我要長翅膀才有辦法飛那麼遠吧！」小葉松也喵嗚說。

「鼠腦袋。」兔毛嗤笑一聲。「就算是這點距離的兩倍，你們父親也跳得過去，而且他落地時還能踩在最小最小的葉子上，動靜小得連蒼蠅都不會注意到。」

楓影的胃不安地攪動。她身旁的小斑坐了起來，小小的頭歪向一邊。「兔毛怎麼這麼愛叫別的貓做事！」他尖聲說。

小花瓣蹲伏在樹枝旁，她搖了搖屁股，準備彈跳。她低哼一聲跳出去，結果後腳勾到樹枝絆了一跤，樹枝被她折斷。小花瓣癱在兔毛腳爪邊。

「哼！」兔毛嘀咕。「再試一次。」

這回小花瓣成功躍出去，卻只跳到樹枝和石頭中間就落地。兔毛搖搖頭。「小葉松，換你了。」他沉聲說。

褐色小公貓一臉堅定地蹲下來，他跳得很高，幾乎和兔毛的耳朵一樣高，但他幾乎是垂直落地，有點像從樹上掉下來的橡實。

兔毛差點被他壓扁，還得往一旁閃開。「看著點！」他舔舔自己胸前的毛髮。「樺臉以前怎麼跳都沒把別的貓壓扁過，你怎麼這樣。」他咕噥。

楓影聽不下去了，她跳出來，走進空地。原本依偎在她身旁的小斑驚叫一聲，滾了半圈。

「兔毛，說不定他們比較像我啊。」楓影喵嗚道。「我也不擅長撲擊。」

老公貓咪起眼睛。「妳的跳躍能力沒那麼差。」他啞聲說。「我就不信樺臉的小貓會和獾一樣笨手笨腳的。」他的視線掃向小花瓣，她忙著舔剛才被樹枝絆到的後腳。

楓影清晰地聽見自己血液竄過雙耳時震耳欲聾的聲響。「我的小貓還沒開始接受戰士訓練，我不許你這樣評判他們！」她嘶聲說。「小斑，過來！我們去森林裡走走！」

小斑跑到母親身邊，小花瓣卻一臉不開心。「我想留在這裡練跳。」她喵聲說。「我要變得跟樺臉一樣厲害。」

兔毛面露喜色。「妳父親是一隻了不起的貓，妳應該以他為傲。」他呼嚕呼嚕笑著說。「我還記得有一次我和他在兩腳獸地盤追蹤雉雞，我之前從來沒看過那麼大隻的鳥，但樺臉一點也不怕——而且他非常安靜，比樹葉在微風中的窸窣聲還要安靜。」

「我覺得孩子們應該去營地外走走，伸展一下筋骨。」楓影喵聲說，打斷了兔毛的回憶。「你們三個，快過來！小花瓣，不許爭辯。」

小斑的綠眼睛睜得老大，那雙眼睛幾乎與蘋果暮的一模一樣，害楓影的心猛然一跳。「我們可以出去嗎？在我們長大變成見習生以前，我們不是應該待在營地嗎？」

「我會待在你們身邊，確保你們安全無虞。」楓影告訴他。橡星和蜂尾巡邏去了，斑希則是在蛇岩檢查石牆是否牢固，剛才兔毛也回到長老窩外的空地晒太陽。空地上除了幾隻在暖陽下打盹的貓，就只剩楓影和她的小貓，即使她帶小貓離開營地也不會惹來不必要的注目。

楓影突然覺得自己不想再待在這座溪谷裡了，她尾巴一甩，率先走向穿過金雀花叢的通道。三隻小貓興奮地七嘴八舌，踩著小小的步伐跟在她身後。

「我要抓一隻獾！」小葉松得意洋洋地宣布。

「我要看那隻獾把你吃掉！」小花瓣向哥哥回嘴。

小斑跑在楓影的腳邊。「拜託不要讓獾把我吃掉！」他哀聲說。

楓影在通道入口停下腳步，轉頭舔舔小斑的耳朵。「我不會讓任何東西傷害你的。」她向小斑保證。她再次回身，確認其他的貓沒在看他們，然後催促三隻小貓走進金雀花叢。

「好痛喔！它刺刺的！」小花瓣尖呼。

「繼續走。」楓影告訴他們。小貓們踩著堅實的土地往前行，終於從通道另一頭鑽出來。他們停下腳步，左顧右盼。

「哇，營地外面好大喔！」小葉松驚呼。

「等我們到溪谷上面，你就知道什麼叫『大』了。」楓影喵聲說。她輕輕將小貓們推向通往樹林的小徑，一想到他們可能遇到巡邏回來的隊伍，她就覺得毛皮又刺又癢，怎麼也不自在。

三隻小貓爬上斜坡，小花瓣跑在最前頭。在谷地兩旁高聳的橡樹和山毛櫸映襯下，小貓們顯得更渺小。楓影帶著孩子匆匆走上一條少有貓走的小徑，鑽過茂密的蕨類，小貓們每看到一片葉子或地上的某個東西就想停下來聞聞嗅嗅，但楓影沒讓他們停下來。他們走在帶有甜香的蕨葉下，楓影暗暗祈禱蕨類的香味能掩蓋他們的氣味。

地上的植物愈來愈稀疏，流水的聲音穿過樹林飄來。小葉松豎起耳朵。「那是什麼？」他喵聲問。他試著遙望被植物擋住的水聲來源，不小心被小樹枝絆了一跤，一鼻子撞在地上。他還來不及哭號，楓影就把他推起來站好。**還好兔毛沒看到他剛才的樣子**。她心想。她不得不承認，這三個孩子比其他雷族的貓都來得笨拙。

楓影扶小葉松起來時，小斑沒有停下來，他忽然發出尖銳的驚呼：「水！你們看，到處都是水！」

他哥哥和妹妹跟著跌跌撞撞地跑上前，和他一起站在蕨叢邊緣。楓影走到三隻小貓身旁，望向疾速流過的閃耀河流。

「這是我看過最漂亮的東西。」小花瓣小聲說。

「它是從哪裡來的？」小葉松喵聲問。

楓影思索片刻。「我也不知道。」她承認。「河的上游有一座很深的峽谷，那旁邊是風族的地盤——」

「我們可不可以去看看？」小花瓣問道。

楓影搖搖頭。「不行。那太遠了，你們今天走不到那邊，但我保證你們有一天會看到那座峽谷。」

小斑平時很膽小，總是讓哥哥和妹妹先嘗試新事物，今天卻主動踉蹌地走下岩石，來到水邊。

「小心！」楓影警告他。

小斑轉頭看她，他雙眼閃著亮光，觸鬚沾了幾滴晶瑩的水珠。「沒關係的。」他喵嗚說。「妳看！」

楓影還來不及阻止他，小斑就猛然跳入河裡——在令楓影心臟停滯的一剎那，他消失在水面下，接著他橘白相間的小臉才浮出來。「你們看！」他尖喊。

小葉松和小花瓣也跟著跑到河邊，衝進水裡，前幾步他們的小腳爪陷入淺岸的小石子，河水輕拍他們柔軟的腹部，下一秒他們已在流水中游泳。

憐愛之情在楓影心中炸開，猶如破曉的曙光。**蘋果暮，你看！不愧是有河族血統的小貓，不愧是我們的孩子！**

小斑抓住突出水面的樹枝，爬了上去，水不停溜下他的皮毛，使他的一身軟毛看上去和烏鴉羽毛同樣光亮。毛髮全伏貼在身側時，小斑看起來就和小老鼠差不多大。看著兒子喘氣時脅腹誇張的起伏，一股擔憂頓時闖入楓影心房。

「你還好嗎？」她問。

小斑點點頭，還沒喘過氣。楓影在岸邊來回踱步，她實在不想沾溼腳掌，但她不曉得小斑有沒有力氣游回來。另外兩隻小貓在岸邊一片蘆葦中玩捉迷藏。「小葉松、小花瓣，去幫幫小斑！」她喵聲說。

對岸的燈心草叢忽然窸窣作響，一顆深灰色的頭冒了出來。楓影全身一僵，認出是河族副族長尖尾。小斑仍趴在河中央的樹枝上，臉頰靠著滑溜的樹皮。

「那隻小貓在做什麼？」尖尾低吼。他走到河邊，背脊的毛髮豎了起來。

楓影張口想說話，卻看見另外兩隻戰士走出草叢，站到尖尾身邊。

「雷族該不會想派他們最年幼的小貓來入侵河族領土吧？」乳毛問。在周圍的岩石映襯下，她那一身白毛顯得更加光亮。

第三隻貓隔著河對上楓影的視線，他們距離太遠，楓影看不出那雙綠眼睛裡流轉著什麼樣的情緒。「我不覺得一隻小貓會威脅到我們。」他喵聲說。「我把他送回他們雷族的地盤。」他踏進流水，毛髮在浸入河水時從褐色變為黑色。

「小葉松、小花瓣，快過來！」楓影嘶聲說。兩隻小貓一臉懼怕地踩著淺水走到她身邊。

「那個河族戰士會把我們抓起來嗎？」小花瓣尖呼。

楓影看著蘋果暮的頭浮浮沉沉，穩定地游向河中間的樹枝。「不會。」她喵嗚道。「別擔心，你們很安全。」

蘋果暮對小斑喵聲說話，聲音太小了，楓影聽不見他說的話。小斑滑下樹枝，掉進水裡，然後河族戰士用一隻腳爪扶著他，帶他游向屬於雷族的河岸。楓影這時才注意到另外兩隻小貓冷得發抖，她低頭舔舐他們的毛皮。

「我們做了不好的事嗎？」小葉松喵聲問。

「乖，沒事的。」楓影邊舔邊說。

蘋果暮叼著小斑走上岸，將小貓放在石頭上，輕輕推著他起身。「這隻好像游泳游到累壞了。」他說。他熾熱的目光灼燒著楓影的眼睛。「妳把他們帶到河族和雷族的邊界，是在冒險。」

「我想帶他們來看河。」楓影喵嗚道。她刻意轉過身體將小貓護在身後，不讓他們聽到對話。她聽到小葉松問小斑，游到河中間是什麼感覺。

蘋果暮向前傾，鼻吻幾乎碰到楓影的臉頰。「他們真的很棒。」他悄聲說。「又強壯又勇敢，還和我們河族的貓一樣擅長游泳。你們是我的驕傲。」他直起身子，揚聲說：「別再讓我看到妳或這幾隻小貓接近這條河。」但他眼底的渴望，卻像是央求他們再回來見他。

楓影垂頭說：「那當然。蘋果暮，謝謝你把小斑帶回我身邊。」

蘋果暮又看了小貓們一眼，才默默走回河裡。

「那麼小的小貓，應該乖乖待在育兒室才對！」站在對岸的乳毛喊道。「妳在想什麼啊，怎麼會帶他們來河邊？妳就這麼想看到他們溺死嗎？」

「就算你們打了勝仗，拿下陽光岩，這條河還是我們河族的。」尖尾高聲號叫。「這次蘋果暮好心放你們一馬，你們以後記得離我們的地盤遠一點！」

楓影趕著小貓鑽回蕨叢。他們興奮地跳上跳下，就連毛髮乾了變得和薊種子毛一樣蓬鬆的小斑也跟著哥哥與妹妹彈跳。

「今天超好玩的！」小葉松尖呼。

「我們什麼時候可以回來玩？」小花瓣問。「游泳比跳躍好玩多了！」

「我游得最遠，對不對？」小斑得意地喵聲說。

一道黑影突然擋住他們的路，楓影抬頭對上烏翅充滿疑問的藍眼睛。巫醫垂眼看著小貓們問：「他們剛才在河裡做什麼？」

楓影的腳掌開始變得又麻又癢。「你……你看到了嗎？」她輕聲問。

烏翅點點頭。「我全看到了。楓影，這是怎麼回事？」

楓影還來不及回答，三隻小貓就興高采烈地和巫醫分享今天的冒險故事。

「剛剛有一個河族戰士救了小斑——」小葉松喵嗚說。

「才不是！我只是在那邊休息而已！」小斑氣呼呼地打斷哥哥。

「沒事的，他們都沒有遇到危險。」楓影見烏翅瞇起眼睛，連忙喵聲說。

「那個河族貓對我很好！」小斑尖聲說。「他說我很勇敢，還說我是很厲害的游泳健將！」

「是嗎？」烏翅喵嗚道。「他還說了什麼？」他走近一步。

楓影用尾巴捲住三隻小貓。「孩子們，走吧，該回家了。」

烏翅依然擋在小徑中間。「楓影，我看到徵兆了。」他低聲說。「不知妳能不能幫我解釋我看到的徵兆？」

他的語氣令楓影毛髮直豎。「我又不是巫醫貓，怎麼可能知道你看到的徵兆是什麼意思？」

烏翅盯著她，眨也不眨。「我的窩裡從來沒有過溪流，我卻看見一條小溪流過去，水裡浮著三片蘆葦葉。」他的腳爪掃過地面，彷彿在描繪那條小溪。「我們雷族領地沒有蘆葦。」他接著說。「這種植物不屬於我們的地盤，妳明白嗎？」

楓影聳聳肩。「這個落葉季下了好多雨，就算有別地方沖來的蘆葦草也不奇怪。」她努力維持輕鬆的語調，然而她肚子裡有種冰冷、沉重的感覺，彷彿剛吞下河裡的石頭。

烏翅看著小貓們用腳掌把一顆橡實推來推去，三兄妹玩得不亦樂乎。「我認為這個徵兆的意思是，河流把三隻陌生的貓沖到了我們這裡——這三隻貓不屬於雷族。」

楓影的心臟瘋狂鼓動，她幾乎無法呼吸。「你到底想表達什麼？」她用氣聲說。

烏翅凝視著她，在楓影眼中他不再是缺乏經驗的年輕貓咪，他眼裡閃爍著寒星般的智慧之光。「這三隻小貓的父親不是樺臉，對不對？兔毛把今天發生的事告訴我了，他說妳的小貓不像樺臉那樣擅長飛撲、跳躍或追蹤——別跟我說他們比較像妳，」楓影才剛張開嘴巴，就被烏翅打斷。「妳和其他雷族戰士一樣，走路幾乎沒有腳步聲。」烏翅望向楓影後方，看著樹蔭外急流而過的河水。「我剛才看到妳的小貓像魚一樣在水裡游泳，他們的父親應該是河族貓才對。從他們的毛色，還有剛剛蘋果暮把小斑叼回來時對妳說話的語氣看來，我猜蘋果暮就是他們的父親。」

楓影只覺得大地在她腳掌下晃動。「雷族能有這三隻漂亮又健壯的小貓，是莫大的福氣。」她嘶聲說。「我會在時機成熟的時候公開真相。是其他的貓自顧自地認定樺臉是他們父親，這不是我的錯！」

「我不能放任妳對族貓說謊！」烏翅厲聲說。「我現在知道真相了，我也不能欺騙族貓。」

「我剛才什麼都沒告訴你。」楓影咬牙切齒地說。

「妳說的已經夠多了。」烏翅應道。他天藍色的眼中，多了一絲哀傷。「不能再瞞下去了。」

「拜託你不要把這件事說出去！」楓影哀求。「他們是雷族的小貓啊！」

「但他們也是河族的後代。」烏翅糾正她，他的語氣比冰還冷硬。「我們的族貓有權得知真相。楓影，我為妳感到難過，我更為妳的孩子感到難過，他們將為妳的謊言付出代價。」說完，他轉身消失在蕨叢中。

楓影盯著他的背影。**星族，求祢們幫幫我！**短暫的瞬間，她考慮帶著小貓跑到森林深處，躲到一個其他貓咪找不著的地方，免得他們受到傷害。她看著小花瓣將橡實放在頭頂，兩個哥哥試圖害她失去平衡。楓影心想：**雷族貓都很愛他們，不可能傷害他們的。我不是打從一開始就打算在某一天公布孩子父親的身分嗎？這一天不過是來得稍微早一些，沒什麼大不了的。**

第四章

回到通往溪谷小徑時，小貓們已經累得腳步沉重。「孩子們，快到了，加油！」楓影鼓勵他們。她希望在烏翅來找她談話之前，她能先帶三隻小貓回育兒室休息、餵奶。

小斑在碎石坡上踉蹌了一下，於是楓影讓兒子靠在她肩頭，幾乎是扛著小斑全身的重量走進金雀花隧道。小花瓣打了個大哈欠。「我好想睡覺！」她呢喃道。

「我好餓。」小葉松尖聲說。「我的肚子叫得比獾還大聲！」

他們艱苦地走過金雀花通道，每隻貓都低著頭，以免被尖銳的小樹枝戳到眼睛。楓影走在小葉松和小花瓣身後，推著小斑前進，終於走出通道尾端時，她發現小葉松和小花瓣都站在通道出口，動也不動。「走啊。」楓影催促他們，自己則忙著顧搖搖晃晃的小斑。

「是不是發生什麼事了？」小花瓣悄聲說。

楓影抬起頭。營區空地圍了一整圈的貓，每隻貓都直直盯著楓影一家。橡星站在高聳岩上，從下方望上去只看到樹木枝葉間的陰暗輪廓，烏翊蹲踞在橡星下首，眼裡流露激烈的情緒，而副族長蜂尾站在巫醫身旁，一身斑紋毛髮有些凌亂，彷彿理毛到一半被別的貓打斷。楓影開始發抖。

小斑緊緊靠在母親身旁。「怎麼了？」他帶著哭腔問。

「你不用擔心。」楓影告訴他。「你們去那邊乖乖站好。」她用尾巴示意空地邊緣的一簇蕨叢，三隻小貓聽話地走過去，安靜地依偎在一起。

「楓影，過來。」橡星命令。

楓影走上前，來到空地正中央，四條腿感覺悄悄化成了石頭。「橡星，有什麼事嗎？」深棕色公貓的尾巴尖端微微晃動。「妳孩子的父親是誰？」他發問。「老實說出來！」

楓影還來不及回答，身邊就多了一道薑黃色的影子，原來是斑希推開一群戰士，和楓影一起站到高聳岩下。「為什麼要問這個？」她抬頭對橡星說。「我們已經知道孩子的父親是樺臉了啊！」

「我要楓影親口告訴我們。」橡星喵聲說，輕柔的語調隱含威脅。「她讓我以為我兒子樺臉——是那三隻小貓的父親，我不相信自己族裡的戰士會撒下這樣的謊言。」

楓影將身體重量移到後腳，抬頭和族長相望。「我們族裡有這三隻小貓，是我們的驕傲，他們長大一定能為雷族服務。不管他們生在哪一族，族貓都該以他們為傲。」她朗聲說。

「那即使我們知道他們只有一半的雷族血統，我們也該感到驕傲嗎？」烏翊喵嗚道。「楓影，我們有權知道真相。妳告訴我們，他們的父親是不是蘋果暮？」

在那一剎那，整座森林似乎都屏著一口氣——接著是一聲驚駭的尖叫，斑希撲向楓影。「是真的嗎？」她邊抓楓影的臉邊怒號。「妳幹了什麼好事？」

楓影跌跌撞撞地後退。「住手！」她驚呼。她試圖用前爪遮掩頭臉，但她全身都被斑希壓在地上，動彈不得。

這時，楓影肚子上的重量突然消失，她睜眼看見綻心和籽皮把發狂的母貓架走。楓影四腿發顫地站起來，一隻眼睛積滿眼皮被抓傷而流下的鮮血，臉頰則因斑希的一擊而刺痛。周圍的貓有的嘶鳴，有的竊竊私語。

斑希掙脫抓住她的戰士，惡狠狠地瞪著楓影。「妳侮辱了我哥哥！」她怒罵。「妳騙了我們，對我們不忠，妳背叛了整個雷族。妳沒資格被稱作戰士，妳那些……那些混血的東西，也沒資格成為戰士。」她咧起唇角瞥向瑟縮在蕨叢下的三隻小貓。「他們父親害死了樺臉和花掌！妳帶著他們滾出去！」

楓影甩甩頭，殷紅血淚落在草地上。「他們父親是誰，真的有那麼重要嗎？」她氣憤地問。「我幫雷族生了三隻優秀的小貓，我現在是貓后，你們必須尊敬我。星族知道我們需要更多戰士，他們就是雷族未來的戰士啊！」**我的族貓難道瘋了嗎？他們怎麼會跟我翻臉？**

橡星從高聳岩躍下來，在楓影身前站定，一雙黃色眼眸充滿恨意。他硬是將頭擠到楓影面前，熱呼呼的氣息吹在楓影口鼻。「妳忘了嗎？蘋果暮害死了我的兒子和花掌，天底下那麼多貓，妳為什麼偏要選**他**？妳該不會以為我會原諒妳吧？」他後退一步，高高抬起頭。「妳違反戰士守則，欺瞞族貓。我們不會讓這些小貓在我們的營地長大，也不會讓他們待在我們的領地，妳帶他們離開吧，妳已經不是雷族的戰士了。」

楓影踉蹌倒退。「你怎麼能這樣說！他們是雷族的小貓啊！你一定要讓我們留下來！」

橡星搖搖頭。「妳錯了。」他環視雷族族貓。「烏翅告訴我，他看到一條神祕的小溪把三片蘆葦葉沖到他的窩裡。這是徵兆。蘆葦不該出現在我們的地盤，更不該出現在營地裡，這三隻小貓只會給我們帶來危險！」

「把他們趕出去！」斑希尖吼。「叫他們滾！」

「橡星說得對，他們不屬於雷族。」綻心沉聲說。

楓影驚恐地盯著灰色虎斑貓。「綻心，你過去是我的導師，你應該知道我不可能背叛雷族啊！」

「妳已經背叛了雷族。」綻心生硬地說。「太讓我丟臉了。」他別過頭時，楓影的心……碎了。

「我永遠不會忘記這一天。」她嘶聲說著，緩緩轉一圈瞪視每一名族貓。「雷族，你們背叛了我和我的小貓，我發誓，你們一定會後悔的。」她大步走到小貓身旁，用尾巴捲住他們。「這裡已經不是我們的家了。」她告訴孩子。「走吧。」

她推著小貓們重新穿過金雀花通道，回到小徑上。小花瓣摔了一跤，鼻子被石頭擦傷，但她已經累到沒力氣抱怨了，她靜靜撐起身體繼續蹣跚地前進，似乎明白抱怨也沒有用。楓影的心又碎了一塊。

「他們為什麼不喜歡我們了？」他們走進樹林時，小斑哀鳴。天開始下雨了，大滴大滴的雨水落到周圍的蕨葉上。

「因為他們是鼠腦袋、蝙蝠瞎、狐狸心腸的貓！」楓影氣得嘶聲說。

「那些是髒話！」小葉松喵聲說。「說髒話不乖！」

「我說的都是事實。」楓影冷冷地說。

「他們怎麼一直罵我們父親？」小花瓣問。「他們也討厭樺臉嗎？」

楓影恨不得直接趴下來，陷入睡夢的黑暗。「我晚點會把事情原委說給你們聽。」她保證。

「但我們要先過河。」

「我們又要去游泳了嗎？」小斑欣喜地說。「可是那隻河族的貓叫我們不要靠近河耶。」

「現在一切都變了。」楓影低聲說。

四隻貓脫離樹木的遮蔽時，豆大的雨珠不停落下，楓影幾乎睜不開眼睛。

「我不想去游泳了。」小葉松呻吟著說。「我想回家。」

「我想回育兒室。」小花瓣吸了吸鼻子。「外面這麼溼，好不舒服。」

「我們已經沒有家了！」楓影斥道。她必須提高音量，話音才不會被河邊落雨的聲響淹蓋過去。「你們忘了雷族，忘了那間育兒室吧。」她盯著河流，被風激起的水浪中，勉強能看到搭石的頂端。「我們不用一路游到對岸。」她對小貓們說。「你們有沒有看到那幾塊石頭？我們只要從一塊石頭游到下一塊石頭，就會到對岸了。」

「那我們不就跑進河族地盤了！」小斑驚恐地說。「我們不應該去那邊！」

「沒關係。」楓影喵聲說，努力維持鎮定的語氣。「你們父親看到我們，一定會很高興。」

小葉松歪著頭說：「我們父親不是死了嗎？」

楓影深吸一口氣。「還記得今天把小斑從河裡帶上岸的河族戰士嗎？你們的父親不是樺臉，是那隻河族貓。」

小葉松皺起鼻頭。「怎麼可能？我們是雷族貓，父親怎麼可能是河族貓？」

「你們有一半的河族血統。」楓影告訴他。「這就是為什麼你們今天玩水玩得那麼開心。」

三隻小貓的眼睛都瞪得老大，像六顆滿月。「這就是為什麼族貓生我們的氣嗎？」小花瓣問。

「對。」楓影喵聲說，後頸的毛髮豎了起來。「但他們錯了。」她低咆。「他們過不久就會回心轉意，在那之前我們可以住在河族，到時候船到橋頭自然直。」她將小花瓣往河岸推。「走吧，我們得在天黑前過河。」

褐色小貓不肯前進。「我不要！」她哀聲說。「水太多了！」

「妳不會有事的。」楓影安慰她。她也將小葉松和小斑推到妹妹身邊。「我會跟在你們後面。」

小斑回眸看著母親。「妳保證我們不會有事嗎？」

「我保證。」

橘白相間的小公貓勇敢地踏進河浪，河水幾乎是立即淹過他頭頂，但他掙扎著游到水面，不停咳嗽。小斑的哥哥和妹妹也跟著走進河裡，楓影看著三顆小小的頭浮浮沉沉地游到第一顆搭石，他們七手八腳地爬到石頭上，站在深及腹部的水裡發抖。

「等等我！」楓影喊道。「我馬上過去！」她咬緊牙關踏進河裡，流水吸扯她的毛髮，寒意霸道地鑽進骨髓。楓影強迫自己離開河岸，四腳游動將身體推向搭石橋。**我這麼做是為了我的小貓。**她告訴自己，但她還是很厭惡身體泡在水裡的感覺。

上游突然傳來某種恐怖的巨響。「游快一點！」小花瓣尖叫。「有東西要來了！」

楓影斜眼一看，看見一道水牆朝她撲來，一大堆樹枝和漂流物率先被推來。她奮力划水，身體卻被水流拉得離石頭愈來愈遠。「快抓好！」她對小貓們尖喊，同時水牆從她頭頂灌下來。

楓影被強力的水浪推到河床，身體被樹枝撞來撞去，睜眼時只看見泡泡和被水流激起的碎石。她的胸腔尖叫著要呼吸新鮮空氣，於是她又抓又扒地回到水面，破出水面大口喘氣。她亂揮亂抓的前腳撞到某個堅硬的東西，她連忙伸出爪子抓穩，把自己拖到石頭上，她竟然就這樣抵達了第一顆搭石。楓影左顧右盼。

小貓們不見了，楓影驚恐地盯著河水。**我的小貓咪！你們在哪裡？**她滿心希望孩子們已經游向第二顆搭石，沒想到映入眼簾的，是三隻小貓被沖往下游的畫面。

「救命！」小花瓣才剛哭喊出聲，就被河浪推到水面下。

楓影跳下搭石，瘋狂划水朝小貓游去。面前浮現淺色的身影，她伸出前爪，勉強用一隻爪子勾住溼答答的毛皮。是小斑，他緊閉著雙眼。

「快醒來！」楓影尖呼。「你必須自己游泳！」

身旁傳來微弱的喵嗚聲，楓影抬頭在驚濤駭浪中東張西望，瞥見小葉松抱住一根垂在河裡的樹枝。她叼起小斑，掙扎著游向那棵樹，本來想把小斑推到樹上，沒想到小貓過於沉重的身體從她腳爪間滑脫，落入河中。

「不！」小斑消失在漆黑的河裡時，楓影放聲高喊。

小葉松抓著樹枝的腳爪不小心滑脫，他跟著落進河流。楓影咬住他後頸的毛皮，但水流實在太強勁了，小葉松被硬生生扯進湍流，帶著一聲微弱的啼哭被水沖走。

「楓影！楓影！抓住樹枝！」岸邊傳來焦急喊聲，楓影看見蘋果暮走進河裡，滿身毛髮驚駭地豎直。他用尾巴指向垂到水裡的樹枝。「妳快抓住樹枝，我把妳拉出來！」

楓影只隱約意識到自己的尖爪勾住樹枝，感覺到身體在水裡拖移，然後有貓用強壯的口顎咬住她的毛皮，將她拖到岸邊的石頭上。蘋果暮站在她身旁俯視她。「星族啊！妳到底在做什麼？小貓呢？」

兩道身影出現在蘋果暮身旁。「雷族貓在河裡做什麼？」其中一隻問。楓影認得那隻年輕公貓的聲音，他是潑足。

「那不是楓影嗎？」另一隻貓問。

「好像是耶，鰻尾。」潑足喵聲說。他湊得更近，淺灰色毛皮在逐漸黯淡的暮光下微微發亮。

「我的小貓。」楓影沙啞地說。「救救……小貓……」

蘋果暮的臉出現在她上方，一雙綠眼驚恐地瞪大。「妳是說，妳的小貓還在河裡？」

楓影沒力氣說話，只能點點頭。

鰻尾已經撒腿沿河岸跑遠。「如果小貓還在河裡，他們現在狀況非常危險！」她回頭大喊。潑足也跟著跑過去。

蘋果暮在楓影身邊蹲下。「我保證會把他們找回來。」他悄聲說。說完，蘋果暮轉身跑遠。

楓影閉上眼睛。**偉大的星族，請幫幫我的小貓。**她默禱。**這都不是他們的錯，你們可以奪走我的性命，但求求你們饒了我的小貓。**

她靜靜躺著，讓河水滾落毛皮，直到走在碎石地上的腳步聲傳來。她抬起頭，看見蘋果暮在黑暗中走近，卻看不見他臉上是什麼表情。「找到他們了嗎？」

「嗯。」蘋果暮喵聲道。「找到了。」

楓影努力站起來。「他們在哪裡？」

蘋果暮默默轉身，領著她往下游走，他鑽進一叢茂密的蘆葦，用尾巴招呼楓影上前。鰻尾和潑足腳邊躺了三個小小的身影。鰻尾抬起頭，眼裡滿溢著憐憫。「對不起。」她喵聲說。「我們沒能拯救他們。」

一聲驚天動地的尖叫撕裂了空氣，楓影不知道那是哪來的聲音——一回神，她才發現自己大張著嘴。她用力閉上嘴巴，朝三隻小貓走一步，接著四條腿一軟，她發現自己不知什麼時候躺在小貓們身旁，絕望地舔舐他們。

「孩子們，快醒醒！」她呼喊。「我們過河了，你們安全了！」

但她舔得再怎麼認真，小小的身體也只有隨著她的舌頭癱軟地滾動，三雙眼睛緊緊閉著。

楓影將口鼻貼在小斑冰冷的臉頰邊。「你不是發誓永遠不離開我的嗎？」她輕聲說。**妳不是保證要保護我們的嗎？**小貓的聲音在她腦中迴蕩。「對不起！」楓影哀號。「我只是想找一個新家，除了河族我也不知道能去哪裡了。」

「妳說什麼？」蘋果暮震驚地問。「妳的意思是，妳們剛才是故意要過河？在河水氾濫的時候過河？」

楓影扭頭看向他。「我們被雷族放逐了。」她解釋道。「我們已經是走投無路才會想過河。」

「現在是什麼狀況我不曉得，但我們必須把這三隻小貓帶到暗星面前。」鰻尾喵聲說。「發生了這種事，一定要向她報告。」

有一瞬間，蘋果暮似乎想提出異議，但後來他還是點點頭。「說得也是。走吧，我們各叼一隻小貓。楓影，跟我們來。」

河族戰士各叼起一隻溼透而毫無生氣的小貓，帶著他們緩緩沿河岸走回去，楓影則腦袋一片混亂、腳步蹣跚地跟在他們身後。一旁的河流稍微靜了下來，如貓舌般輕舔河岸，在沉靜的空氣中發出細碎、柔和的聲響。楓影一直等蘋果暮叫其他兩隻戰士先走，找藉口和她獨處，在面對河族的其他貓之前，一起為小貓們哀悼……但蘋果暮沒有轉身看她。**他連孩子叫什麼名字**

都沒問。

戰士們踏上一條蘆葦叢生的小徑，踩著密實的棕色泥土前進，來到一片空地。空地因緊密編織的樹枝與堆疊在上的土壤，高出河面許多，像某種巨大的窩。楓影注意到蘆葦叢中注視著他們的許多雙眼睛，她溼透的毛髮豎了起來。

一隻橘色母貓跑到蘋果暮身邊，楓影一眼就認出她，那是蘆葦光，是上次大集會時找蘋果暮搭話的戰士。

「有貓掉進河裡了嗎？」蘆葦光驚呼。「你還好嗎？」

蘋果暮輕輕放下小花瓣的身軀，彷彿小母貓只是沉浸在睡夢中，然後用尾巴輕觸蘆葦光的脅腹。「我沒事。我有事情要向暗星報告。」

蘆葦光沒有挪動身體，她繼續站在蘋果暮身旁，視線掃過楓影又回到蘋果暮身上。「她來這邊做什麼？蘋果暮，到底發生什麼事了？」

空地另一頭發生騷動，暗星從蘆葦叢中走出來。在場所有的貓都靜了下來。

蘋果暮踏上前。「三隻小貓在河裡溺死了。」他宣布。

快問他們叫什麼名字啊！楓影在心中吶喊。

蘋果暮垂頭盯著自己的腳爪。「我……我是他們的父親。」

楓影屏住一口氣。這是蘋果暮為她求情的機會，他必須告訴其他河族貓，自己為他生了小貓，她有資格成為河族的一員。

暗星的眼睛瞇成細縫。「蘋果暮，你說什麼？這是什麼意思？」

「蘆葦光，對不起。」蘋果暮悄聲說。「請妳原諒我。」

蘆葦光的尾巴尖端左右輕晃。「原諒什麼？」

楓影看見蘆葦光眼中的擔憂，體內有什麼東西結凍了。對蘋果暮而言，蘆葦光不只是普通的族貓。

蘋果暮垂頭說：「幾個月以前，我和楓影私會。」

河族貓紛紛倒抽一口氣，其中一隻毛髮蓬亂的老年虎斑貓嘶聲說：「叛徒！」

楓影直直盯著暗星。**她一定要可憐可憐我，我失去了家園和小貓，我在這世界上只剩下蘋果暮了。**

「你之前就知道他們是你的小貓了？」暗星問，她的尾巴尖端微微抽動。

蘋果暮點點頭，蘆葦光見狀輕聲哀號。「楓影說她會讓孩子在雷族長大。」蘋果暮喵嗚道。「我……我知道自己犯了錯，所以我沒有把這件事告訴族貓。」

犯了錯？楓影望見蘋果暮淺綠色眼中的哀痛，差點為他皺眉——差點。她體內愈來愈冰，比禿葉季的寒霜擴散得還要快。**再過不久，我就什麼都感覺不到了。**她心想。

「我一開始就不該背叛河族，和楓影私會。」蘋果暮接著說。「我會後悔一輩子。現在，我只能求妳原諒我了。」

「這幾隻小貓為什麼今晚要渡河？」暗星俯視著地上三個可憐的身形問道。

楓影張開嘴想解釋，蘋果暮卻搶先說：「真相被楓影的族貓發現了，她帶著小貓離開，但今晚河流氾濫，而且小貓年紀太小，他們沒能游過來。」他語音顫抖。楓影不可置信地盯著他。**你怎麼說得好像這都是我的錯一樣！**

暗星喵聲說：「失去小貓對我們打擊很大，但是蘋果暮，你違反了戰士守則，你要我們以後如何信任你？」

蘆葦光走上前，她站到蘋果暮身旁，毛髮輕輕擦過蘋果暮的毛皮。「沒有比蘋果暮更忠於河族的貓了。」她朗聲說。「如果我能原諒他過去犯下的錯誤，那暗星，妳想必也能原諒他。」

空地周圍的貓開始交頭接耳，他們似乎很佩服蘆葦光對蘋果暮的信賴。

暗星等其他貓靜下來，才點了點頭。「現在不是失去戰士的時節。蘋果暮，我相信你有為自己的行為懺悔，小貓之死也是足夠殘酷的懲罰，我允許你留在河族——但聽好了，我和其他族貓會時時注意你的一舉一動。你得好好表現，努力爭取，我們才會再次信任你。」

蘋果暮身身點頭，口鼻幾乎要碰到他腳下的蘆葦。「暗星，妳的慈悲我永生難忘。」他輕輕地說。「謝謝妳。我發誓，我只忠於河族和我的族貓。」他偷瞄蘆葦光一眼，蘆葦光則對他眨眨眼。

暗星用尾巴比了比。「雨落，你幫潑足和鰻尾埋葬這幾隻小貓，他們被生下來不是他們的錯，現在他們能在我們的領地永眠了。」

楓影努力逼自己說話。「那……那我呢？」她啞著嗓子問。「我能不能留在這裡，陪我的小貓？」

河族族長盯著她。「不行，妳必須立刻離開我們的領土，再也別越過界線。我想，妳應該和蘋果暮一樣，為孩子的死感到深深的傷痛，若非如此，我的戰士早就把妳的毛皮整片撕下來，讓妳嚐嚐妳那些行為的後果了。」

「可是天要黑了！」楓影抗議道。「我還能去哪裡？蘋果暮，你幫我說話啊！」

褐色戰士搖了搖頭。「我為什麼要幫妳？小貓會死，還不是妳的錯？我再也不想看到妳了。」

蘆葦光靠得離蘋果暮更近了。「楓影，妳走吧。」她嘶聲說。「妳今晚引起這麼大的騷動，難道還不夠嗎？」

楓影垂頭看著她溺斃的小貓。「我不能離開他們。」她悄聲說。「他們是我的寶貝啊。」

「妳的寶貝死了。」蘋果暮低吼。「楓影，我們已經對妳仁至義盡了，妳還是趕快滾出去吧，別敬酒不吃吃罰酒。」

楓影怔怔盯著數月以來自己朝思暮想的貓，她本以為自己瞭解蘋果暮的每一捲毛髮、每根觸鬚的角度……但現在，她卻認不出眼前的這張臉。寒意在她體內膨脹、擴散，從雙眼爆發出來，她見蘋果暮在她的瞪視下微微一縮，感到一股冷酷的滿足。「你明明說過你愛我！」楓影嘶聲說。「我為了生你的小貓，痛得半死不活！現在呢？我在你眼中比獵物還不如。蘋果暮，你會後悔的。這是我給你的最後一份承諾。」

她轉身，跌跌撞撞地走出空地，盲目地走在蘆葦中的小徑上，直到她來到河族領地邊界的氣味記號。她模模糊糊地走過堅硬的灰色岩石，接著黑暗中浮現巨大的暗影，那是某種稜角分明的兩腳獸巢穴。楓影找到牆上的小洞，鑽進那個飄著霉味與乾草味的空間。她在一團布滿灰塵的乾燥草堆上躺倒，闔上眼睛，讓睡意將她拖入夢境的深水。夢中，她的小貓們在洶湧的黑水中被捲走，他們尖聲求救，卻沒有任何貓前去援救他們。

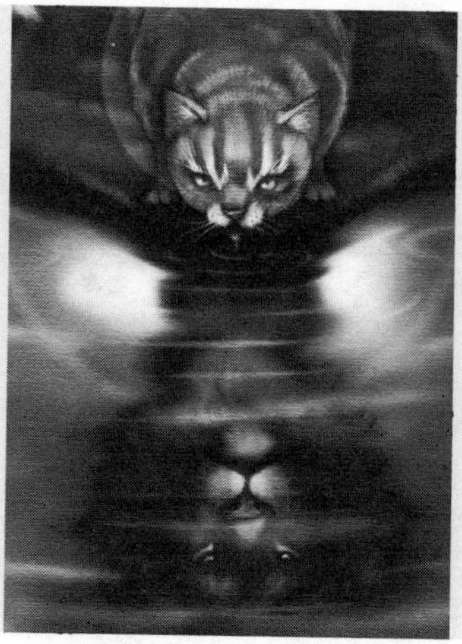

第五章

楓影掙扎著脫離睡夢的掌控，她不停咳嗽，全身發燙。**這裡是什麼地方？**她奮力走出刺刺癢癢的小窩，左顧右盼，發現身旁躺著一隻新鮮的死老鼠。楓影的肚子咕嚕咕嚕直叫，她已經不記得上次吃東西是什麼時候了，正要低頭咬一口，她的所在處和之前發生的一切都湧上腦門。她劇烈地嘔吐。**我的小貓！蘋果暮！**

「嗨，妳還好嗎？」憂心忡忡的喵嗚聲使楓影抬起頭。一隻嬌小的黑白公貓站在一大堆乾草的旁邊，楓影仔細一看才發現這整座巢穴都堆滿了乾草，日光從木製牆壁的縫隙透進來，照亮飄在空中的灰塵。

「這是哪裡？你是誰？」楓影啞聲問。

小公貓叼起他腳邊一團不停滴水的苔蘚，帶到她身邊。「妳得喝點水。」他說。「我的名字叫麥勒，這裡是我的穀倉。妳昨晚一下就睡著了，我都來不及自我介紹。妳現在有感覺好一點了嗎？」他盯著楓影猛瞧，楓影被他看得往後一縮。「妳看起來還是很累。」麥勒說。「把這隻老鼠吃了吧，我不吵妳，妳多休息。」

「我不會待在這裡。」楓影嘶聲說。「我才不要你的新鮮獵物。」

「這裡有很多老鼠的。」麥勒堅持地說。「別擔心，我等下再去抓一隻自己吃。」

楓影踉蹌地踏上前，差點撞倒嬌小的公貓。「你不要管我。」她低吼。「我不需要你幫我。」

她開始尋找昨天鑽進穀倉的那個洞，麥勒在她身後喵嗚地說他很樂意讓陌生的貓住一晚，反正穀倉裡空間很大。楓影懶得去聽，那種寵物貓怎麼可能幫上忙？**我的生活毀了！我明明沒做錯什麼事，卻失去了一切！**即使是現在，她還能從眼角瞥見三隻小貓的屍體，讓她產生一種錯覺——如果她快速扭頭，是不是能清楚看見她的孩子？**媽媽，救我！**他們哭著說。

「我最親愛的寶貝。」楓影輕聲說。「對不起，對不起，我沒辦法救你們。」

餓得渾身發抖的楓影，竄進河族領地外緣稀疏的矮樹叢，她刻意避開地盤邊界，往上爬向峽谷。她知道陡峭岩壁下方有一座兩腳獸蓋的橋，過了橋就是雷族領地，心中有一股難以抗拒的拉力，要將她帶回她從小到大生活的地方。河族領地那些細長的柳樹太過陌生，峽谷上遼闊的沼澤令她怕得發顫，她渴望回到茂密樹林的懷抱，讓濃密的綠色樹叢將她穩穩固定在地面。楓影只想回到那個充滿熟悉的聲音與氣味的地方。

她來到兩腳獸的木橋，快步奔到橋的另一頭，耳朵緊貼著頭頂，全身毛髮豎起。下方湍急的河水聲，將她拉回昨晚她放開小斑的瞬間。**是水流太猛了，小貓們死去並不是我的錯！**她提醒自己。楓影跳下木橋踏上乾爽的沙地，沿著這座斜坡往上走就是四喬木，如果在這裡轉彎往河的下游走去，就會走到雷族地盤。她努力無視水流的聲響，朝邊界走近幾步，鼻子嗅聞靜謐空氣中的氣味標記。

然後，她全身一僵。她不能越過邊界，她已經被趕走——被自己的族貓驅逐出境了。她現在比惡棍貓還不受雷族歡迎，要是她踏進自己過去的家園，肯定會被毫不客氣地修理一頓。楓影腦中浮現一隻嬌小黑貓的身影，她重新看見黑貓那雙狐疑地瞇起的眼睛，重新聽到他自以為是的話語。**烏翅！**這全是他害的，是他擅自下結論，破壞了雷族對她的信任，還強迫族貓為自己無法控制的事情評判她。小斑、小葉松和小花瓣會死，全是烏翅的錯，他呼吸的每一口氣都是從小貓們身上奪走的一口氣。

楓影腦中的怒火不斷延燒，直到森林的聲響被蓋過去，眼前的事物變得模糊。她跌跌撞撞地走在邊界旁，即使腳爪刮到石頭、刺藤勾到毛皮也一意孤行地繼續走。她的皮膚一陣一陣發熱，她也隱隱意識到自己很渴，這輩子從來沒有這麼口渴過，但是腳爪踩過涓涓小溪時，她卻沒力氣停下來喝水。最後，她實在走不動了，她直接癱倒在一道窄溝裡，旁邊是一棵帶有故鄉氣味的冬青樹叢。

楓影閉上眼睛，傾聽心臟的鼓動，她覺得心跳變得愈來愈大聲，身下的落葉泥似乎都隨著她的心跳顫動。她全身一震，睜開眼睛，看到一張薑黃色的臉驚慌地盯著她。

「楓影！」蕁麻掌尖聲說。「妳不應該來這邊的！」

「那就假裝我死了吧。」楓影低吼。「反正我已經和死了差不多。」

蕁麻掌的目光掃過地上的窄溝。「妳的小貓在哪裡？」他小聲問。「在河族那邊嗎？」

楓影再次感覺到麻木感在體內擴散。「他們在河裡淹死了。」

「怎麼會！」蕁麻掌雙眼圓睜。

楓影的臉頰貼在冰冷的泥土上。「你走，別理我。」

蕁麻掌發出壓抑的喵嗚聲，轉身跑走。楓影不知道自己這輩子會不會有爬出這道地溝的一天。上方又傳來一陣腳步聲，楓影撐開一隻眼睛，看到蕁麻掌將一團藥草推到她面前。

「我在幫烏翅收集藥草，」他喵聲說。「可是妳應該更需要這些吧？楓影，妳聞起來不太好。」蕁麻掌一臉認真地看著她。「請把這些藥草吃下去，我……小貓的事我也覺得很遺憾。斑希說她看到你們在河裡，但我有偷偷祈禱你們平安游到對岸。」

楓影猛然坐起來，嘶聲說：「斑希那時候**看到了？**」

見習生似乎被她的反應嚇到了。「對、對啊，她一直跟著你們，要確認你們真的有離開雷族地盤。她……她說妳摔下搭石了。」

「然後她居然袖手旁觀？」楓影嘶吼。「我的小貓那麼可憐、那麼無助，她居然就這樣看著他們溺死？」

蕁麻掌開始倒退。「我不知道。她應該是以為他們沒事，她說對岸有幾隻河族貓。」

「他們哪裡沒事了！」楓影齜牙咧嘴地說。她弓起背脊，腳爪陷入落葉泥。

「蕁麻掌！你在哪？」一隻貓的聲音從冬青樹後傳來。蕁麻掌哀叫一聲，快步奔走。

楓影躺回她的窄溝，她漫不經心地啃著藥草，一想到這是從烏翅那裡搶來的，她就感到一絲暢快。烏翅怎麼能和沒事一樣繼續採集藥草，治療族貓？楓影心中燃起一股慾望，她必須去見烏翅，必須讓烏翅後悔說出僅屬於她的祕密。她抬頭望向薄暮的天空，月亮已經升起，再過一個黎明就會是半月，到時所有的巫醫都會前往月亮石。楓影雖然不能進入雷族地盤，但沒有任何貓能阻止她踏上通往慈母口的道路。烏翅將在半月時獨自出發前往月亮石，那些蠢到願意聽信他指控楓影與危言聳聽的戰士不會來礙事。

楓影感覺藥草在體內作用，幫助她的腿恢復力氣，她低哼一聲跳出地溝，邁步離開邊界，進入四喬木周圍帶刺的灌木林。現在巡邏隊可能會時時保持警戒，注意她有沒有靠近，所以還是別走在雷族領地邊界比較好。她不曉得蕁麻掌會不會把遇到她的事說出去，但他應該不會承認把藥草給了她。

楓影跳下四喬木山谷旁的陡坡，她稍稍停下腳步，仰望那四棵高聳的橡樹，然後繼續往前走。她從山谷另一側爬上去，竄進臨風族領地的樹林。空氣中飄著濃烈的狐狸味，令楓影毛皮發癢，但那是有點陳舊的氣味了，而且應該能掩飾她自己的氣味，這樣巡邏隊就不會聞到她了。

她感覺到地面震動，是一連串驚恐的腳步聲。楓影從蕨叢中探出頭，看見一隻兔子奔過沼澤地朝她跑來，身後跟了風族的巡邏隊。楓影還來不及思考，兔子就一頭撞上她，腳爪和毛髮弄得一團亂。她用力朝兔子的脖子咬下去，兔子就全身癱軟，看到朝這邊跑來的風族戰士，楓影叼著兔子努力爬上離她最近的一棵樹。她的腳爪撕扯著滑順樹皮，兔子的重量扯著她的牙齒，但最後她還是帶著新鮮獵物爬到最矮的一根樹枝上。她聽見風族的貓在樹下急急停下腳步。

「兔子去哪了？」一隻貓問。

另一隻貓繞著樹幹聞地面的氣味。「氣味到這裡就不見了，但這不合理啊，兔子又不會爬樹。」

「你怎麼聞得到兔子的氣味？」一隻斑紋毛皮的棕色年長公貓咕噥道。楓影對他有印象，他的名字好像叫蠑皮。「這裡到處都是狐狸的臭味。」

楓影屏住一口氣，等著其中一隻貓抬頭看見樹上的她。她離地面太近，樹木的葉子沒辦法隱藏她的身形，但繼續往上爬又會發出聲音。巡邏隊再聞了一下，就轉身走回開闊的沼澤地，嘀咕著說獵物怎麼會突然消失。**傻貓！**楓影邊撕咬兔子邊想。

那一晚，她到森林較深的地方，窩在一團蕨類下過夜，結果被覆在體表的一層薄霜冷醒，滿腦子想著她那三隻溫暖的小貓。**不管你們在什麼地方，都要暖暖的喔**。她這麼想的時候，牙齒不停打顫。之前吃的那隻兔子還在她肚子裡，於是她直接走到空地，祈禱風族的黎明巡邏隊不會這麼早出巡。楓影當初還是見習生時，有去過一次月亮石，她還記得那時想到自己能自由走進風族領地就興奮得不得了，滿心希望能有巡邏隊看到她，來向她問話。但現在，她只能在石塊與金雀花叢後躲躲藏藏地前進，暗暗咒罵這個沒有遮蔽物的沼澤。

楓影終於走到斜坡底部，她蹲踞在轟雷路旁，鼻子、喉嚨滿是怪獸的惡臭，令她雙眼泛淚，但幸好清晨時分道路上的怪獸不多。她等待片刻，當沉重的寂靜覆蓋山谷時，她趁機竄過堅硬的黑色岩石地，撲進轟雷路對側柔軟的長草地與樹籬。楓影還記得當初經過一個有牛的兩腳獸巢穴，還有一間飄著乾草味的陰暗穀倉，當時她和其他見習生停下來休息、狩獵。這回，她決定離那個兩腳獸巢穴遠一點，以免撞見提早前往月亮石的巫醫貓。

穿過一大片草地又鑽過一排樹籬後，楓影望見深棕色的兩腳獸巢穴頂，看似之前的穀倉。她繞到下一片草地的邊緣，沿著一排樹木前進，到地面形成陡坡的位置。楓影仰頭看著坡頂鋸齒狀的岩石，岩石在陽光下呈淺粉色，看起來十分溫暖，但映在淺藍天際的輪廓仍是牙齒形狀。

楓影的肚子咕嚕咕嚕叫，她知道自己現在不吃點東西，等爬上山坡後，她這一天就別想進食了。她躲回樹下，迅速嗅到鼴鼠的氣味，找到一隻在陽光下聞聞嗅嗅的鼴鼠。楓影不是非常愛吃鼴鼠，但放棄這麼簡單就能抓到的新鮮獵物也太浪費了，於是她用前爪抓住鼴鼠扁扁的黑色身體，飽餐一頓。吃過新鮮獵物後，她感覺比較有精神，腦袋也更清楚了。她爬上山坡，腳下碎石紛飛，當鋸齒狀岩石在微弱的陽光下閃耀，楓影躍上一顆巨岩，張嘴對下方的山谷尖吼。

烏翅，我在這裡等你！你將為你的行為付出代價！

楓影過去的生活已經結束了，不能繼續當戰士的她，打算將每一拍心跳獻給死去的小貓，為他們報仇。

第六章

太陽拖慢了腳步，緩緩滑過天空。早上吃了那隻鼴鼠，現在楓影一點也不餓，而且她精神緊繃到就算想吃也吃不下。走了一整天的路，她的爪子都鈍了，於是她用岩石將爪子磨利。一隻老鷹在上方盤旋，楓影幻想自己殺死烏翅後，老鷹撲下來享用烏翅的屍體。烏翅的血將流成小河，每一滴都獻給她無助的小貓……

天色終於轉暗，岩石之間的影子逐漸拉長，空氣中的寒意令楓影豎起毛髮。她蹲坐在一塊巨石上遙望山坡底，將下方所有動靜收入眼底——就在這時，一道暗色影子奔過草地。烏翅來了！他和平時一樣，沒有和其他貓同行，在其他貓來之前提早到場。楓影伸出尖爪讓爪子輕刮岩石，她全身靜止，幾乎停止呼吸，睜著雙眼看烏翅爬上山坡，離她愈來愈近。楓影後腿和屁股緊繃，準備跳下去飛撲走近的巫醫，但她遲遲沒有出手。假如她在這裡攻擊烏翅，可能會被其他巫醫貓看見，而且埋伏有什麼了不起的？她應該尾隨烏翅去到月亮石，在那裡——在他那些寶貝徵兆的源頭——突襲他。

楓影回想起自己身為見習生時前往月亮石，當時穿過一條又悶又長的隧道，一想到這次又要進入那漆黑的通道，她的毛皮就開始發癢。小貓的哀叫聲在她耳邊迴響，驅使她在烏翅經過這裡前靜靜溜下岩石。楓影聽見剛爬上坡的烏翅大口喘氣，她等到烏翅消失在慈母口之中，才從藏身處溜出來，然後跟上去。

洞穴將她一口吞下，濃稠黑影從四面八方貼近，她走著走著發現回頭時連一絲月光也看不見。楓影走在岩石地面，努力放輕腳步，但烏翅似乎聽見她的腳步聲，他在前方什麼都看不見的黑暗中停步問：「是誰？」

楓影靜止不動，現在她的心跳聲應該大到站得遠遠的烏翅都聽得見吧？沒想到過了片刻，烏翅卻踩著極輕的腳步繼續向前走。前方隱約出現灰光，描繪出巫醫耳朵的輪廓。**月亮石！**楓影發現自己不知什麼時候開始像在狩獵一樣蹲伏著一步一步向前行，尾巴也壓得很低。走到隧道口時，銀光中閃耀的月亮石差點害她驚呼出聲，她看見烏翅低著頭跪在石頭前。

楓影嘶嗚一聲，伸著爪子撲到烏翅背上。烏翅被撞得滾到冰冷、光滑的岩石上，楓影瞥見他在月光反射下閃亮的眼睛。

「楓影！」烏翅一副差點說不出話來的樣子。「妳來這裡做什麼？」

楓影讓爪子陷入他喉嚨的毛髮。「為我死去的小貓報仇。」她齜牙咧嘴地說。「要是你能復活，我就算殺你殺了三次也不會膩！」她知道自己對這隻巫醫貓沒什麼好說的，再多的言語都無法讓小貓起死回生，楓影的小貓們死了，烏翅也沒資格活在這世界上。她猛咬烏翅的脖子，感覺到黑貓在她身下癱軟。

腳步聲沿隧道傳來，楓影溜到水晶後躲著，任由烏翅的身體倒在地上。

「偉大的星族啊！」她聽見楓族的巫醫雲雀翅驚呼。「烏翅！這是怎麼回事？」和雲雀翅一同走來的貓低哼一聲，楓影從月亮石的邊緣偷窺，看見影族巫醫李毛，嗅聞烏翅動也不動的身體。「他死了。」李毛震驚地說，雙眼東張西望。楓影連忙躲回水晶後面。

「我們不能把他丟著不管。」雲雀翅喵嗚道。「來，幫我把他帶上去。」

楓影聽著他們將烏翅拖進地道，自己則一直等待，等到月光光束從山洞頂的洞口消失，山洞陷入漆黑。她的心狂亂鼓動，但她提醒自己，沒什麼好怕的，現在暗影中唯一的危險，就是她自己。楓影很好奇，發生了這樣的事件，那些巫醫還會回來集會嗎？她等了又等，卻沒有一隻貓回到山洞，想必是各自回族裡報訊了。

山洞頂的一小塊天空逐漸變色，化為黎明的魚肚白，楓影伸展又冷又僵的四條腿，沿著隧道走回去。慈母口外多了一堆小石子，石縫中露出一簇黑毛，楓影嗅了嗅，認出烏翅的氣味。其他巫醫貓並沒有把烏翅扛回森林，而是選擇將他埋在這裡，用一堆石頭搭建他最後的巢窩。

楓影厭惡地捲起嘴角。怎麼沒有貓為她的孩子搭起紀念的石堆？她的三隻小貓，現在躺在河族領地溼冷的泥土中。她猛地一掌拍向石堆，把小石頭打到地上，雖然爪子勾到石頭、腳掌打得發痛，她還是不停亂抓亂扒，直到石堆徹底被拆散，烏翅的屍體暴露在灰色晨曦中。楓影抬起頭，望見在上方盤旋的老鷹。**這是你的下一頓新鮮獵物。**她滿意地心想。

老鷹飛得愈來愈近，楓影跳離四散的石頭，頭也不回地跑下山坡。她為小貓報仇了！**我的小寶貝，你們看到了嗎？我為你們殺了他！希望你們不會在星族遇到烏翅，他這種惡貓應該永遠待在無星之地。**

楓影走到一大片柔軟的草地，爬到草地邊緣的樹籬下，不知為何突然累得一步也走不動了。她無視咕嚕咕嚕叫的肚子，閉上眼睛。

「媽媽！」

「救我！」

兩張溼透的小臉出現在楓影眼前，他們睜著楚楚可憐的大眼睛，張大了嘴巴發出細小的哀號。河水的轟隆聲在楓影腦中迴響。

「小斑！小花瓣！」她尖叫。她瘋狂地揮動前腳，想在水流將小貓吸走前抓住他們，腳掌卻拍在又冷又硬的土地上。

楓影睜開眼睛，她還趴在高岩山下的樹籬下。她為什麼會夢到她的小貓？那小葉松呢？

「媽媽！救我！」兩道呼救聲徘徊不散。

楓影抖了抖身體坐起來。烏翅已經死了——難道這場夢的意思是，她只報了其中一隻小貓的仇？

星族，為什麼要這樣對我？我只不過是愛上了另一隻貓，為什麼要受其他貓兒從未經歷過的苦？

楓影腦中浮現一個畫面：一隻金色的貓坐在蕨叢中，眼睜睜看著黑色河水將三隻小貓捲走。**斑希！**根據蕁麻掌的說法，當時斑希看見小貓們在河裡掙扎，卻沒有出手幫助他們。楓影的小貓雖然和斑希沒有血緣關係，但戰士守則有這麼一條規定，如果你看見小貓遇到危險——不管是哪一族的小貓，你都必須救他。

烏翅已經為害死小貓付出代價，現在輪到斑希了。

楓影站起來，甩甩痠痛的腳掌。逮到斑希就沒有那麼容易了，因為斑希只有在參加大集會時才會離開雷族地盤，但在外她會和自己的族貓一起行動，即使在領地內也很少獨自行動。楓影必須想辦法在雷族領地——對戰士而言最安全的所在——襲擊斑希，她一面絞盡腦汁思考，一面走在樹籬下。一條常春藤勾到她的腳，差點把她絆倒，楓影嘶鳴著抽走腳掌。常春藤躺在地上，它晃動的模樣有點像滑亮的綠蛇。

蛇岩！楓影想到雷族用石頭封住的蛇窟……也許，雷族領土並沒有族貓想得那麼安全。

第七章

楓影走回森林，在夜晚的遮蔽下繞過風族地盤的邊界，前往雷族和兩腳獸地盤的邊界。她知道她得等到斑希巡邏時經過蛇岩，而且她還得祈禱星族賜給她好運，讓斑希獨自接近她。楓影鑽進兩腳獸圍籬底部的綠色草叢，爬上木製籬笆又從另一邊跳下來，來到圍籬內側飄著一股濃濃味道的小空間。

幾乎在她落地的瞬間，一隻肥胖的灰白公貓從兩腳獸巢穴旁邊的小翻門鑽出來，他邊喵喵叫邊走向楓影。

「滾出去！妳跟森林裡那些臭呼呼的野貓是一伙的吧？我的主人不歡迎你們！快滾出我們家後院！」

楓影等到寵物貓走到她面前一隻老鼠身長的地方，然後一隻腳爪猛然揮出去。寵物貓驚叫著往後跳，扁臉開始滴血。「很痛耶！」他哀叫。

楓影站在原位，動也不動。寵物貓用瞇成

細縫的眼睛瞪她一眼，接著轉身拖泥帶水地走回巢穴，翻門在他肥滋滋的屁股鑽進去後蓋上。楓影環視這塊被籬笆圍住的空間，籬笆旁有一棵樹，樹枝夠寬，她可以趴在上頭，而茂密的樹葉也能隱藏她的身形。她決定在樹上等斑希過來。她爬上樹，趴在一根大樹枝上瞭望森林。來這裡之前，楓影在四喬木抓到一隻松鼠，也在溪邊喝了水，肚子飽飽的很舒服。她用腳掌枕著下巴打盹，一隻耳朵豎起來聽下方傳來的聲音。

黃昏時分，四隻雷族戰士躡手躡腳地沿著圍籬底部走過去，彷彿怕寵物貓攻擊他們。楓影輕蔑地捲起唇角，沒想到她過去的族貓如此膽小。她沒有看到斑希的身影。夜晚降臨，楓影從樹上跳進長草中，準備狩獵。雷族族貓的氣味飄在她周遭，那一瞬間，她感受到一股強烈的渴望——然後她想到族貓將她和小貓趕走，想到斑希眼睜睜看著小貓溺斃，滿腔怒火又再次點燃。她迅速抓到一隻和蚯蚓拔河的燕八哥，叼著新鮮獵物爬回樹上。在她身後，那隻灰白公貓被聽起來不太開心的兩腳獸趕出巢穴，楓影看著寵物貓一臉驚恐地蹲在草地上，再看著他衝回巢穴裡。**哈！他知道這地方現在是我的地盤了！**

楓影睡得很不安穩，粗糙的樹皮磨得她肚皮不舒服，還令她全身感到又溼又冷。黎明一來臨她就醒了，昨晚吃的燕八哥又老又瘦，現在她肚子餓得發疼。楓影掃視森林，樹木下一片寧靜。她跳下樹，走進蕨叢找獵物，眼睛順著細微的窸窣聲望過去，看見一棵梧桐樹下有一隻老鼠在扒抓地面。楓影放輕腳步走上前，希望老鼠不會注意到她橘白相間的毛皮，她猛到忙著啃種子的老鼠身上，一口咬在牠脖子上將牠咬死。

就在這時，楓影停下全身的動作。是談話聲！她認出綻心的聲音，綻心要巡邏隊分頭捕獵，最後再回被雷劈過的榆樹下集合。沒時間回到兩腳獸的圍籬那邊了，楓影只能叼著新鮮獵物蹲在蕨叢下。腳步聲離她愈來愈近，她從綠色蕨葉之間望過去，瞥見金色毛皮。**斑希！**星族竟然將她帶到楓影面前了，但楓影不能在這裡攻擊她，現在出手只會被其他的貓發現。

楓影小心翼翼地拖著老鼠退出蕨叢，老鼠的屍體還沒冷卻，牠會留下新鮮的氣味。果不其然，她聽見斑希嗅嗅空氣，發出聞到獵物的低吼。楓影將老鼠在地面又拖了一小段，才叼起老鼠行走，否則在斑希去到蛇岩之前被看見，她的計劃就失敗了。

楓影刻意走在最茂密的樹叢中，讓老鼠留下明顯的氣味。她只能祈禱其他雷族貓兒的氣味掩蓋她自己的氣味，她才剛離開雷族不久，對雷族族貓而言她的氣味應該不算陌生。楓影豎起耳朵才聽得到斑希追蹤她的聲響，斑希是雷族最擅長狩獵的戰士之一，即使走在鋪了一層落葉的地上，腳步聲依然和蝴蝶拍翅一樣輕。

蕨叢外忽然出現暗灰色岩石，楓影叼著感覺愈來愈沉重的老鼠轉彎，繞過岩石堆的底部，來到另一邊的空地。這裡幾乎沒有貓的氣味，顯然戰士們怕毒蛇會從蛇穴裡溜出來。楓影希望毒蛇都還在，但她沒時間檢查了，她將死老鼠放在地上，自己則跑到堆在蛇穴外的石堆旁，儘快推開石頭。蛇穴口被她開了一個漆黑的洞之後，她趕緊躲到岩石後。

斑希小心翼翼地從樹叢後走出來，她張著嘴嗅聞空氣，毛髮豎了起來，看見地上的死老鼠時，斑希露出疑惑的神情。楓影從岩石後跳出來對她嘶吼。

「妳看著我的小貓溺死，卻什麼也沒做！」

斑希震驚地踉蹌後退。「楓影！妳不該來這裡的！」她弓起身體。「妳現在給我離開，不走，我就叫巡邏隊其他的貓過來。」

楓影晃動尾巴，她從眼角瞥見石頭堆的一絲動靜，那會不會是從蛇穴溜出來的毒蛇？楓影朝石堆走近一步。「斑希，妳該不會不敢自己和我打吧？」她嘶聲說。「妳是不是比較喜歡站在旁邊，看可憐的小貓溺死？」

金色母貓全身一僵。「我以為妳的小貓會被救上岸。」她沙啞地說。「我沒有要他們死的意思。」

楓影不以為然地說：「我不相信。妳這個狐狸心腸的膽小鬼，看到他們死了是不是很高興！」

斑希跑向楓影，她眼底閃爍著怒火。「我倒希望**妳**去死！」她怒罵。「妳侮辱了我哥哥！」

斑希撲過來時，楓影往旁邊閃避。斑希驚叫一聲，因為收不住腳衝進石堆，她還來不及站穩腳步就聽到「嘶——」一聲，一顆光滑的深綠色小頭竄上前，分叉的舌頭在空氣中吞吐。

「有蛇！」斑希驚呼。蛇一個迅雷不及掩耳的動作，斑希就踉蹌地倒退，她尖叫：「救命啊！我被蛇咬了！」

「妳要我救妳？那妳當初怎麼不救救我的小貓？」楓影低聲咆哮。「我才不救妳！祝妳痛苦地死去！」

斑希又痛苦地號叫一聲，樹林傳來急急衝過來的腳步聲。

「斑希，是妳嗎？」綻心大喊。

楓影溜進空地另一側的蕨叢，她知道自己應該在巡邏隊到場前逃走，但她想親眼看著斑希死去。樹叢窸窣作響，綻心和另外兩隻雷族戰士——籽皮和鶇爪——衝到這片空地。

「你們小心，這裡可能有蛇！」綻心命令。另外兩隻貓左顧右盼，視線掃過岩石。綻心低頭看著蜷縮在地上，兩隻前腳摀住眼睛的斑希。「斑希，沒事的，我們來了。」

「我的眼睛！」斑希哭叫道。「我什麼都看不到了！」

綻心仰頭高呼：「唉，星族啊！我們現在這麼需要烏翅，祢們為什麼要把他從我們身邊帶走？」他甩了甩身體，轉身面對族貓。「籽皮，你趕快去弄一點沾溼的青苔，我們要把斑希眼睛裡的毒液洗出來。鶇爪，去把我們藥草存庫裡所有的茴香找出來，我們要盡量把斑希的眼睛救回來。」

兩隻戰士跑走後，綻心一隻前掌搭在斑希脅腹。「安靜躺好。」他喵聲說。「我們會竭盡全力救妳。」

「可是雷族沒有巫醫了！」斑希哀聲說。「我會不會死掉？」

「我不會讓妳死的。」綻心向她保證。

楓影看著自己從前的導師安慰小貓溺死時袖手旁觀的斑希，胸中怒火燒得愈來愈旺。斑希的眼睛不停滲血，從清澈變得混濁，即使她這次活下來，以後也別想再看任何東西了。楓影知道自己得在其他雷族貓趕來幫助斑希之前離開，她悄悄鑽過樹叢，來到森林最茂密的地方，再一路跑回兩腳獸的籬笆。愈來愈多戰士抵達蛇岩，樹林傳出更多驚恐的喊聲，但這些聲音都在楓影爬到籬笆另一側，蹲在光禿禿的棕色泥土上喘氣時，逐漸淡去。

現在，她耳裡只剩一道聲音，是最小、最無助的小斑。「媽媽，救命！」斑希遇襲後，小花瓣也安息了，她和小葉松驚恐的哭聲消失了。一想到自己再也見不到兒子和女兒，楓影就被潮水般的哀痛壓得無法呼吸，但她咬緊牙關，想著最後一隻要為小貓之死付出代價的貓。

「小斑，我很快就會幫你報仇。」她發誓。「再過不久，你就自由了！」

第八章

夜幕降臨時帶來陣陣溼冷的風，楓影從圍籬跳下來，她走進森林，沿著兩腳獸地盤的邊界前行。雨滴落在四周時，她來到幾棵松樹前，但松樹細瘦的樹幹和針葉無法遮風擋雨。楓影輕輕踏過森林地面，繞過此時安靜、陰暗的伐木場，離雷族邊界遠遠的，然後又竄回茂密的樹叢中。帶刺的樹叢刮過她的毛皮、擋住她的去路，但楓影不顧一切地向前走，時時注意是否有流水聲。

雨開始下得更大了，楓影耳邊的樹葉和草葉被打得啪答啪答作響。她鑽出一叢又硬又韌的長草，發現自己站在陡峭的河岸上，不由得倒抽一口氣。危險、漆黑的河水在下方疾速流過，離她站的位置僅一條尾巴遠，令她嘶鳴著手忙腳亂地倒退。眨眼即逝的瞬間，她似乎看見三個在水中掙扎、翻滾的小小身影，但那不過是星光的倒影。

楓影盯著對岸的蘆葦叢，河族營地就在那

之中某個地方，像鳥巢似地高出潮溼的地面。當她努力傾聽，似乎能聽見雨聲中隱隱約約的貓聲，想來是河族的貓準備休息了。楓影想像蘋果暮臥在他的窩裡，蘆葦光蜷縮在他身旁，橘色毛皮與褐色毛髮相融……楓影後頸的毛髮豎了起來，她露出滿口利牙。**我會讓蘋果暮後悔當初與我相遇！他說了那麼多次愛我，許下了那麼多承諾，那些都是謊言！他從一開始就不希望我生下他的小貓，所以他讓小貓溺死——他那時候明明有能力拯救他們的！我知道他有那個能耐！**

楓影身後，樹木上方的天空逐漸轉亮。還有一段時間才會破曉，但楓影不排斥在黑暗中潛行，於是她並沒有讓倦意將她拉入睡夢，而是沿著河流走向下游。下游有個河水較淺的地方，一條小石頭鋪成的水下道路連接了兩岸——楓影過去曾走這條路過河，和蘋果暮幽會。楓影死都不想游過河，但真的有必要時，她還是可以踩著水面下的石頭走到對岸。

她來到石頭道路所在的河段，在黑暗中她看不見水下的石頭，但她聽到水流的聲音起變化。楓影全身一顫，心不甘情不願地跳下河岸，走進水裡。她腹部的毛髮立即溼透，寒冷刺骨的河水令她倒抽一口氣，她強迫自己在水中移動四肢。她感覺到水流拉扯她、沾溼她的脅腹，雖然水流比她上次帶小貓過河時和緩，這裡的水也比較淺，但她還是痛恨自己在水裡走的每一步，終於爬上對岸時她嘶出一口氣。楓影躺在岸邊喘氣，任河水從毛皮上流下來。雨停了，但天上仍布滿烏雲，風也帶著更多雨水的氣味越颳越強。

楓影強迫自己站起來繼續走，她跳進堅韌有彈性的蘆葦叢，臉被蘆葦彈得隱隱發痛，疲憊的腳掌被絆了幾下。她不停往前走，直到她聞到河族邊界的氣味標記，接著她又倒退回去，沿著河族地盤的邊緣走，走在自己不會被河族貓兒聞到的地方。走著走著，茂密的蘆葦叢變成較柔軟的樹叢，以及垂著細樹枝的柳樹。楓影的肚子咕嚕咕嚕直叫，但她不敢狩獵，因為河的這一岸聲音比較容易傳出去，狩獵的聲音可能會被河族的貓聽見。

她腳下的土地變得愈來愈乾、愈來愈密實，魚腥味漸漸淡去，空氣中充滿綠色植物的氣味。楓影來到一簇長得比較密的樹林，這些樹木的葉子比柳樹多，樹幹和樹枝也比較堅固，她站在樹上能看到走在邊界附近的貓。楓影想到自己最近幾乎都在樹上生活，不禁嘆息一聲，但她還是用腳爪抓著樹皮爬上離她最近的一棵樹，攀到較低的一根大樹枝上。她不清楚河族戰士的生活習慣，沒辦法設計讓蘋果暮遠離同伴，所以現在也只能待在高處觀察河族。

楓影在寒冷的空氣中豎直毛髮，靜靜等待，沒過多久便有一陣腳步聲越走越近，應該是清晨的巡邏狩獵隊。那些貓大聲聊天，走路時毫不顧忌腳下的聲響，彷彿想讓所有獵物知道他們正在接近。想到雷族戰士輕到幾乎聽不見的腳步聲，楓影鄙夷地捲起唇角。河族巡邏隊從她所在的樹枝下走過去，沒有一隻貓注意到她。

巡邏隊的腳步聲還未遠去，又有更多貓走來，微風帶來一股令楓影鼻翼一張的氣味。一拍心跳過後，蕨叢向旁分開，一隻肩膀寬闊、褐色毛髮光滑且厚實的貓走出草叢。**蘋果暮！**星族又一次將楓影的獵物帶到她爪邊。

正當楓影暗自慶祝時，草叢又窸窣作響，一隻肥肥的灰色見習生有點笨拙地跑出來，他蹲伏在地上然後往前縱身一跳，短短的前腿直直伸出去。蘋果暮搖搖頭。「鱸掌，你要跳高一點。」他說。「等你上戰場，你面對的將是成熟的戰士。」

年輕貓咪睜大兩顆藍眼睛。「我會長高，對不對？」

蘋果暮呼嚕呼嚕地笑。「你當然會長高，不過你還是得學會跳高。」

「要不要我來示範怎麼飛撲你？」這句話剛說完，一隻橘色母貓便優雅地走進空地，令楓影後頸的毛髮直直豎起來。**這蘆葦光是怎麼回事？就不能讓蘋果暮自己做事嗎？**

蘋果暮走向族貓，和她磨蹭臉頰。「我才不會讓妳飛撲呢。」他喵聲說。「妳要小心別傷到我們的小貓啊！」

蘆葦光望向自己只微微凸出的肚子。「我又不是生病！」她出聲抗議。

「我知道。」蘋果暮喵嗚道。「可是我們的小貓太珍貴了，不能冒不小心被鱸掌弄傷的這個險。」

楓影緊緊抓住身下的樹枝，用力到兩隻爪子硬生生斷裂，但她幾乎沒注意到腳爪的疼痛。蘆葦光怎麼已經懷孕了？蘋果暮究竟說了多少謊？她繃緊四肢，準備在蘆葦光和鱸掌從蘋果暮身邊離開的剎那跳下去，但三隻貓一起走了，鱸掌還邊走邊興奮地和其他兩隻貓討論戰略。

楓影蹲伏在樹上，氣得七竅生煙。一個溼溼冷冷的小身體緊貼在她身側，尖聲哀求她救命，楓影努力用尾巴捲住最後一隻小貓，但她身旁除了空氣之外什麼都沒有。她隱隱意識到自己又餓又渴，而且走了一整晚的路身體疲憊不堪，但現在什麼都不重要了，她只想找毀了她一生的貓復仇。她會一直等在這裡——即使這輩子都將在這棵樹上度過也無所謂——只要能讓小斑的哭聲消失，怎麼樣都無所謂了。

楓影大概是睡著了，過了好一段時間她才突然驚醒，發現空氣中飄著薄霧般的細雨，蕨叢中的陰影愈來愈深。有什麼東西在樹叢裡，越走越近，楓影全身僵硬，不知是不是星族的恩賜，讓蘋果暮第二次走到她所在的地方？就在她這麼想的時候，一團毛髮跌跌撞撞地走進空地，在一棵樹下戛然止步。

「雷族老鼠屎，看我的！」鱸掌尖叫著用前爪拍斷一根小樹枝，他接著耳朵貼在頭頂，轉身說：「想從背後偷襲我？哼哼，你就跟你的族貓一樣，是狐狸心腸的壞貓！」他撲上前壓扁一大團青苔，然後他直起身，低頭看著他的「對手」。「啊，我應該把這個帶回長老窩的。我再去別地方找青苔好了。」

他碎步走向楓影的樹，開始檢查樹根有沒有長苔。楓影放開樹枝，直直跳上見習生的背，鱸掌「嗚！」一聲被撲倒。小見習生還沒弄清楚發生了什麼事，楓影就用牙齒抓住他後頸的毛皮，將他從樹下拖到界線的另一邊，邊拖眼睛邊瞪大，這隻肥嘟嘟的見習生比獾還要重！

鱸掌大叫著扭動、掙扎，但楓影咬得更大力，讓他停止掙扎。「妳是誰？妳要幹嘛？」見習生低吼。

楓影將一隻腳爪重重壓在他肩膀上，咆哮：「不准動，不然我把你喉嚨扯爛。」

鱸掌眨眨眼睛。「放開我！我可是河族戰士！」

「才不是。」楓影嘶聲說。「你只不過是愚蠢的見習生。沒關係，我也不想殺你，你是我的誘餌。」

鱸掌還想說話，臉卻被楓影按在地上，抗議的言語都說到土裡去了。楓影蹲下來，幾乎將全身重量壓在鱸掌後腰上，然後她靜靜等待。

「鱸掌！鱸掌，你跑去哪了？」

楓影差點呼嚕呼嚕笑出聲。片刻後，蘋果暮一臉擔憂地小跑步到空地上。「你就不能乖乖聽話嗎？」他邊抱怨邊四下尋找見習生的蹤影。「你要是沒收集青苔，而是在那邊練習戰鬥技巧，就等著挨罰吧！」

楓影緊緊咬著鱸掌後頸的毛皮，將他從樹後拖出來，然後讓見習生軟倒在地。「蘋果暮，你在找的是這傢伙嗎？」

河族戰士驚恐地盯著她。「我們不是叫妳離開河族地盤嗎！」

楓影的尾巴尖端微微晃動。「你以為我會乖乖滾出去？那你比我想像中還要鼠腦袋呢。你害死我們的小貓，現在我要你付出代價。」

蘋果暮露出滿口利齒。「胡說八道！是**妳**逼我們的小貓過河，是**妳**害死了他們！快放開鱸掌，馬上離開這裡，不然我就要叫巡邏隊過來了。」

楓影越過倒在地上的鱸掌，毛髮豎直、四腳穩穩站在地上，面對褐色毛皮的河族戰士。「你可以把那團沒用的毛球帶回去啊。」她惡狠狠地說。「前提是，你要打贏我。」

第九章

蘋果暮後退一步，雙眼蒙上一層陰影，臉上也露出倦容。「楓影，我不想和妳打。」他喵聲說。

「你沒得選！」楓影斷聲說。她四肢繃緊，隨即撲向蘋果暮。

蘋果暮閃到一旁。「妳走就是了啊！」他驚聲喘氣。

他身後的草叢傳來窸窣聲，蘆葦光走了出來。「怎麼了？」她的視線落到楓影身上。「她來這裡做什麼？」

楓影氣得眼冒金星，全力撲向橘色母貓。「妳和妳的小貓都去死吧！」她尖叫。「蘋果暮是我的！」她伸出利爪，往蘆葦光的臉抓下去。

腳掌蹬地的聲響，寂靜，接著一道厚實的褐色身影閃到楓影面前。她的爪子硬生生一撕，刺穿毛皮與筋肉，鮮血噴到她身上。蘋果暮悶哼一聲倒在楓影腳邊，喉頭汩汩流出鮮血。

同一瞬間，有個沉重的東西從後方撞上楓影，鱸掌用腳爪緊緊抱住她，一口咬在她脖子上。楓影往前踉蹌兩步，差點摔倒。鱸掌從她背上滑下來，楓影感覺到鱸掌靠在她脅腹顫抖……然後她赫然發現，顫抖的是她自己。**為什麼？我又沒有害怕。**

「他死了！」蘆葦光蹲在蘋果暮身邊尖喊，盯著楓影的雙眼因恐懼而瞪大，露出一圈眼白。「他被妳殺死了！」

楓影試著往前踏，但她的腿感覺異常沉重，眼前的視界異常模糊。**下雨了嗎？**她心想。有什麼溼溼熱熱的東西沿著她的前腿滴下來，耳朵後面也有股悶悶的痛感，當她甩頭時，鮮紅色液滴宛若細小的落葉，濺到地面。

蘋果暮毫無動靜的身體邊，一個小小的橘白色毛球動了動。「媽媽，妳殺了他！」小斑得意地高舉小小的尾巴，尖聲說。「我們都自由了！」他逐漸淡去、消失，只剩下他父親的棕色毛髮。

楓影跌跌撞撞地走向兒子。「等一下！」她喘息著說。「別離開我啊！」

蘆葦光從蘋果暮身後站起來，對楓影嘶聲說：「妳不准再靠近他！從來沒有部族貓犯下這樣不可饒恕的罪行，但楓影，妳沒有贏，蘋果暮的精神將與他的小貓、他所有的後代同在。他的靈魂不會消失，他將**永遠**是河族的一部分！」

楓影站不穩了，腳下的泥土也變得黏膩、溼滑。「那我會永遠看著你們的後代，你們對我做的一切，我會報復在你們後代身上。」她啞聲說。「我的復仇還沒有結束——我的復仇永遠不會結束！」

她蹣跚地步向柳樹後的樹叢，隱約聽見鱸掌要跟上來的聲音，但蘆葦光將他叫了回去。

「她做了這麼多過分的事，」楓影聽她喵聲說。「讓她自己爬走，死在離我們遠一點的地方。」

楓影撐著身體鑽過矮樹叢，她已經沒有痛覺了，只有一股逐漸擴散的痲木感。她走到樹叢邊緣，望見自己被放逐那一晚，她躲進去過夜的兩腳獸巢穴。楓影沒力氣走下去了，她癱倒在地上，任由沾滿血液的毛皮壓在泥土與小石子上。她闔上雙眼，等待小貓們的小臉出現，等著聽孩子感謝她為他們報仇。

然而楓影眼皮下除了漩渦般的黑暗與寒風之外，什麼都沒有，連一點星光也沒有。她第一次感到一股恐懼。「星族，祢們在哪裡？」她在無盡的夜晚中哀號。「我的小貓在哪裡？」

一張模糊的小毛臉出現在她面前。「小斑？」楓影驚呼一聲，試圖伸出一隻腳掌。

「怎麼是妳！」那隻貓驚訝地說。「還記得我嗎？我叫麥勒，我們之前見過一面。」楓影感覺到對方的鼻子貼在她脅腹。「妳傷得好嚴重。」小公貓喵嗚道。「好可憐喔。來，我帶妳進屋。」

麥勒不知哪來的力氣，用肩膀撐起楓影的身體，扶著她走進兩腳獸巢穴。楓影頹然倒在一堆乾草上。**我已經失去一切。**她心想。**活著還有什麼意義？**

她身旁閃過黑色與白色，是麥勒用一片沾溼的青苔為她擦洗毛皮，但楓影累到沒辦法推開他。她半睜著一隻眼睛，看見鮮血毫不受阻地順著肩膀與前腳流下來，在她身下形成淺灘。

「太多血了，真的太多了。」麥勒焦急地說，用青苔擦拭血跡的動作也變得更急促。「妳是被部族貓咬傷的嗎？」

楓影閉上眼睛，點點頭。

嬌小的公貓嘆息一聲。「唉，他們永遠不會改變那種狂野嗜血的作風。」他咕噥。「妳應該早點離開他們的。」

離開？我怎麼可能離開？我發誓要為小貓報仇，該報的仇也報了，可是我的任務還沒結束，因為蘋果暮的精神會一直和蘆葦光的小貓同在。我永遠不能安息。

麥勒在她身旁蜷起身體，毛皮緊貼著她染血的身體時，他幾乎沒有露出噁心的表情。「我會待在妳身邊。」他保證。「沒事了，妳現在很安全，都沒事了。」

楓影探出殷紅的斷爪。「不要管我。」她啞著嗓子說，邊說還邊努力抬頭，瞪視麥勒。「我不需要你陪。」

黑白相間的公貓站起身，一臉哀傷地俯視她。「我覺得妳錯了。」他悄聲說，但他聽話地轉身踏入飄著乾草味的黑暗。

那一瞬間，楓影恨不得叫他回來，但比巨石還沉重、比河流還湍急的睡意拉扯她的心神，她闔上雙眼，讓腦海充滿攪動的暗影，以及令她驚跳的淒厲尖喊。楓影發現自己腳下踩著溼冷且帶著河水臭味的土地，她不知為什麼又能走路了，四肢再次充滿力量，視線也愈來愈清晰。

她踏進一片由灰色樹幹圍起的昏暗空地，雖然她不感到畏懼，卻知道有幾雙眼睛藏在某處觀察她。「我死了嗎？」她喵聲說。她聽著自己的聲音在樹木間迴蕩。「這是星族嗎？」

楓影抬起頭，但上方濃稠、漆黑的天空沒有半顆星星，窸窣作響的樹葉之上，連一點銀光也無。幽暗的光芒，來自長在樹木根部的多肉真菌，以及黏滑的樹幹。

「不是星族。」她身後的某個聲音回答。「這裡是黑暗森林，是無星之地。楓影，我們歡迎妳。」

楓影猛然回身。「你是誰？給我出來！」

「我拒絕。」那個聲音嘶聲說。「妳來到這裡，是為了沉浸在妳血淋淋的回憶裡。」

楓影並沒有因此感到畏懼，她心中反而多了一股快感。如果她是因為經歷了那一切而來到這裡，那代表這地方有其他有過相同經歷的貓，他們能理解她的遭遇，他們知道向死敵尋仇、給對方無盡的痛苦是什麼感覺。

她不管那陌生的聲音怎麼說，她會找到這些貓，將他們訓練得和她自己一樣又強又勇敢無畏，然後利用他們挑戰各個貓族，帶給那些戰士作噩夢都沒想過的災禍。

楓影終於找到自己真正的歸屬了，她生前只能單打獨鬥，但現在她能集結其他貓咪的力量，造成更多苦難與災厄。蘋果暮毀了楓影的一生，以後他的子孫將世世代代為祖先的行為感到懊悔。正如她對蘆葦光立的毒誓，楓影復仇的渴望將永不平息。

WARRIORS

貓戰士

鵝羽的詛咒

Goosefeather's Curse

閃鼻：白色口鼻、深薑黃色的貓。

貓后　（懷孕或正在照顧幼貓的母貓）

雛菊趾：黃色眼睛、灰白相間的母貓（生了淺黃色眼睛的銀灰色母貓——小月；藍色眼睛、有斑點的灰色公貓——小鵝）。

褐鹿歌：褐色母貓（生了琥珀色圓眼、蓬鬆尾巴的暗紅色母貓——小罌；黃色眼睛的深棕色公貓——小鷺，毛髮蓬厚的褐色公貓——小兔）。

見習生　（六個月大以上，正在接受戰士訓練的貓）

暴掌：藍色眼睛的藍灰色公貓。

蛇掌：黃色眼睛、有雜斑的棕色虎斑公貓。

捷掌：黃色眼睛、虎斑與白毛相間的母貓。

小掌：琥珀色眼睛、耳朵很小的灰色公貓。

岩掌：藍色眼睛的銀色公貓。

長老　（退休的戰士與退位的貓后）

霧皮：綠色眼睛、毛髮蓬厚的灰色母貓。

蕁麻風：年邁的薑黃色公貓。

各族成員

雷族 *Thunderclan*

族長　**牝鹿星**：琥珀色眼睛、褐白相間的母貓。

副手　**松心**：綠色眼睛的紅棕色公貓。

巫醫　**雲莓**：黃色眼睛、有著長白毛的年邁母貓。

戰士　（公貓，以及沒有子女的母貓）

糊足：琥珀色眼睛的棕色公貓。

雀歌：淺綠色眼睛的玳瑁色母貓。

鴉尾：藍眼睛的黑色公貓。
所指導的見習生，暴掌

風翔：淺綠色眼睛的灰色虎斑公貓。
所指導的見習生，捷掌

兔撲：黃色眼睛的褐色母貓。
所指導的見習生，蛇掌

松鼠鬚：琥珀色眼睛的棕色虎斑母貓。
所指導的見習生，岩掌

冬青皮：綠眼睛的黑色母貓。
所指導的見習生，小掌

雨毛：琥珀色眼睛、有斑點的橘白母貓。

牡鹿躍：琥珀色眼睛的灰色虎斑公貓。

微步：藍色眼睛、黑白相間的公貓。

河族 *Riverclan*

族長　**田鼠星**：棕色虎斑公貓。

副手　**霞步**：毛髮蓬厚的灰色公貓。

巫醫　**回鼻**：黑白相間的年邁母貓。

影族 *Shadowclan*

族長　**犬星**：棕色與白色相間的公貓。

副手　**杉皮**：有白色腹部的深灰色公貓。

巫醫　**紅薊**：深薑黃色的母貓。
所指導的見習生，艾掌（有長觸鬚的白色母貓。）

風族 *Windclan*

族長　**楠星**：藍色眼睛的粉紅灰色母貓。

副手　**荊豆足**：灰色虎斑公貓。

巫醫　**蔥爪**：黃色眼睛的深棕色公貓。
所指導的見習生，鷹掌（黃色眼睛的深棕色雜斑公貓。）

戰士　**曙紋**：有乳白色條紋的淡金色虎斑貓。

腐肉場
影族營地
轟雷路
頭鷹樹
大梧桐樹
雷族營地
蛇岩
沙坑
松樹林
兩腳獸地盤
KEY To The CLANS
雷族
河族
影族
風族
星族
NORTH

高聳岩
大麥的農場
四喬木
風族營地
瀑布
CAT VIEW
陽光
河族營地
伐木場

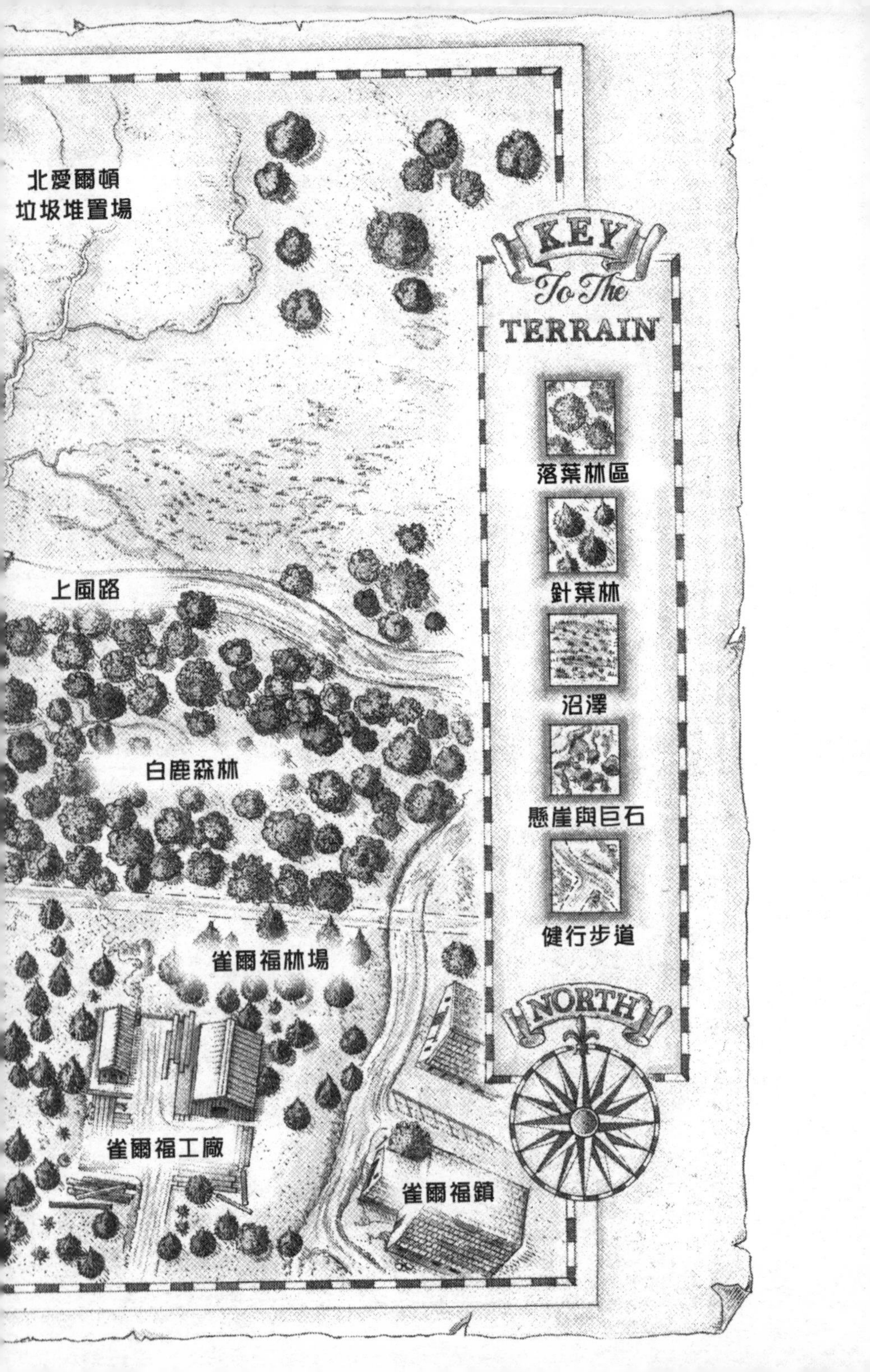
北愛爾頓
垃圾堆置場
上風路
白鹿森林
雀爾福林場
雀爾福工廠
雀爾福鎮
KEY
To The
TERRAIN
落葉林區
針葉林
沼澤
懸崖與巨石
健行步道
NORTH

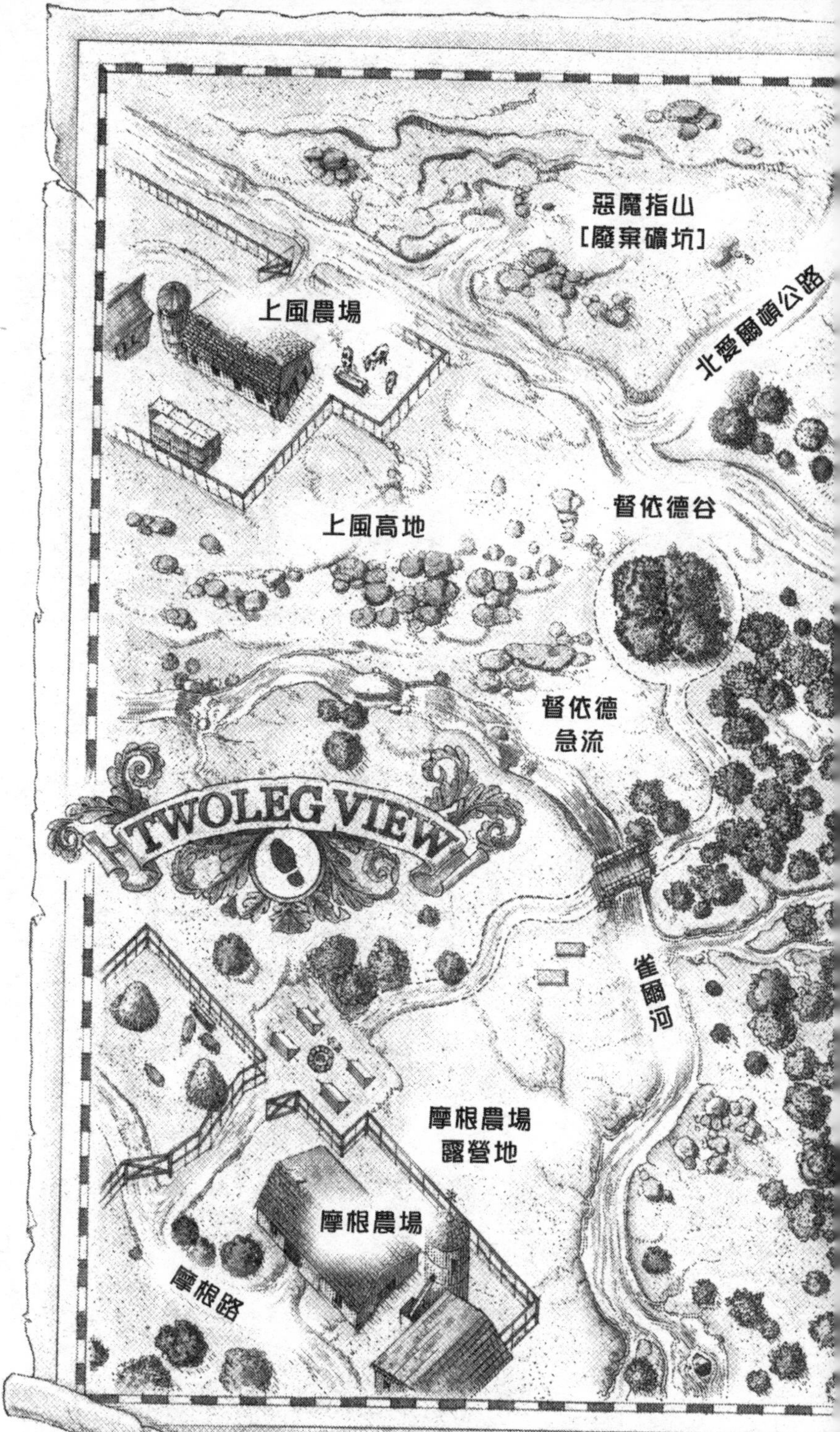
惡魔指山
[廢棄礦坑]
北愛爾頓公路
上風農場
上風高地
督依德谷
督依德
急流
TWOLEG VIEW
雀爾河
摩根農場
露營地
摩根農場
摩根路

第一章

「虎族族長亮出爪子，爪子刺穿他身下那隻斑點貓的喉嚨，然後他抬起長了黑條紋的頭，威武地瞪著站在樹林邊的幾隻戰士。『這是**我**的森林！』他大吼。『你們誰敢再靠近一步，我就把你們族長的毛皮扒下來！』」

小鵝嚇得快要哭出來，小鼻子埋在自己的灰色尾巴之下。年邁的母貓用口鼻蹭蹭他。「孩子，別怕。」她呼嚕呼嚕笑著說。「不過是一則故事，有必要嚇成這樣嗎？」

「可是虎族怎麼這麼壞！」小鵝喵聲說，小臉還埋在毛髮中。

「小鵝！你跑去哪了？快出來啊！」

小鵝抬起頭，皺起眉頭。「我母親在叫我。」他咕噥。

「今天天氣這麼好，你應該出來走走，整天待在窩裡你不怕發霉嗎？」

老母貓磨蹭他的頭頂。「去吧，小傢伙。」她喵嗚道。「晚點再來聽我把故事說完。」

「可是我想現在聽嘛！」小鵝哀聲說。「要是我以後變成戰士，遇到虎族族長怎麼辦？妳要跟我說怎麼樣才能贏過他啊！」

「我答應你，我晚點會告訴你的。好了，去找你母親吧，今天天氣確實不錯。」老母貓用肥肥的棕色腳掌戳他一下，小鵝被戳得心不甘情不願地走出小窩。

他鑽出荊棘叢，眨著眼睛踏進沐浴陽光的營中空地。剛落下沒多久的雨珠，在空地外圍的刺藤圈上閃爍著，空氣中滿是樹葉舒展開來的氣味，以及溫暖的新鮮獵物氣味。小鵝的肚子咕嚕咕嚕叫，他轉向地上的一堆獵物，但還來不及跨出一步他就被一球溼溼、刺刺的青苔打中，摔了一跤。

「嗚！」他悶哼一聲，側著倒在地上。

一隻灰白母貓跑過來，低頭看著他。「唉呀，小鵝！」她喵聲說。「你沒事吧？」

「他當然沒事了！」一隻銀灰色小母貓邊一臉不屑地說，邊用四條只長了軟毛但十分強壯的小短腿走過來。「對不對啊，小鵝？」

小鵝抬起頭。「嗯，小月，我沒事。」他喘息著說。「我剛剛只是沒看到青苔球飛過來。」

小月用前掌戳戳他。「起來啊！跟我玩！」

一隻擁有圓潤琥珀色眼睛的暗紅色小貓蹦蹦跳跳地跑來，把青苔球彈走。「小月，來啊！看妳接不接得到！」

小鵝的姊姊轉身追逐滾到空地另一邊的小球，小罌也追了上去，她的腿比較長，所以跑起來比較輕鬆。深棕色毛髮叢旁邊閃過，小罌的弟弟——小鷺——也衝過去追球，三隻小貓撞在一起，腳掌和尾巴纏得亂七八糟，青苔球則繼續往前滾，滾到新鮮獵物堆旁。

小鵝看著他們嬉鬧，忍不住微微一縮。他母親舔了舔他的頭頂。「你怎麼不和他們一起玩？」母親說。「別擔心，你不會受傷的。」

小鵝抬頭看她。「真的嗎？那小兔為什麼又去找雲莓治療了？是因為他從半樹上摔下來嗎？還是他卡在有刺的樹叢裡了？」

雛菊趾搖了搖頭。「他鼻子被荊棘刺到，刺卡在裡面拔不出來。他只是還沒熟悉自己的身體，所以動作比較笨拙而已。」

小鵝垂頭盯著自己毛茸茸的小腳。「我不想一直都這麼小。」他嘀咕。「要是我永遠長不大，永遠沒辦法變成戰士怎麼辦？」

「我不是那個意思……」雛菊趾說到一半突然停下來。空地入口的金雀花叢微微顫動，幾隻貓跑進來。

巡邏隊長是一隻草綠色眼睛的玳瑁母貓，她在新鮮獵物堆放下自己捕到的獵物——一隻肥美的年輕鴿子，然後走到雛菊趾身旁。「可惜妳今天沒和我們出去巡邏。」她喵聲說。「今天獵物都自己送上門呢！」

一瞬間，雛菊趾露出羨慕的神色。「雀歌，我可能下個月才能一起去狩獵。」她說。「我得先讓孩子斷奶。」

跟著雀歌從金雀花隧道走出來的黑色公貓，也走到雛菊趾與雀歌身邊，放下嘴裡的紅松鼠，尾巴尖端輕輕摩娑雛菊趾的脅腹。「這是我幫妳抓的。」他呼嚕呼嚕笑著說。

「鴉尾，謝謝你。」雛菊趾雙眼閃閃發亮，喵嗚道。

新鮮獵物堆的另一側，有貓發出一聲驚呼。小鵝看見一隻肩膀寬闊的灰色見習生，見習生一直盯著他瞧。「哇，你不會是小鵝吧？還是你只是一團小鵝形狀的青苔？」

見習生走過來聞他，小鵝不禁嘆一口氣。「我已經好幾天沒在室外看到你了！」那隻公貓接著說。「鴉尾，你看！你兒子晒到太陽也沒有融化！」

黑毛戰士的耳朵動了動。「暴掌，別鬧了，去問問長老們要不要吃點東西。」

小月跑過來，短尾巴直直豎在空中。「暴掌！你看你看！我有練習你教我的那招！」她蹲伏在地上，搖了搖屁股，然後伸直前腳跳出去，兩隻耳朵平貼在頭上，捲起的嘴唇露出一口又小又尖的牙齒。「是不是很勇猛？」她四隻腳落地，喘著氣說。

暴掌點點頭。「妳還真嚇了我一跳！要不要幫我把新鮮獵物帶去給長老吃？我再教妳一招，怎麼樣？」

「好啊好啊！」小月興奮地跳上跳下，一雙黃眼睛熠熠生輝。

鴉尾對暴掌瞇起眼睛。「你可是見習生。」他提醒暴掌。「別把工作都丟給小貓！」

「可是我想幫忙！」小月出聲抗議。「等我當上見習生，我要暴掌當我的導師。」

「他哪有可能當妳的導師，」小鵝喵聲說。「妳當見習生的時候，他應該才剛當上戰士吧。」

「就算這樣，他也會是全雷族最厲害的戰士！」小月堅持地說。「比牝鹿星還厲害！」

暴掌不自在地挪動腳步。「小月，走吧。」他低聲說。「我們幫長老送食物去。」

小鵝看著他們叼起新鮮獵物堆裡一隻燕八哥，拖著死鳥朝長老窩走去，小月使出吃奶的力氣，用力到眼球都要凸出來了。兩隻老態龍鍾的貓坐在長老窩外晒太陽。小鵝見他們差點和一隻纖瘦的白色公貓撞個正著，不由得眉頭一皺，但不知為什麼他們沒有撞到白貓，白貓若無其事地繼續走，消失在金雀花通道裡。

另外兩隻巡邏與狩獵歸來的貓——兔撲和她的見習生蛇掌，正忙著將他們的獵物疊上新鮮獵物堆，蛇掌向小鵝晃了晃尾巴。「要不要來嚐嚐這隻老鼠？是我自己抓的喔。」他得意地炫耀。

小鵝小碎步走過去，嗅了嗅仍帶暖意的棕色鼠屍。這隻老鼠體型碩大，幾乎和小鵝一樣大，牠即使死了卻微微皺著鼻子，露出長長的門牙，四隻腳也揪得緊緊的。小鵝微微一縮。他和母親與小月分食過新鮮獵物，但他啃新鮮獵物總是啃得嘴巴發痠，還是母奶比較好吃。

「你不吃嗎？」蛇掌的語氣透出失望。

小鵝咬住老鼠的其中一隻前腳，想將牠從獵物堆上拖下來，正當他後腿奮力在沙地上扒抓時，有貓將他一把撞開。一道毛髮不整的薑黃色身影居高臨下地看著他。

「蕁麻風，小心點！」蛇掌喊道。「別著急，獵物很多的。」

蕁麻風那雙混濁的眼睛轉向見習生。「啊？你剛剛有說話嗎？」他動了動耳朵，一坨噁心的東西掉到小鵝頭上。

「喂！」小鵝抗議道。「走開啦！這是我的老鼠！」他甩甩頭，一隻身上滿是老鼠膽汁的壁虱被甩到地上。

老貓低頭嗅了嗅他。「你知道什麼叫戰士守則嗎？族裡的食物要優先給長老和小貓吃！」

「我就是小貓啊！」小鵝喵聲說。

「那你就該學著敬老尊賢。」蕁麻風沉聲說，邊說邊將一隻腳掌放在老鼠身上。「讓我安靜吃一餐。」

小鵝氣得毛髮豎直，但他也明白和雷族最老的貓──說不定是四族最老的貓──爭辯不會有好結果，於是他不甘不願地退開。小鵝懷疑四喬木的四棵老橡樹還是橡實時，蕁麻風就已經出生了。四喬木山谷邊緣是陡坡，由四棵巨大的橡樹守著──一想到母親描述的四喬木山谷，小鵝的尾巴就豎了起來。等到他六個月大，他將成為見習生，每個滿月都去參加大集會，認識別族的貓。小鵝不是很確定自己想不想參加大集會，畢竟光是雷族的貓就多到記不完，還要認識別族的貓也太辛苦了吧。

小鵝朝育兒室走去，路上特地繞過忙著搶一根樹枝的小鷺和小罌，以及他們弟弟小兔。小兔被荊棘刺到，現在鼻子上還黏了一片葉子。「小罌加油！」他大喊，可是聽起來像是整顆頭塞在蕨叢裡大叫。

小鵝正準備進入育兒室，雛菊趾卻阻止他。「陪我待在戶外吧。」她鼓勵小鵝。「這麼好的天，待在窩裡太浪費了。你真的不想和其他小貓一起玩嗎？」她朝小月點點頭，小月跟在暴掌身旁穿過空地，她專心模仿暴掌伏低身體悄悄前進，專心到連舌頭都吐了出來。兩隻戰士半躲在刺灌木叢的陰影下，遠遠看著他們。

小鵝在母親溫暖的腹部旁蜷起身體。「我比較想待在妳旁邊。」他喵嗚道。「這裡有太多隻貓了。」

雛菊趾呼嚕呼嚕一笑。「和平常一樣多啊！小鵝，這些是你的族貓，在你有能力和他們一起巡邏狩獵之前，他們會為你提供食物、保護你和訓練你。他們永遠會是關心你、照顧你的好伙伴。」

「暴掌才不會照顧我。」小鵝低吼一聲。「他以後會想害死我。」

他身旁的雛菊趾全身一僵。「你怎麼可以這樣說！暴掌就跟其他族貓一樣，他也會照顧你的。」

小鵝固執地搖搖頭，他腦中突然多出很多畫面，彷彿現在上演的事件。「我們會遇到一隻獾，」他堅稱。「暴掌會叫我自己和獾打架，不來幫忙。」

「你真是想像力太豐富了！」雛菊趾罵道。「別再亂講了！你根本連獾是什麼都不曉得。」

「我知道獾長什麼樣子。」小鵝反駁。「牠們很大隻，臉尖尖長長的，身上有跟喜鵲一樣的黑白毛，可是是跟虎族一樣的條紋。牠們都很凶，脾氣很不好，而且牠們會吃小貓！」

雛菊趾用尾巴捲住他。「那你更要努力鍛鍊，成為強大的戰士，是不是啊？到時候你就能自己和獾對打了。我看你還是少聽長老講故事好了，免得滿腦子塞滿鼠腦袋的想法。」

小鵝擠到母親肚子旁邊，在腦中看見巨大的黑白色動物居高臨下地看著他，滴著口水嘴巴露出一口黃牙。「我會很怕。」他小聲說。「我不喜歡獾。暴掌是雷族最壞的貓！」

第二章

小鵝蹲在蕨叢中，大氣也不敢喘一口。他聽見腳掌踏在硬實土壤的聲音越走越近，聽見追蹤他的貓嗅聞空氣。

「我知道你躲在這邊！」那隻貓低吼。小鵝全身緊繃，準備躲到蕨叢更深處，沒想到蕨葉「刷啦」一聲，一道暗紅色身影得意地號叫著出現在他面前。

「找到你啦！」小罌大喊，一雙琥珀色眼眸閃閃發亮。「小鵝，你還滿會躲的嘛！你的氣味完全被雲莓的藥草藏住了。」

小鵝跟著她走出蕨叢，他甩了甩身體，抖掉黏在身上的綠葉。他們背後傳來沙啞的聲音：「你們又在我的窩附近玩捉迷藏了嗎？真是的，我不是叫你們別把蕨叢壓扁嗎？蕨叢都扁了，要怎麼擋風？」

小罌翻了個白眼。「雲莓怎麼都凶巴巴的？我猜她小時候都不跟別的小貓玩。」

小鵝點點頭。「說不定以前老貓都不讓小

貓玩。」

「喔，妳找到他了啊！」小鷺在見習生窩外的半樹下，朝他們大喊。所有的見習生都外出巡邏了，而且天空布滿烏雲，沒有一位長老出來晒太陽，所以整片空地只有幾隻小貓在玩耍。

小月從半樹的殘幹跳下來。「小鵝，換你來找我們了！」她高呼。「不准偷看喔！」

小鵝站在半樹根部，面朝粗糙的棕色樹皮閉上眼睛，然後每根腳趾輪流用力，爪尖一一刺入地面。每一根腳趾都點過後，他睜開眼睛東張西望，空地上除了雛菊趾的室友褐鹿歌之外沒有貓。褐鹿歌正忙著將一球弄髒的墊草推出育兒室。

「他們好像想找到最好的藏身處，」她呼嚕呼嚕笑著說。「加油啊，小鵝！」

小鵝最先跑向育兒室。他的腿感覺很強壯，他還能感覺到肩頭長了新的肌肉，再過兩個月他就能成為見習生。小鵝已經等不及學習狩獵和戰鬥技巧，變成和父親鴉尾同樣厲害的戰士，但他可不像姊姊小月，他才不要當暴掌的見習生，他更不會像小月一樣每次看到那個傲慢的見習生就雙眼放光。小鵝想向雷族最優秀的戰士學習，他希望自己的導師是鴉尾，甚至是族長牝鹿星。

他靜悄悄地溜進育兒室，左看右看。育兒室裡陰陰暗暗的，飄著奶味與毛髮氣味的空氣有點悶，今天雛菊趾也出門巡邏了，少了貓后們的窩顯得比平時寬敞。小鵝用口鼻探入一堆墊草，但沒找到室友的蹤影，於是他轉身走回空地。他聽見高聳岩後方——牝鹿星的窩再過去一點的地方——傳出細微的聲響，他盯著那個位置，張開嘴巴品嚐空氣中的氣味。微風捎來一股熟悉的氣味。小鵝大步走上前，推開高聳岩底部一條刺刺的藤蔓。

小兔和小罌驚訝地眨眼。「太快了吧！」小兔喵聲說。「我們還以為你肯定找不到我們！」

「你們動來動去都被我聽到了。」小鵝說。

小罌一臉鬱悶。「那是小兔啦。」她抱怨。

「我不小心坐到刺藤了嘛！」

小鵝晃了晃尾巴。「你們去半樹那邊等吧，我還要找其他的小貓。」

他站在牝鹿星的窩外環視營中空地，尋找即使有微風也動得太不自然的樹枝，或是枝葉間一閃而過的淺色毛髮。小罌和小兔大步走到半樹旁，趴了下來。

「喂！」小鵝聽到一道低沉的聲音，一隻年輕的黑白色公貓站在戰士窩外的陰影處，招呼他過去。「你是不是在找兩隻小貓？」

小鵝點點頭。

「深棕色的公貓跑到長老窩後面了。」黑白相間的公貓喵嗚道。「另外一隻好像鑽進那邊的蕨叢了。」

小鵝的毛髮豎了起來，要是小月在雲莓的窩附近被巫醫逮到，他們麻煩就大了！「謝謝你！」他對黑白相間的公貓說，隨即跑到長老窩那邊，他鑽進窩後方的小空間時瞇著眼睛，免得被荊棘扎到。他差點被蹲在薊叢後的小鷺絆倒。

「小心點啦！」小鷺邊抱怨邊挪開身體，以免被踩到。

「對不起。」小鵝氣喘吁吁地說。「反正我找到你了！你也去半樹那邊等我，我還沒找到小月。」

他在又窄又刺的空間中轉身，掙扎著爬回空地。他望向巫醫窩，窩邊的石頭旁有幾株蕨類的葉子搖搖晃晃，他急著在小月被雲莓逮到之前找到她。小鵝跑到通往茂密蕨叢內部的隧道口，將腦袋探到淺綠色植株之間。

「小月！妳在裡面嗎？」

沒有貓回答。小鵝嘆息一聲，硬擠進蕨叢。巫醫窩附近飄著新鮮與乾燥藥草的味道，他根本聞不到其他氣味，不過他發現一塊溼軟的地上有小腳印，有些蕨類的莖微微彎曲，看樣子不久前才有貓從這裡走過。他一路追蹤，終於在綠樹叢中瞥見淺灰色毛皮。

「小月，我看到妳了！」他小聲喊。

姊姊不高興地嘶嗚一聲，邁步朝他走來。

「快點，不然等下被雲莓抓到就慘了。」小鵝催促姊姊。他轉身準備竄出蕨叢，卻聽見近處有窸窣聲，應該是雲莓從窩裡探出頭。

「捷掌，是妳嗎？」老貓問道。

小鵝壓低身體，推著小月走過最後一簇蕨莖，回到空地上。

「你怎麼這麼快就找到我了！」小月哀聲說。

「我們也很快就被找到了。」小鷺瞇著眼睛喵嗚道。「一定是他作弊。」

「我哪有！」小鵝出聲抗議，邊說全身的毛皮邊升溫。他又沒有請那隻黑白相間的貓幫忙！輪到其他小貓當鬼的時候，說不定那隻貓也有把小鵝的藏身處告訴他們啊！

「絕對有。」小罌堅持地說。「你都沒有先找別的地方，就直接找到我們了！」

「我剛剛就說了，那是因為我聽到小兔動來動去啊！」

「我不信。」小罌斷聲說。「我不跟你玩了。」

「我也是。」小鷺也氣呼呼地說，說完還故意轉身背對小鵝。「走，我們去玩別的，不要理他。」

小月一臉抱歉地瞅了小鵝一眼。「感覺真的很像是你作弊。」她小聲說。

小鵝幾乎將耳朵平貼在頭頂。「隨便啦，反正我也不想跟你們玩。」他大步大步走向育兒室，想找個長老來說說豹族和虎族的故事，那種故事才算真正的冒險，比捉迷藏之類的爛遊戲有趣多了。

樹叢窸窣作響，巡邏隊從金雀花隧道回到營地，小鵝在窩外的陰影處坐下來，看著那群擁有長腿與強健體魄的戰士走進空地。雲莓從她的蕨叢走出來迎接他們。

「風翔，邊界都沒有異狀吧？」她問忙著嗅聞新鮮獵物堆的虎斑貓。

風翔點點頭。「兩腳獸地盤很平靜，和新月時的四喬木一樣。」他評論道。「我們兩天前趕走的那幾隻貓沒膽再來挑釁了！」他抬起頭，環視營中空地。「捷掌回來了嗎？我想帶她、兔撲和蛇掌出去練練戰鬥技巧。」

雲莓瞇起眼睛。「她離開營地後我就沒見到她了，我還以為她在路上遇到你們，和巡邏隊一起回來了。」

「我們沒遇到她。妳不是要她去找一些紫草葉，找到就立刻回來嗎？」風翔喵嗚道。

一隻深薑黃色毛皮、白色口鼻的貓走到他們身邊。「你們在找捷掌嗎？該不會出什麼事了？」

「閃鼻，別擔心。」風翔喵聲說。「捷掌只是採藥草的動作慢了些，沒什麼大不了的。」

閃鼻原地轉了一圈。「她是在我們出發前離開的，現在還沒回來肯定是出事了！」

風翔用尾巴尖端輕觸她的臀部。「捷掌現在也差不多快成為戰士了，而且她和她母親一樣聰明機伶，不會有事的。」他說。

儘管風翔這麼說，薑黃色母貓仍然放不下心。「我們一定要找到她！要是她遇到狐狸怎麼辦？」她望向高聳岩下方的窩穴。「牝鹿星回來了沒？」

雲莓搖了搖頭。「你們是第一批回來的，現在營地只有小貓和長老。」

就在這時，第二批巡邏隊也歸來了，他們叼著外出狩獵的戰利品回到營地，開始將獵物堆上新鮮獵物堆。閃鼻對他們喊道：「你們有沒有誰在森林裡看到捷掌？」

雛菊趾將她抓到的肥松鼠放上新鮮獵物堆，並將松鼠灰色的尾巴擺好。「連一根觸鬚也沒看到。」她喵聲說。「她不是採藥草去了嗎？」

「是啊，可是她到現在還沒回來。」風翔解釋道。「她應該沒事啦——」

「你怎麼知道！」閃鼻嘶聲說。「捷掌年紀那麼小，本來就不該自己外出的！」

「我們再出去找她好了。」鴉尾走過來站到閃鼻身邊喵嗚道，同一巡邏隊的其他戰士也紛紛點頭。

雛菊趾小跑步到小貓們身邊，他們正瞪大眼睛看著成年貓咪討論該怎麼做。「好了，快回育兒室。」她催促孩子。「你們乖乖待在裡頭，在我回來之前不可以亂跑。」她推著其他小貓回育兒室，經過小鵝時用尾巴將他一併掃進窩。「小不點，你也一樣。」

「可是我們可以幫忙找捷掌！」小月被母親推進窩裡時，不開心地抱怨。

「這怎麼行！」雛菊趾喵嗚道。「見習生失蹤已經夠麻煩了，一群小貓在外頭亂跑還得了？乖，我們很快就回來。」她迅速轉身離去。小鵝聽著一票戰士鑽入金雀花隧道，腳步聲愈來愈遙遠，直到他們攀上溪谷，消失在樹林中。

小兔煩躁地扒抓乾燥苔蘚。「他們都不讓我們幫忙！」他嘟囔。「我已經快要跟見習生一樣大了耶！」

小鷺點點頭。「就跟平常玩捉迷藏一樣！」

「不過我們不會作弊。」小兔喵嗚說著，還瞪小鵝一眼。

小鵝沒心情再和他們爭辯，其他小貓跑到育兒室另一頭玩找螞蟻遊戲時，他悄悄鑽出刺藤叢。空地上只有在入口附近打盹的雲莓，以及剛才幫小鵝找到其他小貓的黑白色公貓，他坐在高聳岩下方。

小鵝碎步走到他面前。「你是見習生嗎？」他問。

公貓停下舔胸毛的動作，抬起頭來。「是啊。」

「你怎麼沒有跟其他的貓一起找捷掌？你也去找她，好不好？」

黑白相間的公貓似乎猶豫不決。「我應該沒辦法自己去找她。」他喵嗚道。

一隻有條紋與長尾的棕色戰士從旁邊經過。「喂！」黑白相間的公貓喊道。「有隻見習生失蹤了！」

戰士停下腳步，清澈的琥珀色眼眸緊盯小鵝。「哪一隻？」

「捷掌。」小鵝回答。「她的毛是白色跟虎斑色，眼睛是黃色的。你知道她在哪裡嗎？」

「個子小小的，叼著藥草的母貓？」棕色公貓喵聲問。

小鵝點點頭。「就是她！」

戰士轉身走開。「喔，那我剛才有看到她。」他呼嚕呼嚕說。「她在陽光岩下方的蘆葦叢裡。」

小鵝還想對那位戰士說話，但他被直直射入眼睛的陽光照得頭昏眼花，沒看見戰士走向何方。又一批巡邏的隊伍回到空地，打盹的雲莓醒了過來，將捷掌下落不明的事情告訴這批戰士，溪谷裡迴響著他們驚駭的呼聲。

小鵝跑到戰士面前，深深呼吸，然後盡量站得直挺挺的。「我知道捷掌在哪裡了！」他衝口說出。

第三章

好幾顆頭轉過來面對他。「她在陽光岩下的蘆葦叢裡。」小鵝接著說。

雀歌豎起耳朵，她身邊的冬青皮則一臉狐疑。「你根本沒離開過營地，」她喵嗚道。「怎麼會知道陽光岩和那邊的蘆葦叢？」

小鵝用力踩住腳下厚實的土壤。「剛剛有一個戰士說他在那邊看到捷掌。」

「哪一個戰士？」雀歌邊問邊四下張望。

「我……我不知道。」小鵝承認。「他現在不在這裡。」

兔撲翻了個白眼。「喔？是這樣嗎。」

「我沒有說謊！」小鵝堅持地說。他懊惱地用尖爪抓緊地面。

雀歌仔細看著他，然後抬起頭。「反正整個雷族領地我們都得找一遍，」她指出。「先去陽光岩找捷掌，對我們也沒有損失。糊足、冬青皮，你們願意和我去陽光岩嗎？」

「就憑這小子的一句話？」冬青皮喵嗚道。「恕我拒絕。牝鹿星和松心很快就會回來了，我等他們組織搜救隊再聽他們的安排。」

「我和妳去。」糊足走到雀歌身邊喵嗚道，一個眼神掃向小鵝。「我覺得小貓沒道理在這件事情上說謊。」

雀歌點點頭，她猛然轉身，和棕色公貓一起鑽回金雀花隧道。帶刺的樹叢還沒停止震顫，又有更多貓走進空地，這次是牝鹿星和松心帶領的巡邏隊。聽見捷掌失蹤的消息，雷族族長臉一沉。冬青皮將已經出去找捷掌的戰士各自往哪個方向搜索，報告給牝鹿星聽。

牝鹿星轉向副手。「看樣子，已經有貓去蛇岩和雷族邊界搜索了，那你帶一支隊伍去我們雷族和兩腳獸地盤的邊界看看，特別是伐木場。」

松心點頭說：「我們立刻出發。」他一甩尾巴招來離他最近的三位戰士，轉身跑進金雀花隧道。

他們才剛離開，閃鼻、鴉尾與其他巡邏隊員回到空地，他們每個都垂著尾巴，閃鼻雙眼泛淚。「我們一路搜到蛇岩。」她低聲說。「可是都沒找到她的蹤影。」

牝鹿星輕輕將乳白色尾巴搭在閃鼻肩頭。「族裡的戰士已經到森林各個角落找她了。」她喵嗚道。「我保證，我們會找到捷掌的。」

就在這時，枝葉窸窣作響，一個全身溼答答、覆滿綠色黏液的嬌小身影蹣跚走出金雀花叢。

「捷掌！」閃鼻尖叫一聲，撲向女兒。

雀歌跟著出現在捷掌身邊，她的玳瑁色毛皮沾滿鮮綠色水草。「她剛才完完全全被困住了！」玳瑁色戰士向其他族貓報告。「我和糊足費了好一番功夫才把她拖出蘆葦叢！」

糊足也走了過來，一身棕色毛髮直直豎起，一隻耳朵後還卡著蘆葦葉。

「我的腿受傷了。」捷掌嗚咽道。「我本來在追一隻青蛙，結果我被蘆葦纏住——我還以為自己要被河吞掉了！」

「寶貝，沒事了。」閃鼻呼嚕呼嚕說。她抬頭凝視雀歌與糊足。「謝謝你們找到我的捷掌，謝謝你們救她一命！」

雀歌的尾巴在身後捲起。「你們該謝的是小鵝，是他把捷掌的所在處告訴了我們。」

閃鼻不解地歪過頭。「你是怎麼知道的？你為什麼沒有馬上告訴我們？」

「是一隻戰士告訴我的。」小鵝喵嗚道。「一隻棕色的公貓。」

「你確定不是松鼠鬚？」鴉尾喵聲問。

小鵝搖了搖頭。「不是！我會分公貓跟母貓！」

松心一臉嚴肅地低頭看他。「小鵝，雷族除了松鼠鬚以外，沒有別的棕色戰士了。把捷掌所在處告訴你的，究竟是誰？」

小鵝左顧右盼，滿心希望那隻琥珀色眼睛的戰士能從附近的陰影走出來。「我就說了，我不知道他叫什麼名字嘛！」

雛菊趾離開正在舔舐捷掌身體的姊姊，走到松心身邊。「你一定要乖乖說實話，知道嗎？」她喵嗚道。「你有沒有自己離開營地？你是自己出去的時候看到捷掌困在陽光岩附近嗎？」

「不是！」小鵝號叫一聲。「我**就是**在說實話啊！」

雲莓走過來時，捎來一股藥草味。「我們沒必要小題大作。」她啞聲說。「反正捷掌找回來了，這才是重點。雛菊趾，妳去幫閃鼻把捷掌清乾淨，我等等去看看她受傷的腿。小鵝，你跟我來。」

小鵝跟著雲莓走向牝鹿星，走在年邁的白毛巫醫身旁，他覺得自己比平常還要小隻。雷族族長困惑地看著他們。「雲莓，有什麼問題嗎？」

「我不太確定。」她坦承。「小鵝，那隻把捷掌所在處告訴你的貓長什麼樣子，你形容一下，不管是鼻子或爪子，只要你記得都說給我們聽聽。」

「你們不會生我的氣嗎？」小鵝出聲確認。

雲莓搖搖頭。

小鵝閉上眼睛，回想那隻棕毛戰士。「他的腿很長，可是他沒有牝鹿星那麼高。他的毛沒有雲莓那麼厚，虎斑條紋顏色很深，幾乎是黑色的，比松鼠鬚的條紋還要深。」他睜開眼睛，注視著面前兩隻年長的貓。

牝鹿星盯著雲莓。「他一定是看錯了。」她悄聲說。

雲莓聳聳肩。「是這樣嗎？」

「妳覺得這是某種徵兆嗎？」牝鹿星問。

「我覺得不是。」雲莓喵嗚道，尾巴抽了抽。「我再和他聊一聊。」

牝鹿星點點頭。「這樣也好。」她走向其他族貓。

雲莓低頭凝視小鵝。「你有聽別隻貓描述你看到的那個戰士嗎？」

小鵝搖了搖頭。

「他沒說自己叫什麼名字嗎？」

「沒有啦！」小鵝越說越不耐煩，既然捷掌都找回來了，他看到的是哪隻貓真的有那麼重要嗎？

雲莓環視空地。「你現在有看到不認識的貓嗎？」

小鵝聳聳肩，他到現在還沒記熟每一隻族貓的名字，雲莓該不會要罵他吧？雷族的貓那麼多，他怎麼可能記得完！

「不知道也沒關係。」雲莓似乎猜到他的心思，她溫和地說。

小鵝在刺目的陽光下瞇起眼睛。「唔……高聳岩旁邊有一隻正在洗身體的黑白貓，他好像是見習生。有一隻棕色毛皮和綠色眼睛的長老，她常常來育兒室看我，還會說一些很酷的故事，可是我不知道她叫什麼名字。還有，蕁麻風旁邊有一隻我沒看過的貓。」

他身旁的雲莓全身一緊。「那隻貓長什麼樣子？」她輕聲問。

小鵝暗暗好奇雲莓是不是視力退化了。「她有淺橘色毛皮，不過肚子是白色的，然後四隻腳也是白色的。她看蕁麻風的樣子，好像在看小貓一樣！」想到脾氣乖戾的老蕁麻風小時候也住過育兒室，小鵝不禁呼嚕呼嚕笑了起來。

雲莓輕推小鵝的肩膀。「我們去問問蕁麻風知不知道她叫什麼名字。」她邁步朝空地另一邊走去，小鵝小跑步跟在她身邊，心想：**還是直接問那隻薑黃色的貓比較禮貌吧？**

來到長老窩前時，雲莓氣聲說：「我來問他，你別出聲。」她提高說話的音量。「蕁麻風，你好啊，今天的陽光舒服嗎？我問你，你認識一隻腳掌和腹部是白色的淺橘色母貓嗎？」

蕁麻風背上的毛髮豎了起來。「那是我母親，曙羽。」他沉聲說。「妳問這個做什麼？她在星族那邊對妳說了什麼嗎？」

「星族？」小鵝驚呼。「可是她就在這——」

雲莓用尾巴摀住小鵝的嘴巴。「她要我告訴你，她一直照看著你，一切平安無事。」

薑黃色老公貓低哼一聲，將下巴擱在腳掌上。「她真貼心。」他咕噥一聲，闔上混濁的眼睛。

雲莓推著小鵝走回巫醫窩，鑽入柔軟的綠色蕨叢，進入大岩石下的窩，一路上小鵝一直激動地跳來跳去。

雲莓坐下來，尾巴捲在腳掌邊。「你可以說話了。」她喘著氣說。

「這是怎麼回事？」小鵝尖聲說。「那隻橘色母貓剛剛一直坐在蕁麻風旁邊，蕁麻風為什麼都沒看到她！」

「因為她死了。」雲莓邊說，那雙黃色眼眸邊凝視著小鵝。「她在好幾個時節以前就過世了，那時候我還沒來到雷族。」她挪動瘦巴巴的臀部，調整坐姿。「你說把捷掌所在的位置告訴你的，一隻有條紋的棕色公貓？我猜那是蜂尾，我來到雷族時他是橡星的副手。蜂尾生前是個很有智慧又很善良的貓，是很偉大的戰士。」

「他……生前？」小鵝重複道。「妳的意思是，他也死了嗎？」

雲莓點點頭。「你說的那幾隻貓都已經死了，我不知道那隻黑白相間的見習生和棕毛長老是誰，但他們想必是很久以前在雷族生活過的貓。只有你能看到他們，別的貓都看不見。」

「不公平！」小鵝哀叫。「為什麼我會看到這麼多死掉的貓？」

「不曉得。」雲莓承認。「星族並沒有告訴我原因。」她用腳掌翻弄一團青苔，直到青苔碎裂成數塊。「小鵝，這是天賜的祝福，」她輕聲說。「但並不是每一隻貓都能接受你的能力，所以你一定要保密，懂嗎？」

小鵝歪著頭說：「可是說不定其他的貓知道自己的祖先也在營地裡，會很開心啊！」

雲莓眼中閃過一絲慍怒。「事情哪有那麼簡單！」她罵道。「戰士從小受訓，就學會對任何不屬於戰士守則——還有他們自己認知範圍——的事物，抱持懷疑的態度！」

小鵝忽然想起母親說過的話：雷族原本的巫醫烏翅遇害後，雲莓從河族來到了雷族。難道他們沒有給新來的雲莓好臉色看？雷族當時應該極需巫醫貓才對啊？

雲莓站了起來，在她的洞穴裡焦慮地來回踱步。「你必須當我的見習生。」她喵聲說，將小鵝的思緒拉回到現在。

小鵝嚥了口口水。這不符合他的計劃，他應該要成為鴉尾那樣厲害的戰士啊！

「但願星族引導我，幫助我教你如何使用你的天賦。」雲莓說著說著停頓片刻，盯著他問：「小鵝，你覺得呢？你想不想成為巫醫？」

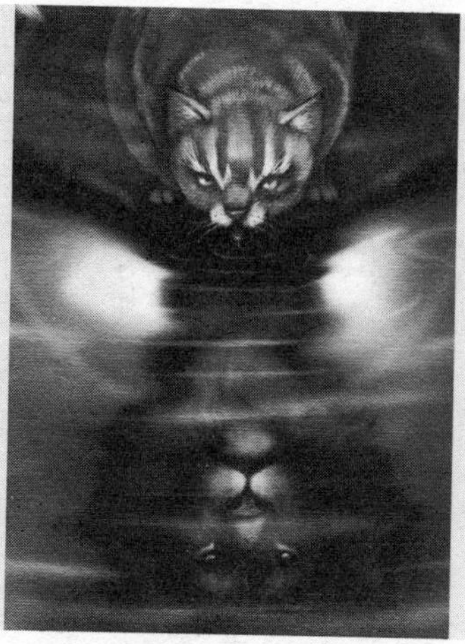

第四章

牝鹿星站在高聳岩上，乳白與褐色毛皮在澄澈藍天的輝映下宛若雲朵。「我以星族賦予我的權力，賜妳新的戰士名。」她朗聲說。「捷掌，從今以後妳的名字就是捷風了。妳勇敢無畏、勤勉學習，受到星族肯定，得以成為正式的戰士。雷族歡迎妳。」

周圍的族貓為正式加入戰士行列的貓高聲歡呼，虎斑與白色相間的母貓扭捏地垂頭。「暴尾！蛇牙！捷風！」

小月也跟著歡呼，但同樣蹲在育兒室外的小鵝卻緊張得說不出話來。戰士們開始在空地中走動，交談聲音量漸增，河谷彷彿被鳥群占據。

「等等！」依然站在高聳岩上的牝鹿星壓下族貓的談話聲，高聲說。「還有一場儀式——我們還要歡迎新的見習生。」

戰士們走回來，在高聳岩下就坐，每隻貓都困惑地竊竊私語。「現在還沒有滿六個月的小貓吧？」小鵝聽見微步問閃鼻。

「是啊，我以為褐鹿歌的孩子下個月才會成為見習生。」薑黃色母貓應道。

小鵝看見站在育兒室附近的褐鹿歌望向雛菊趾，目光滿是詢問意味，然而小鵝的母親卻默默別過頭。這時小鵝才想到，他這麼早成為見習生，母親會不會因此不高興？她會不會怕自己違反了戰士守則？**沒關係，我有天賜的祝福！**想到自己必須對母親保密，小鵝不禁感到心煩，小小的爪子陷入土壤。

他身邊的小月伸長了脖子，望向小鷺、小瞿與小兔。「不會吧！」她尖聲說。「是誰要變成見習生了？小鷺都沒告訴我！」

「小鵝，請上前！」牝鹿星的聲音傳遍整片空地。

空地上，是一片震驚的死寂。小鵝跌跌撞撞地走向族長，站到高聳岩之下。牝鹿星優雅地跳下岩石，下巴輕觸小鵝頭頂，然後轉頭面對所有族貓。「雲莓將訓練小鵝成為下一任巫醫。」她宣布道。「小鵝，從今天到你獲得巫醫名那一天為止，你的名字將會是『鵝掌』。雲莓將擔任你的導師，希望她能將她所有的知識傳授給你。」

族長舔舐他頭頂時，鵝掌感覺到她溫熱的氣息吹在耳邊。「孩子，祝你好運。」她悄聲說。鵝掌感覺肚子糾結成一塊，他聽見背後傳來族貓驚訝的喵嗚聲，只能低垂著頭，緊緊閉著雙眼。

「怎麼回事？他才四個月大啊！」

「他年紀這麼小，怎麼當巫醫？」

「我要是受傷了，才不要找他治療！」

這時，一道沉靜、沙啞卻又鏗鏘有力的聲音，讓其他貓兒靜了下來。「你們平常相信我，現在我身為你們的巫醫，請各位再次相信我。」雲莓鎮定地喵聲說。「我保證，這是正確的選擇。」

「是星族叫妳這樣做的嗎？」有貓出聲挑戰她，鶇掌認出雨毛的聲音。

雲莓沉默片刻，然後喵嗚道：「是的，我們的祖先為鶇掌選了一條特殊的道路，我必須竭盡全力幫助他走上這條路。」

鶇掌深呼吸，轉身面對族貓。有幾隻貓高呼他的新名字：「鶇掌！鶇掌！」他稍微鬆一口氣，感激地朝雀歌、糊足與小月點頭。儘管如此，其他小貓都氣呼呼地瞪著他，剛成為戰士的暴尾也咧起唇角，露出一口長長的黃牙。

鶇掌腦中閃過一個畫面：一隻相貌醜陋的獾皺著黑白相間的吻部，凶惡地齜牙咧嘴。

牝鹿星走回她的窩，松心開始安排戰士外出巡邏時，緊張的氣氛終於散去，鶇掌的呼吸也平穩下來。有幾隻貓對他點點頭，在場的貓太多了，有時候他沒認出對方是誰——他們會不會是以前去世的貓呢？鶇掌試著區分死貓和活貓，卻發現這沒有那麼容易。他遠遠看見蕁麻風的母親站在長老窩外，也瞥見那隻幫他們找到捷掌的棕條紋公貓。

蕁麻風從他身旁走過，帶來一股老鼠膽汁與草被嚼爛的味道。「別自以為了不起了。」他沉聲說。「想當年，哪有四個月大的小貓當見習生的？世風日下啊。」

鶇掌皺起眉頭，但小月出現在他身旁，小聲說：「別聽他的，他只是身上一堆壁虱所以心情很差。」

鵝掌轉身面對姊姊，羞愧得毛皮發燙。「對不起。」他衝口說出。「我知道我比妳早當上見習生很不公平。」

小月輕掃尾巴，阻止他說下去。「你說什麼呢。」她喵聲說。「你以後要當巫醫了，我當然為你感到驕傲！」

「可是……妳不會想念我嗎？」鵝掌問。「我以後要搬去雲莓的窩了。」

小月望向附近走動的戰士們。「沒關係的。」她心不在焉地說。「你覺得我可以去找暴尾講話嗎？還是他現在當上戰士了，會覺得我只是一隻小笨貓？」

鵝掌跟著她的視線望去，暴尾正在和風翔與松鼠鬚談話，炫耀自己考試時抓到的鴿子有多肥。鵝掌聳聳肩。「只要妳願意聽他自誇，他應該會很歡迎妳去找他聊天。」他嘀咕道。

話還沒說完，小月已經小跑步到空地另一頭找戰士談天了。鵝掌感覺到身後的空氣被擾動，看見雲莓站在她的窩外凝望他，這才發現雲莓在等他。鵝掌拖著腳走向蕨叢中的空隙，只覺得自己落入了無底洞，永遠無法脫身。

鵝掌盯著蠢蠢欲動、隨時可能吞噬他的黑暗，身上每一根毛髮都直直豎起，在拂過岩石的微風中晃動。他面前矗立著巨大的白影，空氣中飄著古老岩石的氣味。

「鵝掌，快走。」雲莓低哼道。「月亮快出來了。」她轉身走回隧道。

鵝掌再回眸看最後一眼，視線隨著山坡向下滑到隱約可見的灰色轟雷路，落到風族空空蕩蕩的沼澤地。沼澤地之後是雷族的森林，現在鵝掌的族貓都在窩裡沉眠，他們不知道巫醫正準備召開半月集會。鵝掌一路走來腳掌又痠又痛，腦袋一片混亂，他不僅看到轟雷路、農場與大草原，還聽見農場吵雜的狗吠聲……但這還不算什麼。他還看見了許多陌生貓，但沒有一個旅伴能看見那些貓。

一隻骨瘦如柴的灰色公貓過去在風族邊界死去，而轟雷路邊的樹籬迴響著哭號聲，那是一隻和母親走丟的小貓，但小貓也已經死了。鵝掌試著和他們說話，但兩隻貓的視線都直直穿過他，對他視而不見。**這代表這些事情都還沒發生嗎？**他心想。難道他看見的是未來會發生的事？他全身一抖，小跑步跟上雲莓的腳步。

三隻貓站在慈母口，他們的毛皮是透明的，鵝掌能看到他們背後的岩石。他們注視著鵝掌，當他準備踏進隧道時，他們點頭鼓勵他進去。鵝掌猜他們是星族貓，以前就死了。他聽見巫醫貓在下方的暗處走動，聽見他們坐在堅硬的岩石地上，在場有影族的紅薊與艾掌、風族的蔥爪與鷹掌，以及河族的回鼻。

鵝掌準備躍入冰水似地深吸一口氣，踏入隧道，在溫暖的夜裡，冰冷的岩石令他倒抽一口氣。「很好，跟我來。」走在前頭的雲莓沉聲說。鵝掌緊緊貼在她毛茸茸的屁股後面，呼吸她身上的藥草味，隨著導師不停往下走。

過了一段近似永恆的時間，鵝掌逐漸能看見導師的身影映在模糊的淺色背景上，隧道變得開闊，導入一座空間幾乎被一塊閃亮巨岩占滿的山洞。這塊岩石比高聳岩還大，幾乎和鵝掌路過四喬木時看到的巨岩一樣大。

「我還是覺得他年紀太小了，不該來這裡。」回鼻在山洞對側坐下來，咕噥道。「他才四個月大，應該回去吃母奶才對。」鵝掌知道雲莓還在河族時，就是在回鼻門下學習，這隻老巫醫似乎到現在還認為自己能對雷族巫醫頤指氣使。

「如果雲莓相信他應該開始受訓，那我們也沒理由反對。」一個低沉的聲音喵嗚道。那是風族的蔥爪，他在來這裡的路上很照顧鵝掌，不僅幫助鵝掌從一排刺刺的樹籬下鑽過去，還告訴他那些狂吠的狗沒辦法接近他們，讓他放下心來。

「為什麼我就要等六個月大才能當你的見習生？」鷹掌小聲問。「星族難道沒給你一些跟我有關的徵兆嗎？」

蔥爪在黑暗中嘆息。「你是在對你來說最適當的時間，成為我的見習生。」他回答。「別說話，眼睛閉好，別忘了用口鼻觸碰月亮石。」

鵝掌被雲莓輕推一下，連忙趴著往前挪移，直到鼻子擦過尖銳的岩石。他閉上雙眼，又睜開眼睛。

「雲莓？」他悄聲說。

「怎麼了？」

「我們現在要去見星族了，對不對？」

「沒錯。你要保持全身靜止，祂們才會來找你。」

「可是我平常就可以看到祂們了啊。在營地還有走過來的路上，我都有看到星族貓，說不定現在我也可以看到祂們！」

雲莓嘆一口氣。「你還沒看到最重要的星族貓，要見祂們就一定要來月亮石。」

鵝掌扭動身體，偏頭看著導師。「妳怎麼知道？我看過那麼多不認識的貓，說不定其中就有那些很重要的貓啊。說不定我不用用鼻子碰石頭也可以看到祂們——說不定我已經是巫醫貓了！」

「你當了四分之一月的巫醫見習貓，你懂得用幾種藥草？你會治病嗎？貓后生不出小孩的時候，你知道要怎麼處理嗎？你不知道。你現在**絕對**沒資格自稱巫醫貓。」雲莓喵嗚道，說完還用前腳戳戳鵝掌臉頰。「把鼻子貼在月亮石上，快睡覺。」

「你們兩個能不能安靜點？」回鼻嘶聲說。

「抱歉。」雲莓輕聲說。她往前傾，將寬扁的口鼻貼在岩石上。

鵝掌繼續貼著石頭，身邊的貓都睡著了，呼吸聲逐漸變慢，空氣也變得寧靜，他卻只覺得鼻子愈來愈冷。他嘆息一聲。靠著這塊岩石睡覺也太不舒服了，他實在睡不著，而且今天走了這麼遠的路，鵝掌的腳又痠又麻。他偷偷睜開眼睛。半月的冷光從山洞頂的小洞灑進來，他面前的水晶被月亮照得熠熠生輝，映出鵝掌兩側的貓咪身影。紅薊的見習生艾掌邊睡邊微微抽動，白毛和月亮石同樣閃亮耀眼。鵝掌又嘆一口氣，這實在太無聊了，而且又很冷，**而且**他一點睡意也無。他開始思考自己偷偷沿著地道回到山丘頂，會不會被雲莓罵死。

「鵝掌！鵝掌！」

鵝掌全身一僵。有貓在喊他的名字，是其中一隻見習生睡醒了嗎？

「鵝掌！」

一雙綠色星星般的閃亮雙眼，出現在月亮石旁的陰影中，接著又有兩顆閃耀的眼睛在黑暗中眨了眨。眼睛愈來愈多，直到鵝掌被盯著他猛瞧的貓團團包圍，那些貓開始朝他走來，不同的毛皮在月光下變成不同層次的銀灰色。

「鵝掌，我們一直在等你。」其中一隻貓悄聲說。

「等了很久。」又有一隻貓說。

「我們看著你出生！」

「現在，你必須聽仔細聆聽我們的話語，我們有很多話要對你說。」

鵝掌倒退一步，耳朵緊貼著頭皮。「等一下，太多貓了……可不可以請祢們輪流說話？」

一隻黑貓湊到他面前。「雷族完蛋了！」

「會有一隻像火一樣燃燒的貓！」

「別信任任何一隻貓，即使是族貓也不能信任。這世界上有太多易變的心。」

「要小心一張有條紋的臉和想咬你的牙齒！」

鵝掌試圖挪向山洞出口。「別說了！」他哀求道。「太可怕了！」他望向其他巫醫貓，但他們仍沉浸在星族的夢中，尚未醒轉——既然其他的貓在夢裡遇到星族，那現在包圍鵝掌的貓又是誰？祂們為什麼不在夢裡等他？

「好多好多水，從來沒有貓看過這麼多水……」

「你會在出乎意料的地方遇到朋友。記得傾聽午夜的話語。」

「湖泊將被兄弟的鮮血染紅！」

鵝掌不小心踢到隧道口，他哀叫一聲，轉身沿著陡峭的石隧道瘋狂衝出去。

「影族將翱翔在所有的貓之上！」

「豹與虎將以你們的骨骸為食！」

「血流成河，洗刷貓族所知的一切……」

鵝掌不顧腳掌疼痛，逕自沖上地道，他感覺到空氣輕輕擦過觸鬚，片刻後他一頭衝出地道。他大口大口呼吸，脅腹起起伏伏，然後蹣跚地走到一堆岩石旁，讓靜謐的夜晚包覆身心。鵝掌獨自站在山丘頂，星族貓並沒有離開山洞。

「鵝掌！你在做什麼？」

鵝掌轉身，雲莓站在通道口怒瞪他。「儀式還沒結束，你怎麼能離開月亮石！我還沒在星族面前將你收為徒弟呢。走吧，其他的貓都在等我們。」

「星族已經知道我是誰了。」鵝掌氣喘吁吁地說。「祂們全部都來找我了，而且祂們說了好多預言，我剛剛怕到沒有仔細聽祂們說話。他們說以後會發生可怕的事情！」他哀號道。

雲莓走過來，用肩膀靠著他。「孩子，沒關係，你先冷靜下來。我們得想辦法控制你看到的這些幻象。」

鵝掌慌亂地盯著雲莓。「這不是幻象！那些貓剛剛真的就在我們身邊！」

「那你就必須想辦法無視祂們。」雲莓喵嗚道。「巫醫不只要和星族溝通，你還要學會使用藥草、治療傷病，還有尋找徵兆。你必須讓其他的貓看到他們習慣看到的學習過程，成為他們心目中合格的巫醫，而且別忘了，絕不能讓其他的貓發現你的……你的天賦。」她猶豫片刻才說出最後兩個字。

這才不是什麼天賦。鵝掌心想。**我才不要那群貓整天跟在我身邊！我才不要當巫醫！我只想當戰士。**他抬起頭，仰望星光滿布的夜空。

星族，你們就不能把那些預言說給別的貓聽嗎？

第五章

「紫草，金盞花，琉璃苣，繁縷……」

「錯了，錯了，這個才是繁縷，那個是錦葵。」母貓伸出一隻圓肥的棕色腳掌，拍拍那幾片葉子。「再試一次。」

「我不想再試了！」鵝掌仰倒在灑了溫暖陽光的岩石上，仰望晴朗無雲的天空。附近除了從陽光岩旁流過的河水聲之外，只剩偶有田鼠跳進水裡時的「撲通」聲。「現在這麼熱，誰記得起藥草的名字嘛。梨鼻，妳說說豹族的故事好不好？拜託啦！」

「鵝掌，你已經不是小貓了！如果不學著認識各種藥草，你還配當巫醫見習生嗎？來，你說說，這是什麼藥草？有什麼功效？」

鵝掌盯著掛在梨鼻腳掌下的垂軟綠葉，那看起來像紫草，但紫草表面長了比較多絨毛……會不會是山蘿蔔？不對，山蘿蔔顏色比較深，而且比較細。「是不是艾菊？可以治療咳嗽？」他瞎猜。

梨鼻搖了搖頭。「不對，這是治療嘔吐用的耆草。不過艾菊確實能用來治療咳嗽。」

「看吧，我的腦袋融化了，什麼都記不起來！」鵝掌堅稱。

「你在跟誰講話啊？」身後的岩石傳來輕巧的腳步聲，鵝掌轉身。月掌瞇著眼睛看他。

「呃——我沒跟誰說話啊。」鵝掌結結巴巴地說。他迅速站起身，腳邊的幾堆草葉被突然的動作弄亂。

月掌走過來，盯著地上的草葉。「哇，看起來都差不多嘛。」

「是不是。」鵝掌嘆息著說。

「你確定這附近沒有別的貓嗎？」月掌又問。她左顧右盼。

「妳有看到別的貓嗎？」鵝掌問她。

「是沒有，可是……」

你一定要保密，懂嗎？雲莓說過的話，迴蕩在鵝掌腦中。他又嘆一口氣，說：「我有時候會自言自語，把藥草的名字唸出來會比較好記。」

「你好奇怪。」月掌的黃眼死死盯著他，彷彿要燒穿他的眼底。「雲莓又不會自言自語。」

「我不是雲莓。」鵝掌回嘴。

「月掌！妳跑去哪了？」

鵝掌瞥見陽光岩另一側的蘆葦叢中，一個暗灰色身影竄了過去，他腦中不由自主浮現黑白相間、滿是怒意的尖臉。他努力揮開腦中的畫面。「暴尾在找妳，」他對姊姊說。「妳還是趕快去吧。」

月掌早就在石推上蹦蹦跳跳地跳走。「我來了！」她高喊。

「妳整天跟著他，別的貓都要以為他是妳的導師了。」鵜掌喊道。「月掌，別讓他太輕易看穿妳對他的感情啊，這樣他只會比平常更自大。」

銀灰色母貓停下腳步，扭頭看他。「暴尾至少很正常。」她回嘴。「你為什麼偏要這麼……這麼**不一樣？**」說完，她一個轉身，消失在蕨叢中。

鵜掌氣呼呼地將藥草撥成一堆。

「喂！別把不同種類的草葉混在一起啊！」梨鼻抱怨道。「現在是綠葉季沒錯，但我們不能浪費藥草。」

「我再採就好了嘛。」鵜掌不高興地說。

「你都不記得它們長什麼樣子，怎麼採？」梨鼻逗他說。她放柔了語調說：「你聽著，你看見其他小貓接受戰士的訓練，自己卻在巫醫門下當見習生，心裡很不舒服。這種感覺我懂，你覺得他們永遠沒辦法理解你的工作，對不對？但是世界上沒有任何東西——藥草的名稱也好，神奇療法也好——比對自己的貓族忠誠更重要，你身為巫醫，更應該對族裡**所有**的貓忠誠。」

「要不是他們把我當惡棍貓看待，我也不會覺得對他們忠誠很困難啊。」鵜掌抱怨。「我跟他們走在不同的路上，所以我永遠不可能有朋友。我應該早點接受這件事，對不對？」

梨鼻嗤之以鼻。「鵜掌，有時候我真覺得你沒必要這樣特立獨行。等你和我一樣老，你就會發現不管是小貓、見習生、族長或長老，所有的貓去除毛皮後都差不多。你要讓族貓信任你，把你當成他們的一員，這樣他們生病或受傷才會來找你治療。好了，把這些藥草帶回營地，再幫蕁麻風檢查身上有沒有壁虱，我覺得你昨天幫他塗的老鼠膽汁太少了。」

鵝掌站起身。**至少月掌只有一個導師，不會有一堆貓叫她做這做那的！**有時候，他覺得雲莓和梨鼻整天在他耳邊碎碎唸，他的耳朵遲早會掉下來。

他竄入蕨叢，享受蕨葉擦過毛皮的觸感，躍入清涼的綠色河水，應該就是這種感覺吧——在水裡，他看不見天空或樹木，聞不到森林的氣味……鵝掌停下腳步，鼻子嗅到隱藏在蕨類氣味中的味道，那是剛砍伐不久的木材味，以及一種令他皺起鼻頭的刺鼻酸味。他聞過這種味道，是在哪裡聞到的呢？**兩腳獸地盤！**雷族領地邊界的木製界線，聞起來就是這個味道，但他現在離邊界很遠，空氣中怎麼會有這種氣味？

鵝掌耳中嗡嗡作響，腳下的地面開始震動，使他全身一歪，叼在口中的藥草散落一地。他現在聞到貓的氣味——不受歡迎的塵埃與霉味、兩腳獸悶悶的臭味，以及太過鮮明的花香。**寵物貓？**寵物貓怎麼會來到雷族地盤深處？

鵝掌一眨眼，周遭的蕨類消失了——不對，並沒有消失，而是變得很淡很淡，彷彿移到了很遙遠的地方——他現在站在茂密的松木林外圍，腳下是蒼翠草皮，一旁是兩腳獸地盤的木製邊界。耳中的嗡嗡聲幾乎是一瞬間被貓群打鬥的尖叫聲與號叫聲刺穿，一團不住扭動、互毆的毛球朝他移來，又突然遠離他。鵝掌驚恐地看著更多寵物貓越過木製邊界，加入戰鬥。他努力分辨每一隻貓的毛皮，從飄在空中的氣味看來，寵物貓攻擊的是雷族巡邏隊，但這些是鵝掌現在的族貓，還是很久以前的貓呢？

鵝掌仔細盯著他們，試圖認出打鬥中的貓，但他們移動得太快，四肢與毛皮全混在一起，實在看不清面貌。一隻壯碩的橘白寵物貓一口咬在棕色虎斑貓脖子上。

「那些寵物貓看起來力氣不大，但其實他們不弱。」鵝掌耳邊，有隻貓呼嚕呼嚕笑道。

他猛然轉身，看見一隻玳瑁色與白色相間的母貓站在他身旁。母貓注視著打鬥中的貓群，琥珀色眼眸閃爍著愉悅的光芒。

「妳是誰？」鵝掌小聲問。

那隻貓的視線沒有離開貓群，但她微微動了動耳朵。「我這麼快就被遺忘了嗎？」她喃喃自語。

一隻貓被黑色長毛寵物貓摔過來，落到鵝掌腳邊的地上，嚇得鵝掌跳了起來。他努力想看清受傷的貓，但嗡嗡聲再次響起，他身邊的蕨叢又回來了。鵝掌眨了眨眼，發現自己又回到離開陽光岩的小徑，剛才那些打鬥的貓、注視著他們的陌生母貓、松樹與兩腳獸地盤的邊界，全都消失無蹤。

儘管如此，鵝掌忘不了那些貓驚恐的叫聲，舌頭上仍殘留恐懼的苦味。他從未如此深入幻象，這次幻象比以往更大聲、更鮮明、更逼真。鵝掌的毛髮全豎了起來，他衝出樹叢進入溪谷，氣勢洶洶地跑進營中空地，嚇到那些站在新鮮獵物堆旁的見習生。

「你被狐狸追了嗎？」鷺掌喊道。

「鵝掌身上都是樹葉的味道，追他的應該是兔子吧！」罌掌笑著說。

月掌與兔掌笑得前仰後合。站在新鮮獵物堆另一邊的暴尾抬起頭。「鵝掌，你要小心點啊。」他呼嚕呼嚕說。「當一隻貓沒能力保護自己，就算他遇到的是溫馴的兔子也可能遭殃。」

兔掌用後腿立起來，揮動前爪。「我就是一隻危險的兔子！」他用前爪撲鷺掌，喵聲說。

深棕色公貓將他抖開。「不要鬧啦！」

鵝掌注意到姊姊正皺著眉頭看他，似乎擔心他反應過激，於是他強迫自己的毛髮鋪平，也垂下尾巴。「今天沒有狐狸追我，也沒有兔子吃我。」他喵嗚道。「我只是被別隻貓嚇到而已。」貓群戰鬥的尖叫聲在他耳邊迴響，他甩了甩頭，試圖甩掉那些聲響。「你們有留一些新鮮獵物給我嗎？」他問。

「鵝掌？是你嗎？」雲莓從蕨叢鑽出來，邊嗅邊問。「你有沒有把我給你的那些藥草帶回來？」

鵝掌的胃突然一跳，剛才他看到寵物貓攻擊巡邏隊，嚇到把藥草都弄掉了。「呃，沒有……」他支支吾吾地說。

松心走出牝鹿星的窩，正巧打斷他的話。「**松鼠鬚**的巡邏隊回來了嗎？」他環視營中空地，喵聲問。

正在和糊足分食鴿子的雀歌抬起頭。「還沒，他們還在外頭。」

松心眯起雙眼。「但他們是在你們這一隊出發前離開的，為什麼到現在還沒回來？」

鵝掌全身一僵，想到戰鬥中倒在他腳邊的戰士，雖然畫面沒有之前那麼清晰，但他還記得那隻貓的棕色虎斑毛皮、驚恐的琥珀色眼睛，以及長長的淺色觸鬚……被寵物貓攻擊的，該不會是松鼠鬚的巡邏隊吧？鵝掌正想開口說話，卻對上月掌的視線。**她要我當一隻正常的貓。**鵝掌也不確定那批遇襲的貓是不是他現在的族貓，所以他閉上嘴巴，轉身面向新鮮獵物堆。

他一口咬在一隻田鼠身上，卻感覺自己要被噎死了。貓淒厲的叫聲在他耳邊繚繞不散，鼻腔只聞到恐懼、鮮血與兩腳獸地盤噁心的氣味。

「你還好嗎？」月掌低聲問。

鵝掌搖搖頭。他放棄那隻田鼠，走向高聳岩下的族長窩。雲莓在族長窩裡和松心與牝鹿星談話，鵝掌在窩外止住腳步，咳嗽一聲。

「是鵝掌嗎？」牝鹿星提高音量說。「進來吧。」

窩裡陰陰暗暗的，鵝掌看不清那三隻貓的身形，他站在門口用力眨眼。「雲莓，我有事情要跟妳說。」他喵嗚道。

其中一個身影朝他走來。「什麼事？」聽到雲莓不悅的語氣，鵝掌的心一沉。導師會不會沒心情聽他說這些？

「我從陽光岩回來的路上，看到一些事情。」他悄聲說。他希望牝鹿星與松心沒在聽。「我……我那時候在兩腳獸地盤附近，看到雷族戰士跟寵物貓戰鬥，其中一隻雷族的貓好像就是松鼠鬚。」

雲莓向前傾，溫熱的氣息吹在他口鼻。「你覺得你看到的是未來事件嗎？」

鵝掌吞一口口水。「我不知道。」他承認。「我以前看到的幻象不太一樣，那些都比較……遙遠，可是這次我卻感覺自己就站在那群貓旁邊。」

老母貓瞇起雙眼。「你是說，這可能是現在發生的事？」

鵝掌聳聳肩。「我實在不知道，可是我還是覺得把這件事告訴妳比較好。」

雲莓直起身子。「你做得很對。」她轉身面向窩裡的另外兩隻貓。「我們應該派巡邏隊去找松鼠鬚他們，他們可能遇上了危險。」

牝鹿星站起身，淺色毛髮在陰影中隱隱發亮。「什麼意思？星族讓妳看到徵兆了嗎？」

雲莓瞅了鵝掌一眼。「不是我看到的。」她喵嗚道。「但我認為我們該嚴肅看待這件事。」

鵝掌感覺牝鹿星的視線落在他身上，不禁垂下頭。片刻的沉默過後，族長喵聲說：「松心，帶一批戰士去追蹤松鼠鬚的隊伍。雲莓，妳知道他們可能在什麼地方嗎？」

巫醫用尾巴輕觸鵝掌脅腹，鵝掌繼續盯著地面，低聲說：「兩腳獸地盤附近。」

「瞭解。」牝鹿星喵嗚道。「松心，你快去吧。」

副族長遲疑地站在原處，挪動身體重心。「真的嗎？就為了這個見習生的一句話？」

鵝掌盯著地上的裂縫，滿心希望自己能鑽進去。

他身旁的雲莓抬起頭。「還有我的一句話。別忘了，我和鵝掌是雷族的巫醫。」

鵝掌偷瞥松心一眼，狐狸色公貓正瞪著雲莓。這時，寵物貓的氣味突然變得極其濃烈，充滿鵝掌的口鼻，他覺得自己快窒息了。鵝掌驚駭地轉身，他怕寵物貓已經衝進營地，準備攻入牝鹿星的窩……但周遭一如往常地寧靜，其他的貓都沒有移動。

「松心，別說了，快去。」牝鹿星命令。「你們去確認松鼠鬚的巡邏隊平安無事，這只有好處沒有壞處，但別把松鼠鬚他們可能遇到危險的事告訴族貓。」

副族長一點頭，他與鵝掌擦身而過，走出族長窩。牝鹿星凝視鵝掌半晌，然後轉向雲莓。「希望這次相信你們是正確的選擇。」她低聲說。

這不是我瞎編的故事！鵝掌氣憤地想。

雲莓用尾巴蹭蹭他。「走吧。」她喵嗚說。「如果有貓受傷，我們最好先把藥草存庫整理好。」她對牝鹿星點點頭，領著鵝掌走出族長窩。

其他見習生都看著金雀花通道，松心的巡邏隊剛風風火火地離開不久，金雀花叢仍微微顫動。「發生什麼事了？」兔掌問。

「松心不過是要確認松鼠鬚的隊伍沒有出事。」雲莓泰然自若地說。「沒什麼好擔心的。」她踏入蕨叢，轉身看著停下腳步的鵝掌。「你怎麼了？」

鵝掌盯著金雀花叢，想像松心與其他戰士在森林中跑竄，奔向兩腳獸地盤。他們來得及救松鼠鬚嗎？「我也想跟他們一起去找松鼠鬚。」他喵聲說。

「你沒有受過戰鬥的訓練。」雲莓提醒他。「巫醫是不會參戰的。好了，你到底要不要跟我回去？你今天把一堆藥草弄丟，好歹要來幫我整理剩下的藥草吧？」

鵝掌忙著抹掉腳掌上的蜘蛛網時，聽見貓群進入營地的隆隆腳步聲，他連忙衝出巫醫窩，腳邊仍黏著白色蜘蛛網。「等等我！」雲莓在他身後喊道，但鵝掌不理她，他逕自竄出蕨叢。

空地滿是貓隻，他們像小池子裡的魚群，不停繞圈走動。鵝掌踮起腳尖，望見松心、暴尾、雀歌……是剛才出發找松鼠鬚他們的隊伍。貓群稍微挪動，鵝掌忽然看見地上一個深棕色身影，以及那隻貓身邊的鮮紅血跡。是松鼠鬚！他抬腳往前走，雲莓則快步從他身邊跑過去。

「讓開！」她高喊，其他的貓紛紛退開，讓她蹲在受傷的戰士身邊。現在，鵝掌終於看到其他失蹤的貓——牡鹿躍、岩落、閃鼻等等——他們都受了傷、身上淌著血，而且一臉震驚，但他們至少都還站著。

「他們遭到寵物貓攻擊。」松心對牝鹿星報告。「寵物貓在數量上占優勢，而且又是突襲，他們攻得松鼠鬚的巡邏隊措手不及。我們到場後把他們趕走了，有好幾隻耳朵被我們抓傷。」

「感謝偉大的星族，幸好你們找到松鼠鬚的巡邏隊了！」褐鹿歌驚呼。她的巡邏狩獵隊才剛回到營地。

「他們真的很幸運，如果松心沒出去找他們，後果將不堪設想。」雨毛附和道。

「這和運氣沒有關係。」牝鹿星喵聲說。

鵝掌感覺毛皮發燙。雲莓回頭看他一眼，微微搖頭，彷彿說：「我會保住你的祕密。」然而牝鹿星已經跳上高聳岩，命令所有雷族族貓聚集在岩石下。

「所有年紀夠大，能自己捕捉獵物的貓，過來集合！」她高聲說。「今天我們能在戰鬥中勝過寵物貓，是星族的功勞——但我們該感謝的不只有星族。」她低頭看著鵝掌，鵝掌身邊的貓都退開一步，留他自己站在一塊光禿禿的沙地上。「松鼠鬚和她的巡邏隊能獲救，是我們一隻族貓的功勞，而且這隻貓還只是見習生！今天是鵝掌看到幻象，松心才有辦法帶隊直接到巡邏隊遇襲的地點。雷族的族貓啊，我們族裡有一隻強大的巫醫！雲莓，如果妳不反對，我希望將鵝掌的全名送給他，以示雷族的感激與驕傲。」

鵝掌眨了眨眼，他聽見身後的見習生厭惡地竊竊私語。

「從他開始受訓到現在，才過三個月而已耶！」罌掌抱怨道。

「我才剛當一個月的見習生，他就要獲得全名了！」月掌哀叫。「不公平！」

「你以為自己很特別嗎？」一隻貓在鵝掌耳邊低咆，那是暴尾的聲音。

鵝掌轉身怒瞪那名戰士。「你知道我有什麼能力嗎？」獾的臉又出現在他腦中。**假如我看到的幻象都會成真，那這件事也總有一天會發生！暴尾會試著利用獾害死我！**鵝掌用腳爪死命抓住地面，勉強維持平衡。「我知道你以後會做什麼，」他嘶聲說。「你等著瞧，我不會讓你得逞的！」

暴尾一臉困惑。「你好奇怪。」

雲莓從貓群中走出來，點頭說：「牝鹿星，謝謝妳的慷慨與好意，我很樂意在下個半月贈予鵝掌全名，但我相信他自己也明白，他還有很多要學習的事物，所以在我被召喚至星族之前，他還是會繼續在我身邊學習。」她清澈的黃色雙眼直視鵝掌，鵝掌也點點頭。

鵝掌無視兔掌與暴尾憤怒的視線，他們只是嫉妒他而已。他瞥見貓群中的松鼠鬚抬起頭，對他感激地一點頭，肚子裡不禁充滿驕傲。

沒有任何一隻貓能看得比我更多、更遠！我會讓雷族永遠平安！

第六章

「鵝掌，你是否承諾維護巫醫的傳統，不參與各族之間的競爭，即使須獻上自己的性命也平等地守護所有的貓？」

鵝掌在月亮石閃亮的光輝下垂頭，努力無視陰影中的耳語。山洞與往常無異，滿是注視著他的眼睛、幾乎細不可聞的絮語，威脅的話語與預言迴蕩在岩壁之間，似乎每一隻星族的貓都特地來到此處，將他們的警告灌入他雙耳——但他無法在眾多聲音中辨出任何一句話，只覺得自己越聽越害怕，不僅渾身不自在，尾巴上的毛髮也全豎了起來。

「是。」鵝掌回答。

「那麼，我以星族賦予我的權力，將你真正的巫醫之名賜給你。鵝掌，從今以後你的名字是『鵝羽』。你的預見之力獲得星族的認可，我們也歡迎你正式成為雷族的巫醫。」雲莓輕輕將下巴搭在他頭頂，然後後退一步。

「鵝羽！鵝羽！鵝羽！」其他巫醫看不見

的貓在黑暗中輕聲複誦。

鵝羽臉部肌肉微微一抽，這時艾掌歡呼：「鵝羽！」山洞裡的空氣立即暖了起來，鵝羽感激地對一身白毛的影族見習生眨眼。

「鵝羽，恭喜你展開巫醫貓的新生活。」風族的蔥爪喵嗚道。蔥爪的見習生──鷹心──在上次半月集會獲得了全名，他也對鵝羽點頭致意。

回鼻嗤一口氣。「他最好別以為自己懂的和我們一樣多。」她嘀咕道。

雲莓揚起尾巴。「鵝羽知道他永遠不會有停止學習的一天。」她呼嚕呼嚕說。

鵝羽硬是壓下滿腔怒火。**我已經比你們都厲害了！我能看見死去的貓，還能看見還沒發生的事情，你們根本就不知道我有多少能耐！**

他腦中的耳語聲愈來愈吵雜，那些看不見的貓似乎知道他在想什麼。

「血將引來更多鮮血！」

「暗影、空氣、水與天空將合而為一！」

「他是寵物貓！」

「水將毀了她！」

「唯有火能拯救貓族！」

閉嘴！鵝羽在腦中吶喊。**太多了！祢們在說什麼，我聽不懂！**

艾掌的導師紅薊，甩了甩她的深薑黃色毛皮。「該回家了。」她喵嗚道。「我已經冷到腳掌都沒感覺了。」她一瘸一拐地走出山洞，艾掌也跟在她身後離開。

雲莓對鵝羽點點頭，他迅速竄入地道，硬從影族的巫醫師徒身旁擠過去，那些絮語終於淡去、消失，他深深呼吸山洞外清冷的空氣。他知道自己擁有特殊的天賦，也知道自己除了成為巫醫報效雷族之外，沒有別條路可走，但在那個沐浴月光的水晶前，鵝羽只覺得自己無法承受這份天賦。

「偉大的星族啊！琉璃苣怎麼這麼快就用完了？」雲莓整顆頭擠進岩石的縫隙，抽出來時打了個噴嚏。「裡面除了灰塵什麼都沒有。鵝羽，看來你除了剛剛說的那些，還得採琉璃苣了。」

鵝羽翻了個白眼。「照這樣下去，我乾脆把半片森林都採回來算了。」他喵聲說。「我真的不能帶見習生一起去嗎？」

雲莓甩掉卡在耳後的草葉，定定注視著他。「在我看來，你現在**還是**見習生，畢竟當初決定要賜你全名的是牝鹿星，不是我。」

鵝羽豎直了全身的毛髮。「那是我應得的！是我看到寵物貓攻擊我們的巡邏隊啊！」

老白貓轉身背對他，繼續審視一堆藥草。「那些幻象是星族送你的禮物，至於其他的知識和技術，你還是得老老實實地學。好了，趁藥草還沒枯掉，快去採回來吧。」

鵝羽鑽出蕨叢，現在天氣轉涼、白晝漸短，雲莓窩外的蕨叢也逐漸枯黃。一支巡邏隊剛回到營地，見習生與導師一起走來，鵝羽對他們點頭打招呼，他們卻只是盯著他看。鵝羽心中閃過一絲煩躁，他們為什麼一定要把他當異類看待？他們就不明白他的能力有多重要嗎？就連月掌也在他經過時，垂眼看著地面。

「你只是比較早得到名字而已，別以為自己比較厲害！」兔掌嘶聲說。

「喂，我聽到囉。」兔掌的導師糊足沉聲說道，但他並沒有叫兔掌道歉，反而在鵝羽經過時搖了搖頭。**該不會所有族貓都討厭我的新名字吧？**鵝羽心想。

挺著大肚子的雀歌同情地對他眨眼。「別放在心上，」她小聲說。「大家只是一時不適應而已，畢竟我們從來沒有過這麼年輕的巫醫貓。」

鵝羽聳聳肩。「他們不適應是他們的問題。」他喵嗚道。

他走進金雀花隧道，一簇灰毛被樹叢勾到，令他痛得皺眉。他爬出溪谷，直接走進森林，往四喬木走去的半路上有一片紫草，他記得上次有看到幾株還沒枯萎的藥草。林木一片寂靜，空氣十分靜謐，只有偶爾幾片又乾又脆的枯葉飄下來，一片枯葉擦過鵝羽鼻頭，他呼嚕呼嚕笑出聲。一開始，他看著森林褪色、脆化，而感到很驚恐，但雲莓說過了漫長、寒冷的禿葉季，森林將在新葉季恢復生機。

鵝羽來到紫草生長的地方，開始採摘最大片的紫草葉，他故意在折斷植株時多折一段莖，等等比較好叼回去。他正將採好的紫草擺成一堆，忽然聽見附近一聲巨響，他迅速轉身，剛好看見暴尾從一簇蕨叢猛衝出來。

藍灰色戰士看見鵝羽時腳步一頓，對他齜牙咧嘴。「看著點！」他惡狠狠地說，說完又從鵝羽身旁飛躍而過，消失在樹叢中。

短暫的沉寂過後，鵝羽猝然意識到，他知道接下來會發生什麼事——他從自己還是小貓的時候就知道了，某方面而言，他等這一刻等了一輩子。這是他小時候看到的第一個幻象，而且這和他看過的其他幻象一樣，注定會成真。

周圍的森林彷彿吸了一口氣，一個巨大的黑白影子走出蕨叢，對他怒吼。鵝羽繃緊全身。獾來找他了。

獾比他想像中大很多，但那張黑白條紋的尖臉和他小時候看過的一模一樣。獾黑亮的眼睛緊盯著鵝羽，銳利的牙齒滴著口水，接著大吼一聲撲過來。鵝羽沒時間回想其他見習生練過的戰鬥技巧，他趴到地上縮成一小球，小時候的恐懼布滿全身，如利爪般緊揪著他胸口。「**雛菊趾！**」他悄聲叫道。

獾四腳落地，將鵝羽困在牠身下，牠的毛皮散發出腐肉的惡臭，毛髮又粗又刺。鵝羽試著掙脫，但體型龐大的獾並沒有他想像中笨拙，牠迅速轉身用巨大的腳掌壓住鵝羽，又利又長的爪子陷入鵝羽的毛皮，嚇得他全身動也不動地趴著，連抖也不敢抖一下。

這就是我的結局嗎？他思緒異常清晰地想。**如果我現在看到以前死去的貓，他應該就是來帶我去星族的吧？**

獾見他沒有反抗，似乎有點疑惑，牠粗暴地推著鵝羽讓他側躺，接著低頭嗅聞他，撲鼻的惡臭令鵝羽一陣反胃。獾捲起嘴唇，露出滿口斷裂的黃牙，鵝羽這才意識到自己不想死。

他放聲尖叫，在獾的腳掌下奮力扭動，直到他掙脫那隻獾的掌控。獾用力閉起嘴巴，再次撲向鵝羽，鵝羽知道自己應該要保護自己，用牙齒或爪子發動奇襲，但他腦子裡只有藥草與早已死去的貓。

「救命！」他號叫道。

獾低哼一聲，似乎喜歡會尖叫的獵物。牠用前爪把鵝羽拍到地上，站在他上方，一滴口水落入鵝羽的眼睛。

「滾開！」獾背後傳來尖吼聲，巨大的頭從鵝羽身上移開視線。鵝羽眨掉眼裡的唾液，瞥見一道嬌小的銀色身影緊抓著獾的肩膀。「不准碰他！」

「月掌！妳在做什麼！」鵝羽驚呼。

姊姊並沒有抬頭看他，她忙著用爪子刺那隻獾的脖頸。「你這個鼠腦袋，我在救你啊！快趁現在逃走！」

獾扭著身體，試圖撕咬背上的貓咪，其中一隻亂揮的前腳差點把鵝羽打趴。鵝羽手忙腳亂地逃到樹叢裡，遠離那隻獾。**我怎麼能讓月掌自己和獾對打？**他急切地想，但他也知道自己沒有任何戰鬥能力，就算回去也幫不上忙。

一陣腳步聲急奔而來，一群模糊的貓影撲向獾，空氣中忽然充斥著號叫聲。獾在戰士們的圍攻下弓起身體，鵝羽看見雛菊趾用利爪撕扯獾的耳朵，風翔對牠的短尾巴一陣猛攻，月掌再次一口咬在獾的後頸。獾大吼一聲，四隻腳開始挪向蕨叢，戰士們也紛紛從牠身上跳下來，嘶嗚、吼叫著追了上去。

最後，只剩大口喘氣、一隻眼睛上方被抓傷而開始滴血的月掌。「鵝羽！」她喘息著說。

「你在哪裡？」

鵝羽從樹叢下爬出來。「這裡。」他喵嗚道。「月掌，妳救了我一命！謝謝妳！」他站起來，想用口鼻磨蹭她的頭，但月掌躲開了。

「你沒辦法保護自己，怎麼可以自己出來亂晃！」她嘶聲說。「你根本不會打架還能得到全名，實在太不可思議了。」

鵝羽搖頭說：「等一下，話不能這樣說，引那隻獾來攻擊我的是暴尾——」

月掌不可置信地盯著他。「喔是嗎？你還想怪暴尾？你以為是誰特地把你被攻擊的事情告訴巡邏隊的？鵝羽，你不要說謊了。你今天害我們所有的貓都陷入危險，你不覺得是時候活在現實世界裡，學學怎麼照顧自己了嗎？你想想看，下一次我可能就救不了你了！」

她擦過鵝羽的身體，躍入蕨叢追蹤獾留下的氣味。

第七章

「你運氣不錯嘛。」輕柔的呼嚕聲落在他耳畔。

鵝羽全身一跳，他沒注意到站在自己身旁那隻玳瑁色與白色相間的母貓。「最好是啦。」他回道。「我差點被獾扒掉一層皮，我姊姊還把我當怪物看，妳說這樣算幸運嗎？」他頓了頓，上下打量身旁的母貓。「我是不是見過妳？上次我看到寵物貓攻擊巡邏隊的時候，妳也在。妳是誰？」

母貓一隻耳朵微微一動。「你不知道我的名字，這是對我的侮辱——但我也不能怪雷族，他們恨不得早點忘了我也是情有可原。但是鵝羽，我知道你是誰，我瞭解你，也瞭解你的能力。你要的話，我可以幫助你。」

「是嗎？妳打算讓我看更多幻象嗎？」鵝羽感覺體力漸漸回來了。

母貓嗤笑一聲。「你這麼關心未來做什麼？說到底，你還是得活在現實世界啊，不學一點格鬥技是不行的，否則哪天被別隻貓扒了皮你都無法反抗。」她繞著鵝羽走一圈，鵝羽清楚看到強而有力的肌肉在她厚實的毛皮下滑動。「我告訴你，沒有哪個戰士比我更適合教你如何戰鬥了。」

鵝羽隨著她的動作轉頭，不讓母貓走出他的視線範圍。「我請族貓教我就好了。」他喵聲說。「不需要妳幫忙。」

母貓停下腳步，瞅著他。「鵝羽，你這就說錯了。」她輕聲說。「剛才你姊姊親眼目睹你被獾打得左支右絀，卻沒說半句要幫助你學習戰鬥技巧的話，可見你真的需要我的幫助。」

鵝羽感覺背脊的毛髮全豎了起來，他的族貓嘲笑他就算了，怎麼連陌生貓也來譏諷他？「別來煩我。」他惡狠狠地說，但母貓二話不說就亮出爪子飛撲過來。

鵝羽踉蹌後退，被自己的尾巴絆到，一跤摔在落葉泥裡。玳瑁色母貓居高臨下地看著他，唇角好笑地捲起。「起來。等一下我再撲你，你要往旁邊跳然後用一邊肩膀承受我的重量。只要後腳站穩，你就應該有辦法把我甩開。」她倒退一步，讓鵝羽重新站起來。「準備好了沒？」

他點點頭。母貓再次撲過來，這回鵝羽向旁讓身，他被旁邊的樹叢戳到眼睛而差點摔倒，但母貓沒有從正面撞到他，只有和他擦身而過後重重落地。

「有進步！」她喊道。「換你了！」

鵝羽搖頭說：「我只想學怎麼保護自己，反正我不會攻擊別的貓。」

母貓嘶聲說：「你一味防守，怎麼可能擊敗敵方？攻擊才是最好的防禦！來，換你攻擊我，你仔細看我怎麼防禦。」

鵝羽不甚甘願地撲向母貓，毫無說服力地露出利牙，結果母貓往旁邊移一步，用一隻腳掌絆他前腿一踧，害他摔了個狗吃屎。「你太沒誠意了。」她嘶聲說。「再試一次，這次要真的有攻擊我的架式，你就假裝我剛才把你母親的眼睛抓瞎好了。」

鵝羽想像雛菊趾雙目流血、失明，憑著一股真實的怒氣撲向母貓。母貓再次往旁邊躲避，但鵝羽將身體重量放在臀部，跟著她轉身，兩隻前爪扎扎實實落在她後頸。母貓呼一口氣，直起身體。

「好多了！」她雙眼放光，呼嚕呼嚕說。「好，現在我們來試試地面的進攻和防禦。」

他們打著打著，陰影從樹下悄悄爬出來，空氣也愈來愈涼。母貓教鵝羽如何用自己的體重對付敵手、如何用對方腳掌的姿勢預測他的下一個動作，以及如何攻擊腹部和喉嚨這些最柔弱的位置，造成最大的傷害。有時候鵝羽會不由自主地縮起身體，腦中有個小聲音問他：巫醫貓學習怎麼造成痛苦與傷害，真的是正確的嗎？但在這種時候，他又會想到月掌責怪他，說他沒辦法保護自己，為族貓帶來危險。想到這裡，他就伸出爪子猛抓老師的毛皮。

母貓尖喊一聲，快速跳開。「孩子，看著點！」她罵道。「我跟你保證，你真的要和我打，絕不會有好下場。」她舔了舔弄亂的胸毛。「我們今天練夠了，雖然你還沒辦法對付獾，遇到別隻貓應該也能保護好自己了。」

鵝羽氣喘如牛地點頭。「謝謝妳，真的很謝謝妳。我真不曉得自己以前在做什麼，連這些基本技能都不會。」

母貓斜睨他一眼。「別找藉口跟暴尾練習打鬥啊。」她逗鵝羽說。

鵝羽驚得全身一僵。「妳認識暴尾？」

「你們每隻貓我都認識。」她邁步走向蕨叢。

「妳叫什麼名字？」鵝羽對她的背影喊道。

母貓頭也不回地往前走。「楓影。」她喵嗚道。

ϟϟϟ

鵝羽腳步蹣跚地走回溪谷，他剛才被楓影絆了一跤，一邊肩膀痠痛不已。月掌反方向走來，看見鵝羽時她加快腳步，全身毛髮驚恐地豎起來。

「你去哪裡了，我怎麼都找不到你！對不起，我剛剛不應該那樣跑走的。」她衝口說出。「我只是怕你受傷，一時太激動了。我們已經把獾趕出雷族領地了，你不用怕牠回來找你。」

鵝羽聳聳肩。「妳之前說得沒錯，我的確該學學怎麼照顧自己。」

「可是你是巫醫，戰士就是應該保護巫醫啊。」鵝羽跨步沿著小徑走下去，月掌也跟在他身旁。「你想學的話，我可以教你幾招喔。風翔說我學得很好。」

「這妳不用操心，我會自己想辦法。」鵝羽腳步絲毫不停，喵聲說。

「可是你總不能隨時隨地都自己一隻貓吧！」月掌說。「你不會覺得孤單嗎？貓咪沒朋友，太不正常了。」

鵝羽終於停下腳步，他嘶嗚著轉身。「妳還不懂嗎？這就是我的『正常』，我可不打算改變，妳還是早點習慣看到我自己一隻貓吧。」說完，他轉身一路衝進金雀花隧道。

空地上，暴尾站在新鮮獵物堆旁，鵝羽大步走向他，嘴巴湊近戰士的耳朵。「你對我做的事，別以為我不知道。」他嘶聲說。「你讓我自己面對那隻獾，你自己卻跑了。我知道你是故意要害我受傷。」

暴尾憤怒地轉向他。「你胡說什麼！」他喵嗚道。「我跑走是為了找別的貓來幫忙！」

「你是故意把獾引到我那邊的！我要是今天死了，就是被你害死的！是月掌救了我一命！」

「那就感謝星族吧，你妳妳非常勇敢。」暴尾呼嚕呼嚕說。「她真的是隻很棒的貓。」

「別把月掌扯進來！」鵝羽咆哮。

他還想再說，卻被急急跑來的小耳打斷。「雲莓要你現在去育兒室，雀歌快生了！」

鵝羽瞪了暴尾一眼。「我們還沒完。」他惡狠狠地丟下這句話，然後轉身奔進育兒室。育兒室裡充斥著雀歌的喘息聲，雲莓正輕聲對她說話時，鵝羽從樹叢間鑽進來，蹲伏在巫醫身邊。

「啊，你來了，太好了。」雲莓維持那令人安心的平穩語調。「雀歌妳看，鵝羽來了，他剛好能歡迎妳的第一隻小貓來到這個世界上。再來，用力！」

玳瑁色母貓的脅腹一陣抽搐，她倒抽一口氣。鵝羽饒富興致地看著一團溼答答的小東西從雀歌尾巴下方溜出來，雲莓用一隻腳掌將小東西拉過來，輕輕咬破包著小貓身體的透明膜。「來，給你。」她將小貓推向鵝羽，喵嗚道。「把他舔乾淨。」她轉身用腳掌撫摸雀歌脅腹。

「妳有個漂亮的兒子了。」她呼嚕呼嚕笑道。「還有一隻小貓在肚子裡，妳再堅持一下。」

鵝羽開始舔舐小貓咪溼潤的毛髮，也時時注意雀歌的動態。一拍心跳過後苔蘚上多了第二團小東西，雲莓將第二隻小貓推到雀歌的頭旁邊。「又是一隻小公貓。」她喵嗚道。小貓張開嘴巴發出尖銳的哭叫聲。「哎呀，剛出生嗓門就這麼大了。」雲莓又呼嚕呼嚕笑著說。「雀歌，來，把他清乾淨，他們就能開始喝母乳了。」

鵝羽感覺到第一隻小貓在他的舔弄下開始扭動。「這隻好像餓了。」他喵聲說。

「把他放到雀歌肚子旁。」雲莓告訴他。「他自己會去吃母乳。」

鵝羽驚嘆地看著小貓湊向雀歌的身體，小嘴巴吸住一顆乳頭。「太不可思議了。」他悄聲說。

「我也這麼認為。」雲莓輕聲說。「我接生過這麼多次了，這一幕還是永遠看不膩。」

第二隻小貓也爬到哥哥身旁，在鵝羽的注目下吸母乳。雀歌閉上眼睛躺下來，雲莓開始整理沾到血汙的青苔。「我們把巢整理乾淨就出去，讓她自己靜養。」她小聲告訴鵝羽。

鵝羽將一隻腳掌搭在他剛才舔過的小貓身上，腦中立時浮現許多閃爍、混亂的畫面：月亮石、藥草的氣味、蓋著厚厚一層蜘蛛網的傷口、充滿話語聲的閃耀星光。他抬頭看著雲莓。「他以後會當巫醫！」他驚聲說。

鵝羽又迅速將腳掌移到另一隻小貓身上，看見四喬木的輪廓映在夜空上，感受到腳下冰涼的巨岩，看著各大貓族的貓在下方谷地走動。他聽見戰鬥的嘶吼聲，嚐到勝利的甜美，聽見戰士們的歡呼聲。「這隻以後會是雷族的族長。」他說。他感覺頭暈目眩，他盯著雲莓說：「我們要趕快告訴牝鹿星！他們是特別的小貓！」

鵝羽一躍而起，卻被雲莓用尾巴擋住去路。「每一隻小貓都很特別。」她堅定地說。「你也許認為你瞭解他們的未來，但我們知道的事情不可能比星族多。別把預知未來的重擔放在這兩隻小貓身上，讓他們和其他孩子一樣快快樂樂地長大吧。」

鵝羽皺起眉頭。「我怎麼都沒機會和其他小貓一樣快快樂樂地長大？」他低嗚。「是妳要我當巫醫的。」

老白貓嘆息一聲。「鵝羽，你從小就與眾不同。我知道保密並不容易，但這次絕對不能把你看到的事情告訴別的貓。」她將尾巴尖端輕搭在鵝羽肩頭。「孩子，你擁有非常寶貴的天賦，有時候它更像是負擔，但我相信星族給了你這樣的祝福，是有原因的。你必須感謝祂們給你這份力量，並謹慎使用它。」

她回眸望向兩隻小貓，他們正用沾滿乳汁的口鼻在雀歌腹部嗅來嗅去。「走吧，讓這兩隻完美的小傢伙休息休息，我們該把他們出世的好消息捎給族貓了。」

第八章

幾個月過去，禿葉季終於來臨，族裡有愈來愈多小貓誕生，到後來鵝羽幾乎沒辦法擠進滿是小貓的育兒室了。兔撲生了兩隻淺色毛皮的母貓——小斑與小白。在這不久後，雨毛產下了小花、小褐與小鶫。每次雲莓都堅持要自己接生，叫鵝羽去取沾溼的青苔與新鮮墊草，鵝羽知道雲莓不希望他觸碰新生小貓，窺探他們的未來。

至於雀歌的兩隻小公貓——小羽和小陽——現在已經長得稍微大一些，鵝羽不注意時還會偷咬他的尾巴，或用尖銳的小牙齒咬爛剛鋪好的小窩。他們早上一睜開眼睛就會被雀歌趕出育兒室，以免吵到其他貓后，他們在寒冷的空氣中蓬起全身毛髮，用健壯的小短腿在空地上跑跑跳跳。半樹旁的地上有一條常春藤，兩隻小貓用尖細的聲音凶猛地叫著，飛撲那條藤蔓。

「妳有沒有看到小陽剛才撲跳的動作？」

鵝羽對雲莓喵嗚道，他們站在新鮮獵物堆旁幫蕁麻風挑選較柔軟的食物，免得已經牙痛的老貓咬了更不舒服。「他還這麼小，就已經比哥哥強壯了。」

雲莓看著鵝羽，黃色眼眸謹慎而警覺。「小心點。」她悄聲說。「別被小貓聽見了。」

鵝羽心煩地嘶聲說：「我只是把我觀察到的事情老實說出來而已啊！」

導師搖了搖頭。「鵝羽，你每次看到那孩子就會看到他的未來，別讓未來遮擋你的視線，讓你忘了現在。」

「我又不能把之前看過的事情忘掉。」鵝羽沉聲說。「小陽長大會成為我們的族長，我說他很特別，難道錯了嗎？」

「**每一隻**小貓都很特別！」雲莓厲聲說。「在他們母親眼裡，他們是全森林最完美的東西。我們身為巫醫，必須平等看待所有族貓，不該偏袒任何一隻貓，你當了這麼久的見習生，不會連這點道理都不懂吧？」

見牝鹿星走來，本想繼續說下去的雲莓不再說話。淺色毛皮的族長望向新鮮獵物堆。「每隻貓都吃過了嗎？」她問。

「只剩幾隻還沒吃。」雲莓喵嗚道。「來，這隻松鼠妳拿去吃吧。」她將松鼠屍推向牝鹿星，牝鹿星卻倒退一步。

「留給貓后們吃吧，我不餓。」

「妳不能不吃啊。」雲莓低聲說。「妳的戰士們不會希望看到族長挨餓的。」

牝鹿星輕甩尾巴末端。「雷族有太多嗷嗷待哺的小貓了。」她喵聲說。「禿葉季才剛開始，就多了三胎小貓！我們怎麼有辦法確保每一隻貓都得到溫飽？」

「我們只要和平時一樣，用聰明的方法狩獵，就能填飽所有族貓的肚子。」雲莓堅持道。「牝鹿星，妳要相信妳的戰士，雷族一定能撐過這個禿葉季。」

鵝羽低頭看著自己挑的田鼠，牠身形肥滿、毛皮厚實，已經看不見任何事物的眼睛依舊閃亮。只要星族繼續為雷族帶來如此健康的獵物，或許他們根本不會注意到禿葉季掃過這片森林。

鵝羽猛然驚醒，睜開雙眼。巫醫窩裡的空氣冰寒刺骨，岩縫透進來的月光下，他看見自己呼出來的一口氣凝結成雲。鵝羽伸了個懶腰，身體伸展開時感覺一股寒意鑽進體內。他身旁的雲莓蜷縮在自己的窩裡，毛茸茸的尾巴蓋在鼻子上，輕柔的鼾聲陣陣傳來。

鵝羽感到焦躁不安，怎麼也睡不著，於是他悄悄走出自己的小窩，離開巫醫窩。窩外，結了霜的蕨葉變得又硬又脆，無雲的靛色夜空中，只有一彎爪痕般的月亮。鵝羽沿著小徑走到空地上，腳下的地面比岩石還堅硬，而且他全身冷得幾乎無法呼吸，他只能緊皺著眉頭行走。空氣毫無動靜，唯一的聲響是遠方的貓頭鷹啼聲，也許是猛禽對伴侶的呼喚。鵝羽腳下一頓，因為他聽到的不只有鳥啼聲，還有其中一個貓窩裡微弱的呻吟聲。

他跑進空地，然後驚得戛然止步。族貓們蹣跚地在周圍走動，結痂的毛皮下肋骨一根根突起，稜角銳利的臉上是一雙雙突出的眼睛。空氣中充斥著痛苦的哀號以及悲痛的低鳴，松鼠鬚與鴉尾扒抓著原本放新鮮獵物的位置，但地上沒有新鮮獵物堆，只有幾簇毛髮與細小的骨骸。一具薑黃色身影癱在空地中央，睜著混濁的眼睛，然而其他的貓沒有理會那具屍體，飢餓已奪走了他們的視力與情緒，他們紛紛跨過那隻死貓蜷縮著的腿，繼續走動。鵝羽看得心驚肉跳。

幾隻貓站在空地邊緣遠觀，他們的毛皮光滑漂亮，肚子也像是剛飽餐一頓似的，然而他們眼裡滿溢哀愁。鵝羽知道那些是星族貓，是每天走在雷族卻不被其他貓咪看見的死貓，他們只能憂傷地看著仍在世的貓挨餓受凍。

鵝羽感覺腹部的毛皮被沾溼，他低頭一看，發現自己站在一層厚厚的雪中。一隻雙眼無神、駝著肩膀的貓走近。「雛菊趾？」鵝羽悄聲問，但母貓沒聽見他的呼喚，她跌跌撞撞地走到本該是新鮮獵物堆的位置，將全身重量靠在鴉尾身上。

「你不是說你要去狩獵嗎？」她啞聲說，說話時她不住大口喘氣，肋骨分明的脅腹起起伏伏。

黑色公貓甩了甩尾巴。「我去了。」他沉聲說。「但是地上積了這麼多雪，根本找不到獵物。」

「我們都死定了！」松鼠鬚哀號著亂挖沒有新鮮獵物的土地。

「不行！」鵝羽高喊。「我不會讓這件事成真的！」

眼前的貓全都消失無蹤，獨留鵝羽站在月光下。他豁然轉身，衝向高聳岩下的族長窩。

「牝鹿星！快醒醒！」

他闖入沉悶的黑暗，一直眨眼。族長在她的小窩裡坐起來，毛髮亂糟糟的。

「鵝羽！發生什麼事了？」

「雷族會餓死！」他哀叫道。「這次禿葉季太嚴酷了，到處都沒有獵物，我們都死定了！」

牝鹿星從窩的另一頭跑來，用肩膀抵住鵝羽的身體，鵝羽感覺到她溫暖、實在的存在，稍微緩下呼吸。「冷靜點。」她對鵝羽說。「你看到幻象了嗎？」

鵝羽點點頭。「地上都是雪，而且很冷……比以前都還要冷。新鮮獵物堆沒有東西，巡邏狩獵隊也抓不到獵物，有貓餓死了……」他想起孤伶伶躺在營地中間的薑黃色死貓，發現自己說不下去了。

牝鹿星的窩門口有了動靜，松心也走進窩裡。「怎麼了嗎？」他喵聲問。「我剛從穢物處回來，看到鵝羽跑進來。」

「鵝羽看到幻象了。」牝鹿星解釋道。「看來這次禿葉季會比往常更艱苦。」她的語調十分平穩，但鵝羽隔著毛皮感覺到她撲通撲通的心跳。

松心看向鵝羽。「你的幻象有告訴你要怎麼撐過禿葉季嗎？」他的語氣有一絲不善，鵝羽忍住對他嘶吼的衝動——松心終有一日會成為雷族族長，到時鵝羽會是族裡唯一的巫醫，所以鵝羽現在必須和副族長維持友好的關係，並贏得他的信賴。

「沒有。」他坦承。「不過既然我們知道以後的日子不好過，我們現在就有機會開始做準備。」

牝鹿星對鵝羽點點頭。「這消息也該讓雲莓知道，請你去帶她過來。」

鵝羽又跑回冰冷的室外，回巫醫窩喚醒年老的雲莓。雲莓坐在族長窩裡，靜靜聽鵝羽說明他預見的未來。

「我們必須找到不同的獵物來源。」牝鹿星在岩洞裡來回踱步，喵聲說。「我們該擴展領土嗎？派戰士進兩腳獸地盤覓食？」

松心耳朵一動。「戰士們聽了肯定不樂意，但也許我們能在伐木場設立邊界，我們在那裡捕獵，別族應該不會有異議。」

雲莓望向遠方。「有個方法，我們可以試試。」她喃喃自語。「我記得小時候在河族，有一次禿葉季也非常寒冷，河水結冰後魚都困在裡頭了。有幾個戰士弄破了河岸邊的冰塊，帶回營地，冰塊裡有一隻完全結冰、死透了的魚，不過冰塊在溫暖的窩裡融化後，那隻魚吃起來和新鮮獵物沒兩樣。不知為何，魚在冰塊裡能保持新鮮。」

鵝羽歪著頭問：「所以我們應該等河水結凍，然後去吃魚嗎？」

「不是。我認為我們該想辦法讓獵物保持新鮮，等我們沒得吃的時候再拿出來吃。」雲莓喵嗚道。

「可是我們的地盤沒那麼多水。」松心指出。

「是沒錯，」牝鹿星甩著尾巴喵聲說。「但說不定埋在地底下的東西也會結凍。我們知道天氣很冷的時候，就連大地也會凍結，那假如我們把新鮮獵物埋在土裡，它是不是也會結凍？到時候我們再挖出來就可以吃了。」

鵝羽點點頭，全身毛髮興奮地豎起來。「我們接下來一個月都多派幾批巡邏狩獵隊出去，就能多抓一點獵物保存起來，撐過這次禿葉季了！」

「我把黎明巡邏隊分成兩半，派一半去狩獵好了。」松心喵嗚道。「見習生的戰鬥訓練也先暫停，他們都跟著去狩獵。」

「我們不能讓雷族失去戰鬥力。」牝鹿星警告他。

副族長轉頭看她。「比起戰敗，餓死的風險比較高吧？」他輕聲說。

牝鹿星點點頭，雙眼蒙著陰霾。「鵝羽，別將你看到的事情說出去，我不希望族貓因此陷入恐慌。我們可以宣稱這是為了嚴苛的禿葉季做準備，但不能讓任何一隻貓知道你看見的未來。」

鵝羽點頭。**就和平常一樣。**他心想。牝鹿星和雲莓總是擔心族貓會因他的能力產生不好的想法。**那我呢？我獨自承擔雷族的未來，她們就不擔心我心裡難受嗎？**

雷族營地在三日內變得面目一新，爪子最銳利、前腳最強壯的貓，在空地上挖了許多狐狸身長寬的大洞。鵝羽走在洞與洞之間的平地上，步向金雀花隧道時，剛挖好新洞的暴尾抬起頭，身邊是一堆土壤。

「這是你搞的鬼嗎？」他一面彈掉黏在觸鬚上的塵土，一面對鵝羽低吼。

蛇牙叼著死松鼠走來，鵝羽讓到一旁，看著他將新鮮獵物丟入暴尾挖好的地洞。「牝鹿星希望我們為禿葉季做好萬全的準備。」鵝羽喵嗚道。「這個月有好幾隻小貓誕生，你難道忘了嗎？」

灰毛戰士開始用土壤覆蓋松鼠屍。「我們以前從來沒做過這種準備，你該不會又看到什麼東西了吧？」他斜睨鵝羽一眼。

鵝羽湊近說：「暴尾，我真的能預見未來，你別不信邪。**你**就不想知道自己的未來長什麼樣子嗎？」他也不等戰士回應，扭頭就走。

他站在金雀花隧道口，巡邏狩獵隊帶更多獵物回到營地，才輪到他走出去。鵝羽看著閃鼻與雨毛帶一隻鴿子和兩隻老鼠回來，將獵物丟入岩落與鷺掌挖的洞。深棕色見習生滿身是土，一隻腳爪正在淌血，鵝羽提醒自己晚點要檢查所有見習生的腳掌。

他鑽出金雀花叢，爬到溪谷之外，星族的蜂尾在他身邊走了一段路，靜靜陪他走在蕨叢裡。空氣又乾又冷，空中沉沉的黃雲壓在樹頂，一陣風吹響了光禿禿的樹枝，也吹亂了鵝羽的毛髮。

鵝羽將鼻子藏在胸口的毛髮中，沿著小徑走向蛇岩，準備採集森林僅剩的貓薄荷。雲莓希望能在藥草被寒霜凍壞之前多保存一些，以備不時之需。鵝羽聽見巡邏狩獵隊在兩腳獸地盤邊界附近活動，一隻見習生在月掌與兔掌的歡呼鼓勵下追逐松鼠，鵝掌刻意遠離松鼠奔逃的路徑，踏入蛇岩平滑灰岩底部的草地。

他望向岩石間深深的裂紋，耳朵開始嗡嗡作響，腳下的大地陡然下沉。兩隻母貓對彼此嘶吼，鵝羽認出其中一隻，那是之前教他如何戰鬥的楓影，另一隻則是擁有斑點金毛、憂傷雙眼的貓。金毛母貓指控楓影背叛她哥哥，她猛撲向楓影，玳瑁色與白色相間的楓影後退一步，金毛母貓因此不穩地落在一堆岩石中。石堆裡有什麼東西動了一下，一條細長的生物從石塊後揚起頭，金毛母貓尖叫著跳開。

「有蛇！救命啊！我被蛇咬了！」

楓影嘶叫一聲。「妳要我救妳？那妳當初怎麼不救救我的小貓？我才不救妳！祝妳痛苦地死去！」

鵝羽震驚地看著金毛母貓在地上痛苦掙扎，楓影頭也不回地轉身隱入蕨叢，最後金毛母貓的身影淡去、消失，空地上只剩鵝羽一隻貓。

他感覺到別隻貓的目光，熾熱的視線彷彿要燒穿他的毛皮，他猛地旋身，發現楓影站在岩石上俯視他。「怎麼了？」她問道。「你一副剛看到母親被狐狸吃掉的模樣。」

「妳讓那隻貓被蛇咬？」鵝羽質問道。「然後妳就丟下她自己離開，讓她自生自滅？」

楓影一臉訝異。「有什麼好奇怪的？我痛恨雷族的每一隻貓，在我對所有雷族的貓復仇之前，我不會安息。」

「可是——可是妳上次不是幫了我嗎？」鵝羽結結巴巴地問。「我被獾襲擊之後，妳不是還教我怎麼戰鬥嗎？那難道也是復仇？」

楓影的眼睛閃閃發亮。「不用我出手，你也會受到懲罰。」她低吼。「好好感謝星族吧，祂們已經確保你在劫難逃了。」

「那是什麼意思？」鵝羽大聲問。楓影轉身走遠。「給我回來！我怎麼在劫難逃？妳快說清楚啊！」

然而母貓已經消失了，只剩鵝羽獨自站在蛇岩旁的空地上，因恐懼而顫抖、喘息。**我看過那麼多幻象，**他心想。**卻一次也沒看過自己的未來……**

第九章

「我們雷族有幸迎接新誕生的三胎小貓。」牝鹿星的宣告迴響在山谷裡，其他貓族的族長站在她身後，他們與巨岩下聆聽的貓群身上都披著銀白月光。

影族族長犬星湊到河族的田鼠星耳邊，鵝羽聽見他低聲說：「都快到禿葉季了，他們的戰士還得填飽這麼多隻貓的肚子，雷族麻煩大了。」

牝鹿星大概也聽見他們的耳語，她接著說：「雷族已為接下來的禿葉季做好萬全的準備，我們將在最冷的這幾個月持續成長茁壯，在大地回暖時，我將帶族裡新的見習生回來參加大集會！」

雷族族貓歡聲雷動。風族巫醫蔥爪對雲莓喵聲說：「雷族多了這麼多隻小貓，妳有得忙了！」

雲莓點點頭。「也得感謝星族，孩子們都健康強壯，唯一的缺點就是很吵。」

河族的回鼻嗤之以鼻。「想當年，小貓哪有現在這麼不懂事？」

雲莓動了動耳朵。「回鼻，在『當年』我也是妳照顧的其中一隻小貓，我可不記得自己小時候安靜到哪裡去。」

老母貓哼了一聲，別過頭。上方的巨岩上，風族族長楠星宣布先前有隻黑白相間的狗在沼澤地撒野，風族戰士已將牠追趕到轟雷路上，那條狗被兩腳獸抓走了。

「我狠狠抓了牠一下，讓牠記取教訓。」有乳白色條紋的金毛虎斑貓曙紋，呼嚕呼嚕地說。

一陣強風吹響了巨大橡樹的樹枝，雨點啪搭啪搭滴落山谷。犬星一躍而起。「我們得在雨勢變大前回家。」他喊道。「影族，我們走！」

聚集在山谷的貓群迅速一分為四，往四個方向魚貫走出山谷，竄入樹林。鵝羽跑在母親身旁，雛菊趾最近臀部痠痛，所以跑得一瘸一拐。鵝羽這才驚覺母親年紀不小了，他們穿行森林時他一直緊跟在母親身旁。厚厚的雲朵遮住了滿月，雨滴持續落到光禿禿的樹枝上。

雷族的貓沿著溪谷一側奔入營地，留守的貓紛紛出來聽大集會的新消息，但在漸大的雨中他們不得不撤回窩裡。鵝羽跟隨雲莓回到岩石下的巫醫窩，毛皮在潮溼的空氣中直冒蒸氣。雲莓甩了甩身體，雨水濺到鵝羽口鼻。

「我寧可天氣冷也不要下雨。」她抱怨道。「我全身都溼到骨子裡去了。」她肢體僵硬地爬進小窩，蜷縮起來，鵝羽幫她蓋上保暖用的羽毛。

「風這麼強，雨和雲一下就會被吹走了。」他喵嗚道。「等黎明就不會這麼潮溼了。」

但他說錯了。鵝羽一覺醒來，只聽見雨水拍打岩石窩頂的聲響，窩外逐漸枯萎的蕨葉被雨沖得半塌在地上，雨水甚至在營中空地形成好幾條小溪。戰士們在風雨中低著頭在窩與窩之間奔走，新鮮獵物堆則泡在一灘爛泥中。

松心皺著眉頭審視營地。「我們必須搬到地勢較高的地方。」他喵嗚道。「等黎明巡邏隊回來，我會叫糊足和鴉尾幫忙搬家。」

霧皮走出長老窩，在前往穢物處的路上她嘶嗚一聲，原來是腳掌陷入泥濘了。「是哪個天才決定要在空地上到處挖洞的？」她嘀咕。「要是雨不停，我們遲早會淹死在泥巴裡！」

鵝羽看著不久前翻動過的土讓，那些是他們儲藏新鮮獵物的位置，現在每個地洞的表面都鋪著一層冒著氣泡的淤泥，他想像地底下的獵物被雨水浸溼、腐爛……「松心！」他高聲號叫。「再這樣下去新鮮獵物會泡爛！我們得趕快把它挖起來，放到乾燥的地方！」

副族長愣愣地盯著他。「但我們才剛埋好獵物，除了繼續埋著以外這些獵物還能放哪裡去？現在森林裡不可能有任何一塊乾燥的土地。」

鵝羽已經開始刨抓離他最近的泥坑。「沒時間想那麼多了，我們得在獵物爛掉以前把它挖出來！」

他隱約聽見松心跑進戰士窩，將還在窩裡的貓叫出來幫忙，兔撲也從育兒室衝出來，在鵝羽身邊奮力挖土。沒過多久，兔撲的褐色毛皮就沾了一層泥濘，觸鬚也黏滿爛泥，但她沒有停下動作，一直挖到她和鵝羽的腳爪碰到一團溼透了的毛皮。

「是田鼠。」兔撲喘著氣說。她蹲下來，用牙齒咬住田鼠屍往外拖，鵝羽從獵物身體的另一邊不停挖土，直到泥水「嘎吱」一聲，兔撲成功將田鼠拉出來，她坐倒在地上。

鵝羽沮喪地看著那隻田鼠的屍體，只見它腹部兩側都向內凹陷，肥大的白蛆已將肉啃食乾淨，牠們在皺縮的毛皮內扭動。田鼠屍的惡臭比鴉食還難聞，黏膩的汁液不停滴出來，沾在鵝羽腳掌上。

「毀了。」兔撲氣聲說。

周圍的戰士挖出一隻又一隻腐敗的獵物屍體，原本的新鮮獵物被雨水浸溼、被蛆蟲啃食殆盡，什麼都不剩了。他們寶貴的存糧，全都毀了。鵝羽抬頭，望見站在高聳岩下的牝鹿星，她眼中充斥著黑暗的恐懼。松心站在她身旁，一面甩尾巴一面保證會命令戰士巡邏得更勤，彌補這次的損失，但不祥的預感如沉甸甸的石塊，躺在鵝羽腹中。他看見的幻象即將成真，無論他怎麼做，都無法防止族貓在禿葉季餓死。

最先死去的是兔撲，從他們挖出獵物腐屍那一刻開始，她完全拒絕進食，把自己分到的那一點食物全分給了孩子。雨停後不久，白雪便覆蓋整片森林，唯有痛苦與飢餓的呻吟打破雪中寂靜。松心一次又一次派出巡邏狩獵隊，戰士們卻一次又一次空爪而歸。

鵝羽和雲莓為了尋找減緩肚痛、止咳與退燒的藥草，在積雪中不停翻挖，挖到腳掌紅腫、破皮。閃鼻患了重病，身體一陣又一陣地痙攣，她死後不久，牡鹿躍與冬青皮也相繼過世。等到蕁麻風從穢物處走回長老窩的路上倒在空地中央，陷入永遠醒不來的沉眠之時，已經沒有貓有力氣搬動他的身體了。星族貓在死去的公貓身旁圍成一圈，和毛皮凌亂、雙眼無神的戰士相比，他們閃亮、光滑的毛皮變得特別顯眼。

鵝羽垂頭盯著開始僵化的薑黃色公貓，看著他逐漸被雪花覆蓋，腹中燃起熾熱的怒火。捷風跌跌撞撞地從旁走過，差點被蕁麻風的腿絆倒。

「小心點！」鵝羽嘶聲說。

虎斑與白色相間的母貓轉過頭，迷濛、空蕩的眼睛愣愣看著他。她觸鬚黏了一小片樹皮，鵝羽知道有些戰士為了填飽空無一物的肚子，已經開始啃樹枝了。

「他現在什麼都感覺不到了。」捷風沙啞地說，聲音聽起來比岩石還蒼老。

「但我們還是要敬重他。」鵝羽喵聲說。他虛弱到沒力氣獨自搬動蕁麻風，但他努力將死貓的腿移到肚子下，以免被其他貓咪踩到。

鵝羽聽見走在雪地上的腳步聲，他抬頭看見雲莓腳步蹣跚地走來，她白毛下的身軀感覺空空蕩蕩的，牙齒也顯得太大，和嘴巴不成比例。「兔掌今天挖到幾隻蚯蚓，」她低啞地說。「我準備和雨毛和小貓們分著吃，你要吃一條嗎？」

鵝羽想到那些黏糊糊、扭來扭去的動物，忍不住乾嘔。「我不用了。」他喵嗚道。「妳留著自己吃吧。」他輕輕咬起蕁麻風的尾巴，將它掛在薑黃色死貓的背上。

「我們盡力了。」雲莓在他耳邊低語，她呼出來的口氣帶有腐臭。「我們沒能預防族貓挨餓，但這不是你的錯，獵物被雨泡爛純粹是我們運氣太差。」

鵝羽抬頭注視著她。「世界上沒有運氣差這種事，」他告訴雲莓。「所謂的運氣就是命運。我從一開始就知道事情會變成這樣，但我不僅沒能改變未來，反而還讓事情變得更慘。」

他轉身硬是穿行雪地，走向金雀花隧道，地上有一道被踩過的雪泥，是巡邏隊外出找獵物時留下的足印。鵝羽踉踉蹌蹌地爬上溪谷，步入沉靜的森林。

從前的他怎麼會蠢到認為這份預知能力是星族的祝福？這才不是什麼祝福，而是星族給他的詛咒，他將預見悲劇，卻無力改變未來。楓影說得沒錯，他確實是在劫難逃。

「鵝羽？」

輕柔的呼喚聲使他停下腳步，左顧右盼，一道眼熟的深棕色身影站在蕨叢下等他。

「梨鼻！」

這隻死貓看上去比鵝羽活著的族貓還有生氣，鵝羽走上前，吸入她甜美的新鮮草葉味。

「雷族發生的事，我都看到了。」梨鼻悄聲說。「我為你們心碎。」

鵝羽闔上雙眼，忍住像小貓一樣哭號的衝動。「我實在不敢相信，我們到頭來還是沒辦法阻止這一切發生。我明明都看到未來了！」

母貓輕舔他的頭頂。「朋友，你走在不同的道路上，就必須認清事實：你不是為了改變未來而生。你只能在黑暗中點燃最微小的火苗，點亮未來，而你的族貓則必須在時候到時面對各自的命運。你不可能為所有族貓負責。」

鵝羽長嘆一口氣。「那我的能力就沒有半點用處了。」他小聲說。「既然我不能改變未來，那我看到的一切、知道的一切，就只會帶給我傷痛。」他仰天長號：「星族啊！祢們為什麼要這樣對我？」

第十章

看似永無止盡的雪，終於停了。白晝逐漸變長，空氣中刺骨的寒意也消失了，森林中迴響著滴水聲，樹上也出現小小的綠芽。數月的黑暗與恐懼過後，虛弱的雷族族貓眨著眼睛走到室外。

出太陽的第一天，牝鹿星召集所有族貓，為見習生舉行命名儀式。「他們和我們一起力抗飢餓，」她高聲說。「他們展現出了獅子般的勇氣與戰士的忠誠。月花、鷽曙、鷺翅與兔躍，雷族歡迎你們。」

鵝羽驕傲地呼喊姊姊的新名字，在過去飢寒的幾個月，姊姊沒有一次失去希望，沒有一次放棄尋找食物，也一直幫忙照料族貓。鵝羽突然看到暴尾注視著月花，看見暴尾眼中的亮光，不禁腹中一緊。雷族有那麼多戰士，月花真的會選暴尾當她的伴侶嗎？不用預知能力，鵝羽就能回答這個問題。

他身旁的雲莓粗重地喘氣，打斷他的思

緒，他轉頭面向導師。「去晒得到太陽的地方趴著休息吧。」他對雲莓說。「我等等會出去找貓薄荷，妳服一點會比較舒服。」

雲莓搖了搖頭。「我沒事。」她啞聲說。「但你的確該去找一些藥草回來，今天早上小斑肚子痛，我猜是因為她母親死後，這是她第一次從雨毛那裡喝母乳喝到飽，但我們還是能給她一些藥草，稍微減輕疼痛。」

今天雨毛帶小貓們到空地上旁觀命名儀式，自從兔撲去世，這隻貓后就為自己的孩子和兔撲的孩子供應母乳，她現在簡直是一張掛在枯骨上的蓬亂毛皮，但每一隻小貓都活下來了。現在獵物回到森林裡，族貓們讓雨毛優先挑選新鮮獵物。

「順便看看有沒有山蘿蔔。」雲莓補充道。

鵝羽訝異地看著她。「族裡有貓生病了嗎？」

「備著一些山蘿蔔總是比較好。」雲莓小心翼翼地回答，但鵝羽看到她瞥牝鹿星一眼。牝鹿星正從高聳岩爬下來，她看起來和其他族貓同樣枯瘦、毛皮不整，而且呼吸時胸口發出混濁的呼嚕聲。牝鹿星經過時，鵝羽發現她雙眼發紅、流膿，身上還帶有穢物處的氣味，彷彿去了太多趟。

「牝鹿星生病了嗎？」鵝羽輕聲問雲莓。

老巫醫看著牝鹿星走進窩裡。「我會親自醫治她。」她沒有直接回答問題。「別讓其他的貓進族長窩，食物和沾溼的青苔都放在窩外。還有，把你找得到的藥草都直接拿給我。」她頓了頓，轉頭直視鵝羽。「別把牝鹿星病了的事告訴族貓，這是她的最後一條命，如果族長病危的消息傳出去，大家可能會陷入恐慌。」她將尾巴輕搭在鶉羽肩頭。「保守重大機密也是巫醫的使命之一。」她低聲說。

鶉羽奔入樹林，看到藥草就想也不想地摘下，即使是緩解牙痛的赤楊樹皮和舒緩蜜蜂螫傷的黑莓葉也不放過。他心想，現在牝鹿星病得這麼重，多用幾種藥草也不會加重她的病情，倘若其中一種藥能發揮意料之外的功效那就再好不過了。回到營地後，他派月花去找沾溼的青苔，母貓被鶉羽急迫的語氣嚇得瞪大雙眼，但鶉羽要她別擔心，他說牝鹿星只是身心疲憊，需要多休息才能恢復體力。

他從重新堆起的新鮮獵物堆挑了最肥的老鼠，拖著食物與溼青苔來到高聳岩下的族長窩門口。「雲莓！」他輕喊。

白貓探出頭。「你身邊沒有別的貓吧？」她啞聲問。鶉羽點點頭。「很好，別讓其他的貓靠近這裡。」雲莓伸出一隻腳爪將老鼠拖過去，然後她抬眼凝視著鶉羽。「你今晚能留在這裡嗎？」她小聲問。「有……有你在旁邊待著，我會比較安心。」

「那當然。」鶉羽輕聲說。他將溼青苔推到窩門口，接著轉了一圈，在地上挖了個適合躺臥的淺洞。他捲起身體，下巴枕在腳掌上，仰望逐漸黯淡的天空與逐漸變亮的星辰。**星族，請祢們保佑牝鹿星。**他默默祈禱。**她受了這麼多苦，總該讓她活下來，讓她親眼看見雷族恢復興盛吧？**

黎明時分，鶉羽被族長窩門口的動靜驚醒，看見累得沉著雙肩的雲莓站在面前。「她走了。」

鵝羽嚥下喉頭的哀傷。「我來幫忙清洗她的身體吧。」

雲莓搖了搖頭。「我來就好。切記，守夜時不可以讓別的貓靠近她，我們絕不能讓她的疾病傳給族貓，現在所有的貓都身體虛弱，沒辦法抵抗疾病。」

那妳呢？鵝羽很想哀聲問，但他沒有說話。他明白雲莓的用心，現在他也只能遵從老巫醫的指示。

當太陽緩緩落到樹冠下時，雲莓將牝鹿星的身體拖出族長窩，鵝羽已經警告族貓不要靠近了，雷族貓只能驚駭又沉默地看著雲莓緊咬牝鹿星乳白色的後頸毛皮，蹣跚地走到空地中央。雲莓停下腳步，環視四周的族貓。「請各位在對族長致敬時，記得保護自己，別傳染到疾病。」她沙啞地說。「請不要靠近。」她趴了下來，將鼻子輕輕貼在牝鹿星臉頰邊，而族長混濁的雙眼只有無神地仰望星空。

雷族族貓一一從旁走過，每隻貓都保持一段安全的距離。褐鹿歌在咳嗽，雖然還沒惡化成綠咳症，但鵝羽必須防範未然，他提醒自己晚點給褐鹿歌一些貓薄荷。他望向牝鹿星毫無動靜的身體，看見另一隻貓冰冷而無生氣的身體躺在她身邊，微風吹動她厚長的白毛。不久後，他們將為雲莓守夜，到時他就會是雷族唯一的巫醫了。鵝羽在空地邊緣趴下來，一面努力回想自己該儲備哪些藥草，一面陷入夢鄉。

雲莓在黎明到來時喚醒他。「我來埋葬牝鹿星。」她對鵝羽說。「你負責帶松心去月亮石舉行九命儀式，我已經沒力氣去了。你知道該怎麼做嗎？」

鵝羽感覺全身麻木，但他點點頭。他感覺雲莓正被拉遠，每一刻都離他愈來愈遠，直到她成為濃稠黑暗中的一點亮光。不知雲莓是不是看穿了他的心思，她喵聲說：「鵝羽，**你是個很棒的見習生**，以後一定能成為優秀的巫醫。你要相信你的直覺，別忘了我教你的一切。」她用額頭靠著鵝羽。「再見了，朋友。」

鵝羽感覺喉嚨哽著什麼東西，他勉強用氣聲擠出字句：「我不想離開妳。」

「但我必須離開你了。」雲莓應道。「我和你一樣，無力改變未來。」她抬頭注視著他。「鵝羽，你的能力同時也是重擔，你必須學著接受恐怖的事實。記得，永遠以雷族的利益為優先，願星族照亮你的道路。」

她轉身，留下因哀傷而冷到骨子裡的鵝羽。松心靜靜走來。「要出發了嗎？」他輕聲問。紅棕色公貓瞥了牝鹿星的身體一眼，眼裡淚水氤氳。「我從沒想過她會這麼早離開我們。」他低聲說。「我真不知道自己能不能和她一樣領導雷族。」

「牝鹿星會在星族照看你的。」鵝羽喵嗚道。「你一定會做得很好。」

「真的嗎？」松心眼中閃過一絲希望。「你看到幻象了嗎？」

鵝羽看著雲莓在死去的族長身邊低下頭，心不在焉地點點頭，然後他強迫自己打起精神。「走吧，我們有好一段路要走。」他領著松心走出營地，族貓們熾熱的視線彷彿要燒穿他的毛皮。現在他們是新族長與巫醫貓，肩上扛著全族的未來。

⚡⚡⚡

入夜時，他們終於來到慈母口。這次他們走得比以往慢，因為大飢荒過後他們的身體仍然虛弱，但他們不得不為接下來的儀式節食。松心在地道口微微遲疑，鵝羽卻毫不猶豫地竄入陰影，踩著熟悉的冰冷岩石前進。片刻後，他聽見松心跟上來，副族長的呼吸聲在蜿蜒的通道中顯得特別大聲。

踏入山洞時，閃爍微光的月亮石映入眼簾，鵝羽與松心默默趴下來，口鼻抵著水晶的底部。鵝羽感覺到山洞邊緣的陰影中有無數道視線，聽見無法聽清的細微耳語，但他無視這一切，專注陷入等待他到來的黑暗。

回神時，鵝羽發現自己站在森林裡一塊空地上，他沒來過這裡，但這裡有熟悉的氣味與溫暖的陽光。雷族的新族長——松星，站在這片草地的中央，身邊圍著九隻毛皮閃爍著星光、雙眼發亮的貓，其中一隻是梨鼻，她對鵝羽點點頭。星族貓一一踏上前，每隻貓都給松星一條命，賜給他勇氣，賜給他忠誠，賜給他懂得何時戰鬥、何時追求和平的智慧。梨鼻賜予他對巫醫貓的賞識，以及擔任族長期間對這位同伴的信任。

第九隻貓踏上前，那是一隻擁有銳利藍眼的灰色長腿公貓，這時鵝羽的耳朵開始嗡嗡作響，草地消失了，鵝羽站在飄著刺鼻氣味、色彩過度鮮明的圈地，旁邊是一座高聳的紅棕色石製兩腳獸巢穴。他的心恐懼地撲通撲通跳，他蹲伏在地上，準備躍過身後的木製圍籬逃回森林——但他注意到面前站著一隻貓，那隻貓身體強健結實，擁有密實的紅棕色毛皮。那是松星！

兩腳獸巢穴一側出現縫隙，一隻兩腳獸走出來，松星小跑步過去，靠著兩腳獸的腿弓起身體，邊呼嚕呼嚕笑邊用身體貼著伸過來撫摸他的粉紅色無毛腳掌。鵝羽踉蹌倒退，他試著呼喚他的族長，卻發不出聲音。只見松星用後腿直立起來，拍拍那隻兩腳獸的膝蓋，然後呼嚕呼嚕笑著跟隨兩腳獸走回巢穴，縫隙在他身後「碰」一聲關上。

鵝羽驚恐地看著他，紅石建成的巢穴與顏色鮮亮的花朵漸漸淡去，他又回到之前的草地上。閃爍著星光的貓都消失了，只剩興奮得全身發抖的松星站在他面前。

「我獲得九條命了！」他激動地輕聲說。

鵝羽點點頭，耳中迴響著梨鼻說過的話：**你不是為了改變未來而生。**鵝羽知道松星將背叛族貓、牝鹿星與戰士守則，離開森林成為寵物貓。從今以後，鵝羽每日睜開眼睛想到的第一件事會是：今天是族長拋棄雷族的那一天嗎？但他不能告訴任何一隻貓，連松星也不能知道這件事，因為這不是他的使命。他只能靜靜等待，默默旁觀，他的詛咒迫使他將未來藏在心底。他預見了未來。

卻無力改變它。

WARRIORS

貓戰士

烏掌的告別

Ravenpaw's Farewell

蜂鬚：灰白相間的公貓。
所指導的見習生，暮掌

檀爪：漂亮的黑色母貓。（晨間戰士）
所指導的見習生，鷹掌

比利暴：薑黃與白色相間的公貓。
所指導的見習生，卵石掌

哈維月：白色公貓。（晨間戰士）

馬蓋先：黑白相間的公貓。（晨間戰士）

彈火：薑黃色公貓。
所指導的見習生，花掌

微雲：嬌小的白色母貓。

蕁水花：淺棕色公貓。

兔跳：棕色公貓。
所指導的見習生，歐芹掌

梅子柳：深灰色母貓。
所指導的見習生，雲掌

火蕨：薑黃色母貓。

見習生　（六個月大以上，正在接受戰士訓練的貓）

暮掌：薑黃色虎斑公貓。

鷹掌：黃色眼睛的深灰色公貓。

花掌：薑黃與白色相間的母貓。

雲掌：白色母貓。

卵石掌：綠色眼睛、有棕色斑點的白色母貓。

歐芹掌：深棕色虎斑公貓。

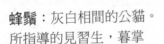

各族成員

部族以外的貓 *cats outside clans*

烏掌：毛皮光滑的黑色公貓。

大麥：身體結實、黑白相間的公貓。

維奧萊特：有深橘色條紋、白色腳掌的淺橘色虎斑母貓。

萊利：有深灰色條紋、藍色眼睛的淺灰色虎斑公貓。

貝拉：綠色眼睛的淺橘色母貓。

露露：淺沙色長毛母貓。

帕奇：灰色與淺橘色相間的公貓。

馬德利：棕色虎斑公貓。

帕夏：毛色極深的虎斑公貓。

天族 *Skyclan*

族長　**葉星**：琥珀色眼睛，乳白與棕色相間的虎斑母貓。

副手　**銳爪**：深薑黃色公貓。

巫醫　**回颯**：綠色眼睛的銀色虎斑母貓。

戰士　（公貓，以及沒有子女的母貓）

櫻桃尾：白色與玳瑁色相間的母貓。

兩腳獸地盤
轟雷路
戰士窩
育兒室
見習生窩
巫醫窩
樹橋
河
往森林 →
峽谷

懸天岩
族長
思天
的窩

南布洛菲爾德路
洛菲爾德荒地
高丘林
警告：此區為不穩定的懸崖
雀爾河

聖安德路
布洛菲爾
廢棄的倉庫
深砂峽谷

第一章

「烏掌，快一點！別跟丟了！」灰掌回頭看了一眼，隨即竄入蕨叢。

烏掌用腳爪抓緊地面，加快速度。火掌的毛皮消失在蕨叢中，灰掌的條紋毛皮緊隨在後，烏掌奔在族貓身後，在蕨叢中東奔西竄。他們現在跑得更快了，森林裡的色彩全融在一起，烏掌只看見一閃而逝的綠色、棕色與淡金。

他們在矮樹叢中迅速奔竄，跑在愈來愈窄的小徑上，但即使是最茂密的荊棘叢也沒能使他們減速。平滑的灰色巨物靠近，又在一拍心跳後消失。**這是往蛇岩的方向嗎？**烏掌訝異地心想。這個想法才剛出現，他們已經跑在轟雷路一側，與發出巨吼的怪獸並肩疾行，但他們跑得實在太快，那些大聲咆哮的黃眼怪獸很快便被拋在身後。

現在他們跑在河邊，褐色河水不停翻攪、流淌，河面飄著星星點點的白沫。岸上的小徑幾乎只有一片蘆葦的寬度，長滿青苔的地面又溼又滑，但即使堅韌的綠色草莖拍在毛皮上，見習生也沒有停下腳步。

如果我們能一直這樣跑下去，那該有多好！烏掌心想。他的腿一點也不累，四隻腳掌比乾燥樹葉還要輕巧，呼吸節奏和躺在窩裡休息時一樣平緩。

跑在前頭的火掌抵達陽光岩底部，那是矗立河岸的一座岩丘。火掌三兩下便爬上岩丘，灰掌與烏掌也緊跟著爬了上去，三隻貓並肩站在陽光岩上眺望整片樹林。

「沒有比雷族更好的地方了！」火掌斷言。

「雷族萬歲！」灰掌跟著說。

烏掌張嘴要附和，卻被滴在鼻子上的雨水嚇了一跳，明明天空晴朗無雲，炎炎陽光灑在他的黑色毛皮上，不知從何而來的雨卻越下越大。

「你都淋溼了！」烏掌耳邊，有隻貓咕噥道。一隻腳掌戳戳他脅腹，他翻身看見大麥站在他身旁，再往朋友身後望去，是穀倉屋頂的破洞，以及淺灰色的天空。又一陣雨點落在烏掌後頸，他嘶鳴一聲跳出小窩。

「我們昨晚準備睡窩前，你不是檢查過屋頂嗎？」他嘀咕。夢境仍流連在他意識邊緣，老朋友的氣味似乎近在身邊。

「少在那邊抱怨了。」大麥開玩笑說。「你難道要我每天睡前爬到屋頂上檢查有沒有破洞，確保你睡覺時不會淋溼？快過來吧，這邊比較乾。」

大麥拍拍自己趴臥的乾草堆。烏掌待在原位，腹部一陣刺痛令他靜止不動。

大麥豎起耳朵。「你怎麼了？」

「沒事。」烏掌喵嗚道。「搞不好是你兩個黎明前抓到的那隻老鼠害的，我就說牠看起來不太對勁。」

大麥瞇著眼睛仰望屋頂的破洞。「雨應該不會下很久。」他喵聲說。「今天想不想進森林走走？天氣轉涼以後就沒那麼容易進去了，而且我們也好幾個月沒進森林了。」

烏掌嚐了嚐空氣的味道，他嗅到即將到來的禿葉季，那是和岩石一樣冷冽、乾燥的氣味。「好啊。」他喵嗚道，說完，他伸展前腿、弓起背脊，尾巴向前捲起來擦過耳朵。腹中的刺痛緩了下來，變成持續存在的悶痛，烏掌希望晚點進森林散步能讓這股疼痛完全消失。

他們跳下堆疊的乾草，大麥昨天抓到一隻鴿子，沒吃完的部分藏在乾草堆裡。他們找出鴿屍，雖然烏掌不餓——不知為何，肚子有種異樣的飽足感——他還是漫不經心地啃著一隻鴿翅，邊吃邊感覺到大麥的視線緊盯在他身上。吃完後，大麥將觸鬚清理乾淨，他們從牆壁的破洞鑽出去，走在穀倉外的長草中。雨停了，天上的雲層漸漸散去，露出一塊塊藍天。

大麥在一片淺色石地的邊緣停下腳步，兩腳獸巢穴外的一片草地傳來微弱的犬吠聲，表示狗都在很遠的地方，於是兩隻貓小跑步穿過石地，鑽入樹籬。大麥走在前頭，大腳掌在潮溼的地面留下掌印，烏掌試著踩在相同的位置，但大麥的腿比較長，烏掌必須小跑步才跟得上。

幾隻烏鴉抬頭看著兩隻貓穿過草地。來到這裡的最初，烏掌很怕那些體型碩大的黑白色鳥類，但他早已習慣那些鳥禽的存在，牠們現在感覺有點像烏掌的族貓了。

在極短的一瞬間，他又回到夢中，站在陽光岩上俯瞰孕育他的森林。**不知道現在火星和灰**

紋在做什麼？距離他們一起當見習生的日子，已經過了好一段時日，烏掌離開雷族的最初，兩個朋友還偶爾會來訪，然而巨大轟雷路到來時火星帶領四族離開了森林，而在那之前灰紋就被兩腳獸偷走，失蹤了。四族離開後，烏掌遇見了逃離兩腳獸的灰紋，那時灰紋在尋找雷族，烏掌將雷族眾貓前去的方向告訴他。希望灰紋成功和同伴重聚了。

烏掌微微發抖。**我不知道你們在哪裡，但希望你們都健康、安全、平平安安，願星族能永遠照亮你們的道路。**

「快來啦！」大麥跑回來叫他。「我們去檢查地道有沒有淹水。」

烏掌第一次穿過這條轟雷路時，他還是見習生，那時候轟雷路並沒有現在這麼寬。遠方的山丘被硬生生挖去了一塊，大地多了幾道疤痕。即使是接近破曉的現在，轟雷路也宛如河流，銀魚般的怪獸嘶吼著在路上奔馳，大麥和烏掌沒辦法直接穿過寬闊的道路，於是他們從轟雷路下方一條又暗又溼的地道鑽到另一頭。地道很窄，只夠一隻獾勉強擠進去，幸好烏掌沒在這窄小的空間遇上獾。

有時在暴雨後地道會淹水，但今天只有底部一點泥水，大麥深吸一口氣竄進通道，烏掌咬緊牙關跟了上去。他極厭惡地道包裹他全身的感覺，空氣隨著上方疾行而過的怪獸轟隆震動，他完全無法思考，只想全速跑向地道出口，回到冰冷、清新的空氣中。

烏掌衝出地道時差點一頭撞在大麥身上，他們面前是一堵茂密的刺灌木牆，茂密的樹叢不容許任何貓鑽到另一側，於是他們沿著樹牆行進，隨著陡升的土地走到能俯瞰轟雷路的位置。這裡的土地被撕去了一片，做成新的石頭道路，寬廣的沼澤地也成為陡峭的懸崖，迴響著怪獸的咆哮聲。

烏掌雙耳緊貼著頭頂，順著斜坡往上爬，他爬到崖頂時噪音稍微淡去了些，他看見被風吹得東倒西歪的短草形成通往樹林的小徑。崖上的風較強，不停拉扯烏掌的黑色毛髮，他嘴裡充滿熟悉的氣味，回憶在腦中翻騰：溪谷、大集會、巫醫窩的氣味、和虎爪訓練的時光……

烏掌甩了甩身體。他選擇離開森林，是有原因的。

他輕巧地走到一片淺坑地邊緣，這塊地周圍是一圈岩石與金雀花，烏掌總覺得這裡曾經是風族營地，但他腦中的畫面已變得模糊不清，而且現在也找不到那群貓的蹤跡了。站在後方的大麥差點被風吹到摔倒，他低吼一聲。

「我們進樹林裡避風吧。」他喊道，然後他奔過草地，黑白相間的毛皮在綠草的映襯下特別顯眼。烏掌又望了坑地一眼，才跟了上去。風族離開後，有沒有撐過遠行呢？其他貓族呢？有任何一族活下來嗎？

離開開闊的沼澤地，樹林地面的蕨叢顯得更寂靜。烏掌停下來稍微喘口氣，仔細聽附近是否有獵物的窸窣聲，天空逐漸被糾結的樹枝遮覆。兩隻貓走在易碎的蕨葉之間，直到新的聲音撲面襲來：怪獸緩緩移動的轟隆聲，以及兩腳獸的叫喊聲。

烏掌走到樹林邊緣向下看，他上次在月光下俯瞰這片土地，看見四棵高聳入雲的老橡樹，感覺是上輩子的事了。四喬木山谷已不知所蹤，被填平的土地上多了低矮的銀色巢穴，以及一片由一排排靜止的怪獸占據的黑岩空地。空氣中是濃濃的廢氣味，還有某種類似獵物的焦熱臭味，聞起來一點也不好吃，令烏掌胃部翻攪。

大麥邁開腳步鑽進坡頂的蕨叢，烏掌知道這曾是一條古老的小徑，這條路繞過山谷上緣進入森林，通往雷族邊界。過去貓族統治這片土地時，大麥怎麼可能大搖大擺地踏進這片領地？現在森林成了兩腳獸的地盤，貓族之間的界線不復存在，獨行貓也不怕撞見貓族的巡邏隊了。

他們遠離兩腳獸的銀色巢穴，深入森林。雷族族貓曾使用的小徑長滿了植物，和森林其他地方幾乎沒有兩樣，淺灰色岩石披滿荊棘叢，烏掌猛然想到今早的夢——這應該是蛇岩，但如今連毒蛇也不知去向。橡樹與山毛櫸之間開始出現松樹，幾乎無可辨別的小徑轉了個彎，烏掌走著走著，只覺這段路熟悉得令他心痛。

「小心！」大麥號叫一聲，跳上前用肩膀擋住烏掌。烏掌眨眼往下看，地面在前方一隻老鼠身長的地方消失，陷入長滿荊棘與小樹的窄小坑地。

「這是溪谷。」烏掌悄聲說。「是我出生的地方。」

第二章

「你覺得我們下得去嗎？」大麥喵聲問。

他開始想辦法鑽到帶刺的灌木叢下。

「等等。」烏掌對他說。「這裡應該有路可以走。」他沿著陡坡走，直到他看見兩棵樹叢之間的縫隙。「就是這裡。」他想到下面不知有什麼回憶等著他，不禁遲疑片刻。**過去的事已經傷不了我了。**他低頭鑽進小徑，尾巴緊貼著身體，以免勾到荊棘。他聽見大麥跟在後方。

烏掌腳下的斜坡感覺十分熟悉，那塊邊緣銳利、半埋在土裡的石頭，那條被雨水沖刷而成的窄溝。**是雷族的溪谷！**貓族離開後烏掌多次回到森林，卻沒有一次回到這個地方，現在怪獸的聲音變得很遙遠，幾乎聽不見了，烏掌不禁心想：火星為什麼要率領群貓離開故土？這裡還有雷族的生存空間啊！

但火星希望四個貓族都能生存下去。**孤獨的一族永遠不可能興盛。**在穀倉裡，他曾對烏掌說。這句話令烏掌心生疑問，火星怎麼會知道孤獨的一族過得有多困苦？那之後，烏掌聽到最不可思議的一則故事：火星與沙暴在幻象的驅使下，踏上了拯救天族的旅程，至於這很久以前便被眾貓遺忘的第五族，在沒有其他貓族互相支持的情況下是否存活了下來，烏掌就不得而知了。他幾乎能想像火星好幾個月前描述的沙之峽谷，那是傳說中天族所在的地方。

烏掌被大麥拉回現在，只見黑白相間的公貓率先穿過早已死去的金雀花叢——**這好像是以前的營地入口。**烏掌心臟狂跳地想——站在一塊小小的空間裡，這片空地不比他們兩個的巢窩合併起來大多少。

「這是你們以前的營地嗎？」大麥驚訝地問。

烏掌環視茂密的樹叢，看見一顆被蕨類團團圍住的灰色岩石，以及幾乎被常春藤覆蓋的巨岩。「沒錯。」他輕聲說。「這是我從前的家。」

他轉了一圈，荊棘叢在他腦海中消失，空地再次恢復乾淨整潔的樣貌，邊緣是貓窩，黃牙的巫醫窩外是蓊鬱的蕨叢，巫醫窩曾是黃牙儲藏藥草的地方。他看見藍星跳上高聳岩，濃密、光亮的藍灰色毛皮在陽光下閃爍，她清朗、平穩的聲音召喚族貓來到岩石下。

「所有年紀夠大，能自己捕捉獵物的貓，過來集合！」

「你剛剛說什麼？」原本在嗅聞黑莓樹叢的大麥轉過半個身子，烏掌覺得那棵黑莓樹叢可能是原本的育兒室，但他沒什麼把握。

「只是想到以前的一些事。」他喵嗚道。幸好他並沒有因回到營地而想起那些促使他離開森林的事件，他反而覺得全身充滿興奮的能量，和當初成為見習生的感覺很像。「我有沒有說過，我第一次去狩獵時追著一股氣味一路跑到陽光岩，才發現那是兩腳獸和一條狗的氣味！塵掌和我打賭，要我去攻擊牠們，但灰掌說我要是第一次狩獵就帶回這麼大的獵物，把新鮮獵物堆給占滿了，虎爪一定會氣瘋。」

烏掌用腳掌滾弄一球青苔，更多回憶如樹葉在他腦中舒展開來。「有一次我在打掃長老窩，被壁虱咬到鼻子，結果灰掌不得不坐在我身上壓住我，斑葉才有辦法在我鼻子上塗老鼠膽汁。噁心死了！」

他注意到大麥異樣的眼神，頓了頓。「怎麼了嗎？」

大麥甩了甩尾巴末端。「你能想起以前在雷族度過的快樂時光當然很好，可是……別忘了你當初離開的原因，你那時候若是沒有走，肯定會遭虎爪殺害，他知道你親眼目睹了他害死紅尾的經過。」

大麥激動的語氣令烏掌微微一怔，他跑過去，用肩膀靠著大麥溫暖的側腹。「我不後悔離開森林！」他嘶聲說。「火星和灰紋帶我去找你時，可以說是救了我一命。從那天以後，我就只想待在你身邊，我只是……我從來沒想過自己有一天會回到這個地方，回憶從前在雷族生活的幸福。如果這些美好回憶能讓我稍微忘記糟糕的經歷，那我也甘之如飴。」

大麥舔了舔烏掌頭頂。「我也為你感到開心。接下來你想去哪裡？」

「不知道，不然我們隨便走走，看會走到什麼地方吧！」

烏掌回眸望了高聳岩一眼，然後爬上陡坡。雨滴透過上方的枝葉落下，所以他沒有踏上離開森林、通往陽光岩的小徑，而是繼續走在樹下。烏掌心中有一小部分不願看見陽光岩和其他熟悉的地標一樣，被植物與森林吞噬，他希望那座岩丘在自己心目中能永遠維持夢中的樣貌——能俯瞰整片雷族領地的完美瞭望臺。

烏掌與大麥並肩走在另一條小徑上，地上不時出現鹿蹄印與狐狸尾掃過的痕跡。這部分的森林滿是松樹，松樹樹幹整齊的線條後方，是一道木製籬笆，也是兩腳獸地盤的邊界。他們走近時，兩腳獸巢穴刺鼻的氣味、怪獸廢氣與寵物貓的氣味，全都撲鼻而至。

「他們還是沒有深入森林。」烏掌在一棵樹的殘幹前停下腳步，嗅了嗅寵物貓留下的記號。

大麥回頭望向樹木叢生的茂密森林。「就算貓族走了，森林看起來也沒有比較吸引人。寵物貓不是要什麼有什麼嗎？無論是食物、住所、陪伴，他們的兩腳獸都會準備得好好的，寵物貓根本不用努力生存。」

烏掌斜睨了朋友一眼。「那不就跟我們有點像嗎？」他開玩笑道。

大麥炸毛說：「至少我們會自己捕食！」

烏掌呼嚕呼嚕笑的同時，腹中的刺痛提醒他覓食時不可粗心大意，穀倉裡是有不少獵物沒錯，但他不能輕率地認為每一隻都是適合食用的新鮮獵物。

他們並肩走在木籬旁的長草中，草地在烏掌腳下清涼舒適，他意識到自己很久沒走這麼遠了。農場生活過久了，他不知不覺變得安逸了！

他們上方忽然傳來嘶鳴聲。

「喂！你們兩個！你們在做什麼？」

烏掌與大麥抬頭一看，一隻毛髮蓬亂的棕色虎斑貓蹲伏在木籬上瞪視他們，從那隻貓口鼻上的一道疤與耳朵的缺口看來，他不是膽小畏戰的貓。

「別擔心。」大麥喊道。「我們只是路過而已。」

虎斑公貓迅速跳下來擋在他們面前，尾巴一抽、一甩。「該不該擔心是我自己的決定，不用你多嘴。」他低吼著伸長脖子，嗅了嗅。「你們不是這附近的貓。你們聞起來不像寵物貓，但也沒有森林的氣味，你們到底是誰？」

「我們住在農場裡——」大麥開口回答，卻被烏掌打斷。

「冷靜點，我們沒有任何惡意。」他喵嗚道。

虎斑貓捲起唇角。「你這傢伙我看著不順眼。」他齜牙咧嘴說。「這是我家——」他朝籬笆另一側的兩腳獸巢穴一點頭。「——只有我能在這附近的樹林裡狩獵。我不歡迎你們。」

你太誇張了吧。烏掌心想，但他現在又累肚子又痛，實在不想和虎斑貓戰鬥。「走吧。」他對大麥說。「我們別待在這裡。」

他們正要繞過擋路的寵物貓，沒想到對方伸出爪子，跳到離他們更近的位置。「既然來了，你們以為我會隨便放你們走嗎？」他號叫一聲，許多張貓臉瞬間出現在圍籬上。

烏掌警戒地掃視四周，有幾隻是寵物貓，但也有一兩隻身形乾瘦，不像是有受到兩腳獸的照顧。

「我們還是趕快離開這地方比較好。」他對大麥悄聲說，大麥也點點頭。

「各位別激動，」大麥朗聲說。「我們正準備離開。」

烏掌和大麥再次邁開腳步，但後方的木籬咯咯作響，好幾隻貓跳到森林這一側。

「快跑！」烏掌尖呼。他和大麥頭也不回地沿著樹林外圍狂奔，烏掌感覺胸口發熱，腹痛隨著每一步加劇。他仔細聽後方的聲響，有幾隻貓放棄追趕他們，但還有幾隻鍥而不捨，逼得烏掌咬牙苦撐，過去的戰鬥離他太過遙遠，現在他只想遠離那群貓，回到安全的穀倉。

他們順著木籬的弧度奔跑，直到樹林被他們拋在身後，一旁的地面下陷、消失，變成充滿臭味的轟雷路。他們現在跑在一條細瘦的土地上，一側是高聳的籬笆，另一側則是斷崖，穀倉在後方的遠處。烏掌開始覺得他們永遠找不到回去的路了。

烏掌的腿慢了下來，跑在他身旁的大麥也放慢腳步。「烏掌，繼續跑！」他喘著粗氣說。後方傳來愉悅的號叫聲，虎斑公貓似乎發現獵物體力不支了。

「這是怎麼回事？」空氣被籬笆上一聲尖吼撕裂，一道橘色身影落到烏掌身後。烏掌跌跌撞撞地停下腳步，轉身看見一隻母貓弓著背嘶吼，瞳孔縮成憤怒的細縫。**又是一隻發怒的寵物貓，這到底是什麼狗屎運？**

「維奧萊特！」大麥驚呼。

烏掌眨眨眼。**是大麥的妹妹！**

「大麥！」橘色母貓高呼。她眨眼間旋身，面對窮追不捨的貓群。「馬德利，你給我站住！」她令道。

烏掌詫異地看著棕色虎斑貓戛然止步，緊跟在後的兩隻貓差點撞在他背上。「維奧萊特，閃邊去。」他張牙舞爪地說。「那兩隻貓擅闖我們的地盤！」

「胡說什麼！」維奧萊特罵道。「這是我哥哥大麥和他朋友烏掌，他們去什麼地方你們都管不著，**懂了沒？**」她對虎斑公貓壓低耳朵。「懂了沒？」

虎斑貓嘶叫一聲，但他還是對另外幾隻貓甩了甩尾巴。「走。」他沉聲說。「他們應該不敢再隨便闖進我們的土地了。」他對烏掌瞇起雙眼。「老貓，你還是別不自量力了。」他譏諷道。「回你的窩去吧。」

維奧萊特踏到他面前。「夠了。」她厲聲說。懷有敵意的貓群最後低吼一聲，轉身小跑步離開。維奧萊特歪著頭打量大麥與烏掌。「我上次遇到你們，你們可沒這麼狼狽。」

大麥聳聳肩。「我們老了，你跑我追這種遊戲也快要玩不動了。」他承認。他眼睛一亮，用頭蹭蹭維奧萊特的臉頰。「妹妹，我好久沒見到妳了！最近過得如何？」

「我過得很好。」她說。「跟我來，我想讓你們看看一樣東西。」她帶烏掌與大麥走向籬笆底部的破洞，鑽進去之前，她回頭瞟了烏掌一眼。「你還好嗎？那些貓有沒有傷到你？」

烏掌搖搖頭，他到現在還喘不過氣。

他們鑽到籬笆另一側，這是一片圍起來的平整草坪，四周是氣味濃烈的樹叢。烏掌感覺毛皮又刺又癢，他現在完全不想接近兩腳獸巢穴。

「沒事的。」維奧萊特似乎知道他遲疑了，喵嗚道。「我們不會進去，而且我的主人也不在家。」

她蹦蹦跳跳地奔過草坪，跳上紅石巢穴一側的木製平臺，平臺一邊有一團顏色鮮明的軟毛皮，烏掌走近才看見毛皮微微顫抖，嗅到一股很久、很久沒聞到的氣味。

「寶寶們，我回來了！」維奧萊特喊道。

幾張小臉從毛皮堆中探出來。**是小貓！**烏掌不禁回想起自己小時候住過的育兒室：沾在他毛髮上的奶味，母親溫柔、巨大的身影。

「哇。」大麥悄聲說。健壯的小身體圍著他喵喵叫、呼嚕呼嚕叫，還用尖銳的小牙齒拉扯他的毛皮。

「這是我哥哥，他叫大麥。」維奧萊特宣布。「這是他朋友，名字叫烏掌。貝拉，輕一點！」她忽然叫道。一隻淺橘色小母貓伸出前爪，揪住烏掌的耳朵。

烏掌用前爪掰開貝拉的腳爪，將小母貓放在地上。她那雙綠色大眼閃爍著好奇的光芒，仰望著烏掌。**她長得和火星一模一樣！**

「你跟大麥有小貓嗎？」貝拉喵嗚問。

「呃，沒有。」烏掌回答。

小貓歪過頭。「你們住哪裡？你們的主人是什麼樣的人？你們之前怎麼沒來看我們？」

「小傢伙，太會問問題了吧！」維奧萊特邊說邊用尾巴捲起女兒。「烏掌，這是貝拉，她是最早學會說話的小貓，而且一說就停不下來了。」她垂眼看著小橘貓，語氣溫暖且充滿愛意。

烏掌感覺尾巴被什麼東西拉扯，一隻幼小的灰色虎斑公貓用腳掌抓住烏掌的尾巴尖端，正在玩弄它。烏掌輕彈尾巴，小公貓滾得遠遠的，差點摔下木平臺，幸好維奧萊特及時跳過去拉住他。

「萊利，真是的，」她嘆息著說。「別這麼笨手笨腳的嘛。」

「抱歉，是我的錯。」烏掌連忙喵聲說。「打得好。」他對萊利說。小公貓用結實的小短腿跌跌撞撞地走回來，準備繼續抓烏掌的尾巴，令烏掌想起小時候的灰紋——萊利和灰紋的毛色幾乎毫無二致，不過灰紋的眼睛是琥珀色，而萊利的眼睛是明亮的藍色。

大麥忙著將另外兩隻小貓從他的頭頂抓下來。

「露露、帕奇，快下來！」維奧萊特命令小貓，說完，她向烏掌投以無可奈何的眼神。「真不好意思，他們看到你們就興奮過頭了。」

「我們也該走了。」大麥喵嗚道。「這裡離農場還有好一段路。」

「農場？」貝拉重複道。「那是什麼？」

「那是我們住的地方。」烏掌喵聲說。「農場離這裡很遠，在轟雷路的另外一邊，那裡有羊、有牛，還有很多片草地。」

萊利皺起小臉。「羊是什麼？那牛呢？草地呢？」

「我們改天去找他們玩。」維奧萊特邊說邊用尾巴尖端輕觸萊利深灰色的耳朵。「乖，回去趴好，該睡午覺了。」她將小貓們趕回毛皮堆。

「可是我完——全——不想睡覺。」烏掌聽到貝拉大聲說。

維奧萊特把孩子都推進毛皮堆，等他們毛茸茸的小身體窩在一起後，她才回到大麥與烏掌身邊。「你們難得有機會過來，我真的很開心。」她喵嗚道。「以後隨時想來都可以喔！還是我們去拜訪你們好了？」

大麥呼嚕呼嚕說：「我們隨時歡迎你們。」他伸長脖子，用下巴輕觸妹妹頭頂。「妳是很棒很棒的母親，我為妳感到驕傲。」

「謝謝你。」維奧萊特望向毛皮堆中亂扭亂動的小貓們。「他們是全世界最珍貴的東西。你們回去路上小心點，盡量別招惹馬德利，我覺得他只會放話威脅，不會真的咬別隻貓的，但說到底我還是不信任他。」

「我們會走別條路回去。」烏掌保證，然後用尾巴尖端蹭蹭維奧萊特脅腹。「再見！別被小貓累死喔！」說完，他轉向大麥，雖然他腳掌仍又痠又痛，肚子仍隱隱發疼，但一想到能回到穀倉，烏掌就又有了精神。「我們今天應該把一輩子的冒險份量都用完了，該回家囉！」

第三章

禿葉季吹落了樹木與樹籬上最後幾片枯葉，一層厚厚的雪覆蓋大地。烏掌與大麥窺視穀倉外靜靜從天而降的雪花，他們的穀倉裡還是有很多老鼠，隨著乾草減少，老鼠能躲藏的地方變少了，狩獵也變得容易許多。

烏掌漸漸熟悉了腹部的疼痛，當他不小心吃得太多或睡著時吹到冷風，痛感會變得更鮮明，但其他時間他幾乎不會注意到這份疼痛，反而是有一次和大麥在乾草堆上追逐時拉傷肩膀，較令烏掌困擾。當時烏掌不小心失足，從好幾隻狐狸身長高的地方摔到石地上，不到一拍心跳的時間大麥就出現在他身邊，輕舔他的脅腹，要他保持靜止。

烏掌輪流動了動四隻腳掌，隨後睜開雙眼。「死不了。」他悶哼道，但他站起身時一邊肩膀像火燒似地疼，他幾乎無法將那隻腳放在地面。大麥扶著他回到小窩，用身體捲住烏掌，柔軟的身軀帶有乾草的氣味，令烏掌安心。

烏掌嘆一口氣。「我老了。」

「鼠腦袋。」大麥安慰他。「我至少比你多看過兩次禿葉季，我都還沒老，你哪來的資格嫌自己老？」

烏掌闔上雙眼。「我睡覺的時候，可不可以在旁邊陪我？」

「我哪都不會去。」大麥保證。他調整姿勢，讓下巴舒服地枕在烏掌的黑色毛皮上。

我也是。烏掌心想。

禿葉季過了，積雪融了，白晝變得比之前稍微長一點，但只有一點點，樹籬出現了新生綠葉。烏掌的肩膀痊癒了，他和大麥又開始外出狩獵，他們在薄暮時分在草地上補食，棕色與白色相間的大貓頭鷹在上方飛翔、俯衝。

溫暖陽光第一次灑落大地的那天傍晚，他們在戶外享受最後的陽光，忽然被悶悶的號叫聲嚇一跳。

「大麥！烏掌！」

烏掌左顧右盼，叫聲似乎來自離他們較遠的樹籬，他俯身沿著草地邊緣走去，張著嘴嚐空氣中的氣味。前方有幾隻貓，他們擁有柔軟的毛髮，身上是寵物貓的氣味……

「我們來了！」兩團毛髮蓬鬆的身影從烏掌面前的樹籬跳出來，一隻是淺薑黃色貓咪，另一隻則是鴿灰色虎斑貓。

烏掌詫異地眨眼。「萊利？貝拉？你們怎麼會來這裡？」一個較高大的身影出現在他們背後。「是他們堅持要來找你們的。」維奧萊特語音疲倦地解釋。「抱歉，打擾到你們了。」

大麥一躍而起，走來和妹妹輕碰鼻子。「怎麼可能！我們很歡迎你們來玩啊！」他望向忙著聞一株長草的萊利與貝拉。「可是……上次不是還有幾隻小貓嗎？」

維奧萊特雙眼泛淚。「露露和帕奇被送去新的家了。」她眨著眼睛說。「我們有時候還是會相見，他們也過得很好。至少他們兩個能待在一起，彼此作伴。」

貝拉跳到烏掌面前，自上次見面到現在，她長大了不少，她的頭已經和烏掌肩膀一樣高了。貝拉長得比哥哥高，身形比較瘦，三角形的臉有堅強、固執的感覺。萊利柔軟的小貓毛髮還沒完全換掉，不過他肩膀長寬了，四條腿也變得比以前強壯。

「我們可以去農場嗎？」貝拉央求道。「我們花了好久好久才走到這裡，不去看看太可惜了，而且我想抓老鼠！」

「我快餓死了！」萊利喵嗚道。

「你們當然可以來我們家看看。」大麥呼嚕呼嚕笑道。「你們想待多久都沒關係，反正我們有很多食物，也有很多溫暖的地方可以給你們休息睡覺。」

維奧萊特鼻翼一掀。「沒關係，我們借住一晚就好，免得主人擔心我們失蹤了。」

他們走向穀倉，萊利和貝拉跑在前頭，每次看到新事物都要停下腳步，他們看到第一頭牛時眼睛瞪得老大，惹得烏掌差點哈哈大笑。

「好大好大！」貝拉驚呼。

「你們確定牠不會怎樣嗎？」萊利盯著草地另一邊的大動物，悄聲問。

「牠不會和你聊天，」烏掌喵聲說。「但我相信牠不會吃貓。大麥，你覺得呢？」

黑白相間的公貓一臉若有所思。「上次你的尾巴不是差點被咬掉嗎……」他喵嗚道。

「什麼！」維奧萊特尖呼。

「聽起來好酷！」貝拉喵喵叫。「烏掌，說給我們聽嘛！你有用戰士技能跟那隻牛決鬥嗎？」

維奧萊特有些慌亂地說：「抱歉，他們很迷貓族的故事，有另外一隻寵物貓常常提到那些過去住在森林裡的貓，你好像見過他一面。他叫史莫奇，黑白相間，毛髮又蓬又厚，還記得他嗎？」

烏掌點點頭，腦中充滿回憶。「嗯，他是火星加入雷族之前的朋友。」

「我們也要加入雷族！」萊利宣布。「我們很勇敢又很會打架，我潛行的時候超級安靜，貝拉都聽不到我！」

「才怪！」貝拉嗤之以鼻。「你很大聲好不好，你就跟……就跟……」

一陣犬吠聲撕裂靜謐的空氣，令幾隻貓微微一跳。

「就跟那些狗一樣大聲！」貝拉說。

維奧萊特壓低身子準備逃跑，但大麥用尾巴搭住她的肩膀。「沒關係，牠們被綁住了，牠們只是愛聽自己亂叫的聲音。」

幾隻狗繼續吠叫，直到紅石巢穴中的兩腳獸大吼一聲，牠們才安靜下來。

「來吧，我帶你們去看看我們住的穀倉。」烏掌喵嗚道。剛踏進巨大的木製巢穴時，小貓們看得目瞪口呆，現在幾乎所有的乾草都消失了，穀倉另一頭充斥著濃稠的陰影。

維奧萊特全身一抖。「有點陰森呢。」

大麥呼嚕呼嚕說：「別擔心，有我們在，那些凶猛的老鼠不敢攻擊你們。」

「凶猛的老鼠？」貝拉一臉愉悅地重複道。

「其實也沒那麼凶猛。」烏掌喵聲說。「但牠們有時候跑得很快，很難抓。你們想看我狩獵嗎？」

「好啊好啊！」萊利和貝拉齊聲喵嗚道。

「我帶妳去我們睡覺的窩，」大麥對維奧萊特說。「妳可以休息一下，烏掌會幫妳抓新鮮獵物。」

烏掌帶兩隻小貓到穀倉深處，這裡的陰影十分濃稠，他幾乎能感覺到黑暗緊貼著他的毛皮。兩張小貓盡量放輕腳步，貝拉走得很輕巧，身材較壯的萊利也比烏掌想像中安靜。老鼠的氣味飄在空中，烏掌挑了一絲聞起來較新鮮的氣味，跟著老鼠味走到穀倉一角。

「安靜，別動。」他對萊利與貝拉悄聲說，邊說邊輕著腳步前進，身體進入狩獵時的蹲伏姿態，一步一步走向老鼠味最濃的小洞。前陣子受傷的肩膀微微刺痛，所以烏掌將更多重量分配到其他三隻腿。一絲幾乎微不可聞的扒抓聲傳來，尖尖的小鼻子出現了，小觸鬚也微微顫動，接著整隻老鼠直接竄出小洞。

烏掌撲上去一口咬在老鼠脖子上，老鼠立刻死亡。**感謝星族賜予我獵物。**他心想。

「你剛剛說什麼啊？」萊利喊道。小公貓踮著腳尖探頭探腦，想看烏掌是否成功抓到了獵物。

烏掌直起身體，老鼠屍橫躺在他腳邊。他剛才沒意識到自己把話說出口了，上次感謝星族將獵物帶到他面前是什麼時候，他已經不記得了。「沒什麼。」他喵嗚道。「你們要不要把獵物帶回去給母親看？」

萊利與貝拉興高采烈地拖著老鼠回到乾草堆，維奧萊特看了一臉震驚。

「這是你們自己抓到的嗎？」

貝拉放開老鼠屍。「不是。」她喘著氣說。「是烏掌抓的，他好厲害喔！」

「他狩獵的樣子就跟真正的戰士一樣！」萊利大聲說。烏掌聽了忍不住呼嚕呼嚕笑，他就不信這隻小寵物貓有看過真正的戰士狩獵。

「辛苦你了。」大麥對烏掌說。

「等我變成戰士，我也要狩獵，我也要變得跟烏掌一樣厲害。」貝拉信誓旦旦地說。

「貝拉，妳怎麼又說傻話了。」維奧萊特嘆息著說。「妳忘了嗎？現在已經沒有戰士了。」她瞟了烏掌一眼。「烏掌，我知道你以前是戰士，但你現在已經不是了吧？」

烏掌搖頭說：「沒錯，我不是戰士。」

萊利瞪他一眼。「可是這不代表我們不能當戰士啊！烏掌，你可以訓練我們，我保證我們會很用功練習！」

貝拉用力點頭。「我們一定會聽你的，你教我們的戰術和狩獵技巧我們都會練習，就算要我黎明的時候去巡邏我也會乖乖起床！」

烏掌錯愕地眨眼。「哇，史莫奇說的故事也太詳盡了吧？」

「對啊。」萊利喵嗚道。「他還說我們可以跟火星一樣，跑去當戰士。」

「可是雷族已經離開森林了。」維奧萊特插嘴。「史莫奇怎麼可以亂說話，鼓勵你們做愚蠢的白日夢呢，真是的。你們平常練習狩獵和打架我都沒意見，你們不要受傷就好，但你們以後要去找好人家，和我一樣當寵物貓。當寵物貓沒什麼不好的。」

妳錯了！烏掌很想對她說。**我們明明可以住在外頭，自己狩獵、自己保護自己，不受兩腳獸巢穴限制，怎麼會有貓甘願淪為寵物貓？**

大麥忙著將散亂的乾草整理成幾堆。「來吧，趁老鼠還溫溫的時候趕快吃。你們今晚可以和我們一起睡在這裡喔。」

「天一亮我們就離開。」維奧萊特堅決地喵嗚道。「我們得快快回去，免得主人以為我們再也不回家了。」

「可是我們不想回家。」貝拉小聲說。

「那是妳的家，可是它不是我們的家。」萊利咕噥道。「我們要當戰士！」

第四章

烏掌和大麥陪維奧萊特與兩隻小貓走到轟雷路，一路上萊利與貝拉拖拖拉拉的，沒走幾步就要停下來嗅聞路邊的草或兔窩。

「你們兩個，走快一點！」維奧萊特喵聲說。「再慢吞吞的，我就自己回去，把你們留在這裡！」

「拜託把我們留在這裡。」萊利嘀咕。

「別這麼說。」烏掌責備道。「她是深愛你們的母親，她當然想帶你們一起回家了。」

小公貓澄澈的藍眼注視著烏掌。「當寵物貓沒有不好，可是我跟貝拉生下來就該當戰士，烏掌，請你幫幫我們！全森林就只剩你一隻戰士了！」

「我不是戰士，我也不住森林裡。」烏掌喵嗚道。「我現在和大麥住在穀倉裡，那是我們的家。」

「可是你可以訓練我們對不對？我們可以創自己的貓族啊！」貝拉央求道。

維奧萊特跑過來，舔舐貝拉的頭頂。「別一直煩烏掌，你們看，我們都走到地道了，該讓烏掌和大麥回家囉。」她推著兩隻小貓走向地道入口。

貝拉回眸望向烏掌。「拜託嘛！」她哀求道。「你可不可以考慮看看？」說完，貝拉跟在哥哥身後竄進地道，維奧萊特也跟著鑽進去，橘色尾巴一閃而過。

「考慮什麼？」大麥在烏掌耳邊喵聲問。

「沒什麼，他們只是突發奇想，要我訓練他們當戰士。」

大麥啞然失笑。「唉呀，不愧是小貓，我都忘了自己小時候有沒有過那種鼠腦袋的想法。」

「我小時候也很想當戰士。」烏掌說。

「那不一樣，你一出生就是雷族貓。」大麥鑽到樹籬另一側，等烏掌跟上。「我們要在戶外狩獵嗎？」他嗅了嗅空氣。「聞起來好像快下雨了。」烏掌還來不及回應，大麥就沿著草地邊緣跑跳前進，黑白相間的尾巴直直豎起。

烏掌看著他跑遠，只覺得頭昏腦脹——萊利和貝拉接受他的訓練，成為戰士，真的如此荒唐可笑嗎？鮮明的記憶湧上心頭，禿葉季前回溪谷那一趟，令他回憶起過去在雷族的生活，那些狩獵技巧、如何在戰鬥中撲倒敵貓、如何標記地盤……昨晚，他甚至為抓到獵物感謝星族。他的戰士祖先現在還照看著他嗎？他們應該都隨四族遷徙到新家了吧？

烏掌全身一抖，他忽然覺得自己形單影隻，族貓都不知所蹤，自己也不再是戰士，然而關於狩獵、戰鬥與巡邏的回憶仍留存在心中。他現在和大麥一起生活，日子過得無憂無慮，比從前在森林裡快樂得多，但他從未因自己生在雷族而心懷不滿，他又有什麼資格叫萊利與貝拉放棄成為戰士的夢想？

那晚，烏掌在窩裡輾轉反側，肚子痛到睡不著，好不容易進入淺眠又被貓頭鷹的啼叫聲吵醒。他扭了扭身體，將臉埋入大麥柔軟的毛髮，但夢鄉實在太遙遠，關於萊利與貝拉的想法在他腦中徘徊不散。在烏掌看來，任何貓族能有他們兩個新成員，都是全族的福氣，萊利和貝拉勇敢、迅捷又積極學習，如果能送他們去雷族當見習生就再好不過了，可惜烏掌不曉得過去的族貓此時身在何方。

「沒錯，」耳邊響起一道聲音。「他們都離你太遠了。」

烏掌霍然起身。「是誰？」

甜蜜又帶有水意的氣味環繞著他。「別緊張，我是銀流。」

「銀流？」烏掌迅速轉頭，發現一隻銀色虎斑母貓坐在他身旁，尾巴蓋在腳掌上。一雙藍色眼眸在昏暗的穀倉中閃爍微光。「河族的銀流？」

「我很久以前的確屬於河族。」母貓答道。

烏掌低頭望向大麥，黑白相間的公貓沒有驚醒，脅腹隨呼吸平穩起伏。

「這裡是你的夢，我們不會吵到他。」

烏掌瞇起眼睛想看清銀色母貓的樣貌，但她的毛皮在背後乾草堆的襯托下變得閃亮而模糊，烏掌覺得自己若朝她伸出腳掌，腳掌只會穿過她。「妳怎麼會出現在我的夢裡？」他問。

「因為星族並沒有遺忘你，也並不是每一隻星族的貓都離開了森林。我一直看著你、萊利和貝拉，我相信他們能成為優秀的戰士，但烏掌，他們需要你的幫助。」

「真的嗎？」

母貓對他眨眼，兩顆眼珠如閃耀的藍色月亮。「那當然，你曾改變自己生命的軌跡，沒有任何一隻貓比你更適合幫助萊利與貝拉追尋夢想了。每隻貓都有權選擇自己的道路。」

「我又能為他們做什麼？現在森林裡已經沒有貓族了。」

銀流沉默片刻，凝望穀倉一角的陰影。「這附近還有一個貓族，你還記得火星說過的話嗎？」

「天族！」烏掌點點頭。「和血族一戰後，火星和沙暴去找過他們，但我不知道天族在哪裡，只知道火星他們沿著河流一直走，走到比高岩山更遠的地方。我連天族還存不存在都不曉得。」

「他們存活下來了，而且他們能幫助這兩隻小貓找到各自的使命。烏掌，帶他們去吧，讓他們知道成為戰士並非不可能。」

「要是天族不希望有新的戰士加入他們，那怎麼辦？」烏掌問道。「要是我們迷路呢？妳找錯貓了，這樣的任務不該交給我。」

「為了幫助族貓，一個真正的戰士什麼都願意做。」銀流的身影愈來愈淡，化為黑暗中星星點點的銀光。

「我不是戰士！」烏掌辯道，但太晚了，銀流已經消失無蹤。

大麥動了一下。「怎麼了嗎？」他迷迷糊糊地問。

「沒什麼。」烏掌用腳掌撫過大麥的脅腹，悄聲說。「繼續睡吧。」他趴下來，闔上雙眼。「我不是戰士。」他小聲重複道。

⚡⚡⚡

隔天一早，新葉季的陽光晒得穀倉又熱又悶，烏掌與大麥走到戶外陰影處，爬上一堆原木。大麥舒展身體側躺在木材上，一隻蒼蠅在他身邊亂飛，他的尾巴末端也跟著甩動。

烏掌沒辦法趴著休息，夢中的對話、萊利與貝拉，以及在河流上游找到天族的可能性，全都塞在他腦中。

「別動來動去了！」大麥低哼。「如果你非動不可，那不如去幫我抓一隻畫眉鳥來，老鼠我已經吃膩了。」

烏掌的腳掌摸過一塊樹皮。「我想帶萊利和貝拉去找天族。」

「呃？你在說什麼啊？」

「我以前說過，火星和沙暴在河的上游找到了第五個貓族，你還記得嗎？他們在很久以前就被趕出森林了，但星族要我去找回那群貓，教他們怎麼過戰士的生活。」

「我記得，你說過他們叫天族。」

「我覺得如果能找到天族，萊利和貝拉就有可能成為貨真價實的戰士。」

大麥坐起身。「可是你根本沒去過天族領地。」

「我知道它在哪裡。」烏掌辯道。「至少，我大概知道。而且天族還有個特色，火星說他們之中有些戰士同時也是寵物貓，那些貓有一半的時間待在兩腳獸地盤，一半的時間在天族當戰士，你不覺得他們會很歡迎貝拉和萊利嗎？」

大麥死死盯著他。「你腦袋進蒲公英絮了嗎？我妹妹的小貓不想當寵物貓，你就要帶他們大老遠跑去一個連你也不曉得在哪裡的地方？開什麼玩笑？」

烏掌感覺自己心跳加速。「我不是在開玩笑。我……我一定要為萊利、為貝拉、為我自己這麼做，這是我欠雷族的。」

大麥的耳朵緊貼頭皮。「你什麼也沒有欠雷族，而且雷族和貝拉、萊利沒有半點關係！更何況，就算你想去，維奧萊特也不可能同意。」

「我不認為這是維奧萊特該做的決定。」烏掌喵嗚道。

「你沒可能說服她的。」大麥又低哼一聲。「聽著，我也很喜歡那兩隻小貓，但他們不是森林裡出生的部族貓，他們是寵物貓，你這樣鼓勵他們追尋瘋狂的夢想，對他們不公平。」

「這個夢想一點也不瘋狂。」

大麥站起來，瞇起眼睛。「太危險了。萊利和貝拉根本不懂得怎麼在兩腳獸巢穴外生存，而且你的肩膀才剛痊癒！」

「我的肩膀好得不得了。」烏掌嘶聲說。

「你在這裡生活，難道不幸福嗎？」大麥輕聲問。

烏掌無法直視老朋友眼中的傷痛，他別過頭。「我是很幸福沒錯，我從來到這裡那一刻到現在，一直過得很快樂，可是你當初收留我，是給了我選擇的機會。你還不懂嗎？萊利和貝拉也想選擇自己的道路，而現在只有我幫得了他們。我……我希望你能和我們一起來。」

大麥走到木材堆邊緣。「我覺得你很傻。」他沉聲說。「你準備為了兩隻小笨貓的夢想，拚上你們三個的性命。我不會和你們走，我也不想再聽你提起這件事。」

他躍入下方的長草，留下沮喪地目送他走遠的烏掌。

「我們要當戰士了！」貝拉尖叫。「烏掌，謝謝你！」她撲向烏掌，差點害他從木平臺上摔下去。萊利也興奮地蹦蹦跳跳，喉頭呼嚕呼嚕笑著。

站在他們身後的維奧萊特驚恐地瞪大雙眼。「你這是什麼意思？你說有個貓族願意讓他們加入？你不是不知道那些貓族遷移去什麼地方了嗎？」

「這是不同的貓族，」烏掌解釋道。「這一族離我們比較近，而且對寵物貓比較友善。」在維奧萊特灼灼的視線下，他感覺毛皮發燙。「當然，天族願不願意訓練萊利和貝拉，幫助他們成為戰士，是天族的選擇。假如他們不同意，我會帶萊利和貝拉回來。」

乍聽下很簡單，但烏掌默默覺得也許大麥說得對，也許他的腦袋已經變成一團棉絮了。一想到老朋友，烏掌就微微皺眉，自從在木材堆上吵那一架他們就幾乎沒說過話，晚上大麥甚至自己做了另一個窩，和烏掌分開睡。烏掌從沒想過自己身體完好，竟能感受到如此深刻的痛楚。

他硬生生將思緒拉回維奧萊特身上，現在他必須說服她，讓維奧萊特知道這樣對小貓最好。銀流一定也相信這是最好的一條路，否則她不會出現在烏掌夢裡。

「妳和大麥也曾經在野外居住過，」烏掌告訴她。「妳也知道在外頭自己狩獵、自己搭建巢穴感覺是多麼自由，為什麼不讓貝拉和萊利享受那份自由？」

「因為我要他們安安全全、健健康康地活著！」

「等一下！」烏掌和維奧萊特轉頭，看見貝拉睜大綠色眼睛盯著他們。「妳也知道我跟萊利如果當寵物貓，一定會一輩子都不開心。拜託，讓我們去嘛。」

萊利跟著點頭。「這是我們的心願。」

維奧萊特的尾巴垂了下來。「我的寶貝小貓。」她低聲說。她用下巴輕蹭貝拉頭頂，對上烏掌的視線。「你說得沒錯，我是在摸清所有選項後選擇了寵物貓這條路，我不能剝奪孩子們的選擇權。」

「所以我們可以去囉？」貝拉驚呼。

維奧萊特點點頭。「寶貝們，我會天天想你們的。你們要努力當上優秀的戰士，以後如果來到這附近，希望你們能想到我這個母親，來看看我。」

「我們永遠不會忘記妳的！」貝拉語音顫抖地說。「妳是全世界最好的母親！我……如果我再也不能看到妳，那我不想去了。」

維奧萊特後退一步。「孩子，拿出妳的勇氣！」烏掌看見她眼中的哀愁，不禁為她堅毅的語氣深感佩服。「離別當然很難過，但一段路的結束，不過是新一段路的開始！」她轉向烏掌。「我不是瞎子，這些日子我天天看他們狩獵和玩耍，我知道他們在經過訓練後能成為優秀的戰士，但在那之前，請你保護好他們。」

「我會的。」烏掌許諾道，尾巴朝萊利與貝拉一捲。「來吧，我們要走的路還很長呢。」

他從木平臺跳到整齊的短草上，貝拉也跟著跳下來，但萊利停下腳步，回頭望了母親一眼。「我會每天想妳。」他喵聲說。

「我也會想你們。」維奧萊特回答，雙眼盈滿悲傷。「寶貝們，一路順風。成為令我驕傲的戰士吧！」

「一定會的！」貝拉大喊。

三隻貓在草地上小跑步離開，鑽過籬笆的破洞。籬笆另一側，一陣風撲面襲來，他們毛髮被吹得平貼在身上，嘴裡充滿怪獸、樹木與遠方山丘的氣味。那一瞬間，烏掌差點將兩隻小貓推回去，他到底在想什麼，怎麼會帶兩隻不懂事的小貓出發尋找未知的貓族？

萊利興奮地跑在前頭，大叫：「我們要當戰士了！」貝拉蹦蹦跳跳地跟過去，烏掌也跑了上前。這兩隻小貓選擇了自己的命運，而烏掌必須履行他給銀流的承諾，幫助他們找到屬於自己的路。

第五章

「你真的不和我們走嗎？」烏掌刻意放低音量，以免驚醒仍在睡夢中的萊利與貝拉。絲絲曙光從穀倉牆壁的縫隙透進來，空氣也逐漸暖了起來。

大麥搖了搖頭。「我早就說過了，」他喵聲說。「你即將犯下天大的錯誤。」

「你不是信任我嗎？」烏掌回嘴。「我把萊利和貝拉帶到天族以後就立刻回來，之前火星和沙暴也去過天族領地，他們還不是平安無事地回來了？你怎麼會覺得我們會遭遇不測？」

「火星和沙暴是戰士。」大麥嘶聲說，憤怒的語氣隱藏著痛苦。「你到底想做什麼？難道是因為你過去沒有從見習生晉升為正式的戰士，所以想證明自己和其他部族貓一樣厲害嗎？」

烏掌不由得一縮。「你在胡說什麼？」

「我不相信你尋找天族是為了萊利和貝

拉，你明明就只考慮到自己，你只是想回歸從前的貓族生活而已。」

「你錯了！」烏掌倒抽一口氣說。

「是嗎？從我們回森林那一趟到現在，你就無時無刻不念著森林裡的生活。你是不是後悔當初離開雷族？」

烏掌懊惱地垂下肩膀。「你怎麼可以這樣說？大麥，難道我們的友誼就這樣結束了嗎？難道我們要在爭吵中別離？」

「要離開的不是我，是你。」大麥低吼。

「你說這些只會讓我更想走！」

「要出發了嗎？」

兩隻貓猛然轉身，貝拉的橘色小臉從乾草堆上俯視他們，話才剛說完，萊利也探出頭，耳後還卡著一根乾草。

「我們醒了！」萊利大聲說完就跳下乾草堆，落在烏掌身邊。「我們要先狩獵再走嗎？」

大麥動了動耳朵。「不必了。」他生硬地喵嗚道。「我昨晚幫你們多抓了幾隻獵物。」他挪開一堆乾草，草堆下是兩隻老鼠和一隻小鴿子。

烏掌眨眼看他。「謝謝你。」

「這不是為你，是為了他們。」大麥提高音量，又說：「我出去散個步，我回來的時候你們可能已經走了，所以我預先祝你們找到你們想找的東西。」

貝拉滿嘴鴿子肉地抬頭。「你不送我們嗎？」她問得口齒不清。

「烏掌知道怎麼走。」大麥應道，尾巴尖端微微抽動。「別做傻事，也別辜負你們母親的期待。」他最後橫了烏掌一眼，大步走出穀倉。

「你們盡量吃。」烏掌強顏歡笑，對兩隻小貓說。**他居然連聲「再見」也沒說。**「但也別吃太撐，免得等下走不動，畢竟我們有好一段路要走——」他再次意識到，他根本不曉得這段路有多長。「——路上還會停下來狩獵。」

烏掌的胃不停劇烈翻騰，但他勉強吃了幾口老鼠肉。他真希望自己還記得當初前往月亮石前，斑葉讓他服用的幾種藥草，然而如此久遠的細節他已經想不起來了，他只記得藥草那令他捲起唇角的苦味。

他們吃完後將吃剩的獵物藏回乾草堆下，烏掌凝視著眼前的兩隻小貓，火星與灰紋兩位老朋友的身影浮現在腦海中。**但這兩個孩子對野外生存一無所知。**他提醒自己。**你必須把你所有的知識傳授給他們。**

萊利與貝拉滿臉期待地盯著他，他們毛皮梳理得整整齊齊，兩雙眼睛閃閃發亮。他們已經下定決心，根本無法想像這次計劃出任何差池。

烏掌抬起頭。「孩子們，走吧，我們出發找天族去！」

烏掌帶領兩隻小貓穿行一片片地皮，一塊長滿鮮綠色的草，一塊種滿鮮嫩的玉米苗——一路來到河邊。這一段河流寬闊且水流緩慢，悠哉地流向沼澤地邊緣的峽谷，萊利與貝拉看到河水時雙雙瞪大眼睛。

「我們該不會要游過去吧？」貝拉蓬起橘色毛髮嘶聲問。

烏掌思索片刻。火星說他是沿著河流走到峽谷，但他沒有說過要過河。「不用。」他回答。

「還好還好。」貝拉鬆了一口氣。

三隻貓走在與河平行的小路上，這條路平坦而寬闊，充滿兩腳獸與狗的氣味。每經過一株草、一個腳印、一點動物留下的痕跡，萊利和貝拉就非得停下來嗅嗅聞聞，微風吹來的每一片葉子他們都非得撲過去撕碎不可。

「我的飛撲技巧怎麼樣？」萊利喊道。他的鼻口上黏了幾片山毛櫸葉的碎屑。

「在跳出去之前，盡量把重心放在後腿上。」烏掌告訴他。「如果你往前傾，會害自己失去平衡。」萊利又伏下身練習飛撲。「你還是先用走的吧，不然一下就累了。」烏掌補充道。他注意到貝拉死死盯著一簇蘆葦。「我們等下一定會有時間狩獵的，妳別擔心。」他對貝拉說。

「我不是在狩獵，我在看那顆長了眼睛的綠石頭。」

烏掌走過去看。「那叫青蛙，除非妳真的很餓，否則我不建議抓青蛙來吃。影族貓倒是常吃青蛙。」

「喔喔，我們聽過影族的故事！」萊利喵聲說。「你也跟我們說說影族的故事，好不好？」

烏掌嘆息一聲。「好吧，可是你們乖乖走路才有故事聽。」他不希望小貓被貓族凶殘的生活嚇到，只好隨口編了個影族貓后教小貓學青蛙跳的故事，成功分散了萊利和貝拉的注意力。他們邊走邊說，走了好一段路烏掌才發現已經是中午時分，是時候休息了。烏掌在路邊的樹叢下趴下來，舔了舔後腿，他現在四腿痠痛，肚子感覺像吞了石頭似的。

他背後的短草地傳來扒抓聲，他扭頭看見貝拉叼著一隻鼩鼱，得意洋洋地從乾乾的草叢走出來。她將鼩鼱放在烏掌面前。「新鮮獵物！」她高高捲著尾巴說。

「做得好！」烏掌呼嚕呼嚕說。

樹叢另一邊傳來「劈啪！」與「砰咚！」兩聲，萊利的頭從枝葉間鑽出來。「啊！」他氣喘吁吁地說。「我剛剛在追麻雀，結果牠飛走了。」

「沒關係，貝拉抓到的獵物夠我們分著吃了。」烏掌喵聲說。「而且你在樹叢裡走動，聽起來和一群牛差不多大聲，那隻麻雀會飛走一點也不奇怪。」

萊利七手八腳地鑽到樹叢這一邊，伸長脖子用口鼻磨蹭妹妹的頭。「妳根本就已經是戰士了嘛！」他喵嗚道。

「你們該學的還很多呢。」烏掌說。

就在這時，前方傳來狂風暴雨般的犬吠聲，烏掌豎直毛髮一躍而起。

「我們不怕狗。」萊利自豪地說。「我們隔壁的花園裡住了一隻毛毛的白狗，以前牠把頭從籬笆下面伸到我們這邊，我們都會抓牠的鼻子。」巨大的腳掌沿著步道朝他們奔來，萊利不禁瞪大眼睛。「可是牠沒有現在這隻狗這麼大！」他號叫一聲。

他長了翅膀似地躍入樹叢，貝拉跟著跳進去，烏掌也手忙腳亂地跟過去，用鼻子用力推貝拉的屁股，幫她爬上更高的樹枝。三隻貓抱著搖搖晃晃的細樹枝，低頭看著下面那隻忙著嗅鼩鼱屍的棕色巨獸，牠吃完後抬起頭，伸出長長的粉紅色舌頭喘氣，溫熱的口氣帶有獵物的臭味。

「牠要吃我們嗎？」貝拉哀聲問。

「希望不會。」烏掌一面低聲說一面用爪子緊緊抱住樹枝，盡可能鑽到樹叢深處。

附近有隻兩腳獸大吼大叫，嚇得三隻貓微微一跳，那隻狗也垂著耳朵轉過身，默默跑走。

烏掌長舒一口氣。**好險。**他暗想。等到狗的腳步聲遠去，他才從樹叢滑到地面，萊利也跟著滑下來，然而貝拉卻抱著樹叢頂部的樹枝死都不放。

「貝拉，下來吧。」烏掌喵嗚道。「沒事了！」

「如果那隻狗回來怎麼辦？」貝拉尖著嗓子問。

「不會的。」烏掌回答。

「你怎麼知道！」

烏掌無奈地嘆息。「我的確不知道，但我現在看不到牠，也聽不到牠的聲音了。牠和我們走的是反方向，所以牠就算回來我們也有時間逃跑。」

「我好怕。」貝拉小聲喵嗚道。「我要媽媽。」

萊利用腳掌壓扁一片枯葉。「說不定我們錯了，說不定我們不應該就這樣跑出來找天族。」他咕噥道。

那一瞬間，烏掌很想表示同意，但他又想起銀流說的話：只有他能幫助這兩隻小貓選擇自己生命的道路。「再怎麼勇猛的戰士，也有害怕的時候。」他告訴他們。「只有害怕的時候，你才會發現自己其實很勇敢。你們不是都成功躲避那條狗了嗎？你們兩個都做得很好，維奧萊特要是知道了肯定會引以為傲。現在我們得在狗回來之前趕快走，知道了嗎？」

上方傳來細細的嗚咽，烏掌抬頭說：「貝拉，妳總不能一輩子待在那裡吧！不管妳是寵物貓還是戰士，都不該永遠待在樹叢裡。」

「那隻狗真的不會把我吃掉嗎？你發誓？」貝拉喵聲問。

「我發誓。」

樹枝嘎吱作響，幾片葉子落下來，接著貝拉從樹叢底部鑽出來，她的毛髮沾滿碎屑，驚恐的眼睛瞪得老大。烏掌舔了舔她頭頂。「很好，很棒喔。」

他走到道路上左顧右盼，無論是前方或後頭都沒有兩腳獸或狗的蹤影。「我們走！」他喊一聲，邁開腳步小跑步走去，萊利與貝拉緊跟在後。烏掌其實也被剛才那條狗嚇到了，但他努力表現出鎮定的模樣。

他們在路上又躲過幾隻兩腳獸和狗，不過在河邊這條路上他們遠遠就能望見其他動物，及時躲進樹叢並不難。貝拉異常安靜，萊利也一直待在她身邊，用舔舐的方式鼓勵她。天色暗到幾乎看不見河與岸的分界時，烏掌開始尋找今晚的落腳處，他找到樹籬另一側草地邊一個矮矮方方的灰石巢穴，巢穴地面是潮溼的泥土，空氣中飄著強烈的牛味，但草地上不見其他動物，也聞不到狐狸或獾的氣味。

烏掌帶領萊利與貝拉走進巢穴，看著他們趴下來，兩隻小貓看樣子累壞了，他們呼吸時側腹起起伏伏，變得軟塌的毛髮也沾滿灰塵。「你們待在這裡，把毛皮理乾淨。」烏掌下完指示，拖著疲憊的四條腿回到戶外，走向樹叢。他走在草地與樹籬之間，走了半片草地終於找到一窩鳥蛋，他用下巴夾著脆弱的鳥蛋，一顆一顆將蛋送到兩隻小貓面前。嚐到黏滑的蛋汁，貝拉不禁皺起小臉，倒是萊利吃得津津有味。

「我好餓，再餓下去我就要啃草了！」

烏掌從巢穴門口一棵原木上刮下一些青苔，帶回去做成小窩。萊利和貝拉蜷縮成灰色與橘色兩團緊緊相依的毛髮，一趴下來就睡著了，烏掌在他們身邊趴下來，感受兩隻小貓溫暖的毛皮貼在他肚子旁。月光從巢穴牆上的小洞灑進來，烏掌扭頭仰望明亮的圓月。**大麥現在在做什麼？他也看著今晚的月亮嗎？**他心想。從他去到那棟穀倉至今，他和大麥幾乎形影不離……然而憂傷不敵疲倦，烏掌想著想著就陷入沉眠。

第二天，萊利和貝拉依然缺乏活力，貝拉說烏掌抓到的畫眉鳥有怪味，說什麼也不肯吃。烏掌差點罵她不知好歹，但他在最後一刻制止了自己。他知道這兩隻小貓離他們出生到現在熟知的一切都非常遙遠，而且他們現在應該很想念母親。他讓萊利把畫眉鳥吃完，然後帶著兩隻小貓回到河邊。

萊利與貝拉不再走走停停，滿懷好奇心地嗅聞每一絲陌生氣味時，他們前進的速度快了不少。烏掌走在前頭，時時注意路上是否有狗或兩腳獸，溫暖陽光灑在他的黑色毛皮上，他雖然四腿痠痛，走著走著卻發現自己很期待每次轉彎時映入眼簾的新風景，看著河流、草地與樹叢鋪展開來，他的心情也好了起來。每聞到新的氣味、聽到新的聲響，烏掌的觸鬚就微微顫動，他感覺自己忽然變年輕了，就連腹中的疼痛也被他淡忘。倘若大麥能走在他身旁，和他一起享受這次冒險，那該有多好。

岸邊出現一小片樹林，烏掌決定在這裡狩獵，希望這次能捕到貝拉願意吃的獵物。

「我們在這裡休息一下。」他宣布。萊利飛快地竄入樹林，灰尾巴在身後擺盪，貝拉則趴在道路邊緣，用腳掌亂撥青草。

「我太累了，沒力氣狩獵。」她喵聲說。

「那妳在這裡等我們回來。」烏掌竭力收斂語氣中的不耐煩，對貝拉說。他轉身跟著萊利走進樹林，雖然空氣中的獵物氣味很少，他還是在一簇蕨叢中找到一隻老鼠。

烏掌將新鮮獵物拖回路邊，沒想到路邊的草地空空如也。

「貝拉？」他輕聲叫喚。

沒有貓回應。這時烏掌聽見河的上游傳來低沉的兩腳獸話聲，他一轉身，看見成年雄性兩腳獸蹲在河岸邊，身旁是一根垂在水面上的長竿。貝拉弓著背脊，愉悅地呼嚕呼嚕叫，忙著吃兩腳獸無毛前腳掌中的什麼東西。

烏掌拋下老鼠，狂奔過去。「妳在做什麼！」他尖叫。「快遠離那隻兩腳獸！」

貝拉轉身瞪烏掌一眼。「他在餵我吃東西！」她嘶聲說。「我肚子很餓耶！」

烏掌跳上前咬住她後頸，這個動作有些難度，畢竟貝拉幾乎和他一樣高了。他瞥見兩腳獸跌跌撞撞地倒退幾步，發出驚駭的聲音。

「跟我來！」滿口橘毛的烏掌命令。他拖著貝拉沿河岸走，回到小樹林。

「發生什麼事了？」從樹叢鑽出來的萊利驚呼。

「貝拉吃了兩腳獸給的食物！」烏掌罵道。

「吃東西錯了嗎？」貝拉大聲號叫。

「妳現在是野貓了！」烏掌怒勢洶洶地說。「兩腳獸不是我們的朋友，更不是食物來源！」他深吸一口氣，努力讓豎起來的毛髮躺平。「你們想當戰士就必須記住一件事：兩腳獸是我們的敵人。」

貝拉壓低耳朵看著他。「哪有這麼鼠腦袋的事！牠只是對我很友善，想餵我吃東西而已，又沒有怎樣！」

「妳不能信任兩腳獸。」烏掌堅持道。「牠們不喜歡戰士。」

萊利輕甩尾巴。「烏掌，她沒有做錯什麼事，你之前也沒說我們不能吃兩腳獸給的食物。」

「聽著，這是你們要遵守的新規定。」烏掌低吼。「如果你們不聽我的話，那乾脆現在回家算了。」他歪頭看著兩隻小貓。「你們想回家嗎？」

萊利與貝拉呆呆地盯著他。

烏掌點點頭。「不想回去就跟我走，路上不管遇到什麼事都**不准**停下來。」

他大步走出小樹林，再次踏上河岸的道路，剛才那隻兩腳獸不見了，只留下令烏掌抽動鼻尖的濃烈氣味。他聽見萊利與貝拉小跑步跟在後方，他們仍因剛剛的訓話而毛髮直豎。

他們的想法跟我沒關係。烏掌告訴自己。**他們要是不學會尊敬導師，天族怎麼可能讓他們留下來？看來我得教他們戰士守則了。**他再次意識到擺在自己眼前的，是多麼艱鉅的任務。

萊利和貝拉真的有可能成為戰士嗎？

第六章

三隻貓在岸邊樹叢下過了不舒服的一夜，一整晚被田鼠跳進河裡的「撲通」聲吵得輾轉難眠，天一亮烏掌就起來狩獵，抓到一隻肥滋滋的小鴿子。萊利和貝拉大快朵頤，貝拉甚至瞇著眼睛吃，讓烏掌知道她完全明白了關於食物的規定。

烏掌看著兩隻小貓進食，同情心油然而生。他們現在離家很遠，而且他們才剛脫離生命的幼貓階段，這樣子已經算很勇敢了。烏掌或許能想個方法，用正向的方式開始這一天。

「你們想在動身前學一些戰鬥技巧嗎？」

希望我還沒把以前學的都忘光！

兩隻小貓眼睛一亮。「拜託，教我們戰鬥技巧！」貝拉喵喵叫著跳起來。

「是戰士會用的戰鬥技巧嗎？」萊利問，他見烏掌點點頭，不禁開心地呼嚕呼嚕直叫。

岸邊道路足夠寬闊、平坦，適合訓練小貓。

「我們先從狩獵的蹲伏姿勢學起。」烏掌邊說邊壓低身體，兩隻後腳縮在身下。

「這個我們已經會了。」萊利喵聲說。「我們要飛撲的時候都會做這個動作。」

烏掌抬頭看他。「你們要飛撲的東西不一定是獵物，也可能是敵人，這招很適合突襲的時候用。先找到身體平衡，吐出一口氣，然後跳出去！」他往前彈跳，幾乎剛好落在貝拉身上。

「好酷！」萊利呼嚕呼嚕笑。

「換你們試試。」烏掌喘著氣說，他試著無視腹中的刺痛。

兩隻小貓縮緊身體，輪流往前跳，雖然貝拉差點摔倒，萊利跳得不遠，他們也算有模有樣了。烏掌從樹叢裡拖出一根樹枝。

「假裝這是你們的敵人。」他喘息道。「我要你們落下來時，兩隻前腳按在它後頸——這個位置。」他示意樹枝上的凸起處。

這回貝拉撲得很漂亮，她輕巧地落在「敵人」後頸。萊利起跳時踉蹌了一下，結果他把樹枝壓斷了。

「好吧，至少你傷到敵人了。」烏掌看著斷成兩截的樹枝說。

「再教我們別招！」貝拉央求道。

「我再教一招，教完我們就上路。我們來試試用前腳打敵人。」烏掌用尾巴尖端招萊利上前。「假設我和你面對面戰鬥，我會儘快抬起前腳，直直打在你頭頂。假如我打不到，我可以用後腿立起來，可是這樣我的腹部就暴露在你面前了，看到沒有？做這個動作時，一定要眼明腳快！」

烏掌讓貝拉站到他原本的位置，小母貓輕拍哥哥頭頂。「太慢了。」烏掌說。「他早就看到妳出招了。萊利，你可以試著低頭、扭腰，閃到貝拉打不到的地方。來，往旁邊躲，把腿縮起來，滾到比較遠的地方——很好！」萊利捲成一顆球滾到道路邊緣，烏掌在誇獎他的同時不忘補充：「小心別掉進河裡。」

萊利和貝拉輪流練習用前腳打對方，以及低頭扭腰閃避法。貝拉的腿比較長，站得比較遠也能搆到萊利，但萊利肩膀較寬、力氣較大，而且結實的身材不影響他出招的速度。

「你們有當優秀戰士的資質！」烏掌高呼。「做得好！」

萊利看著他，側腹劇烈起伏。「好好玩！」

「我好想趕快參加戰鬥！」貝拉喵嗚道。

烏掌搖搖頭。「別許下參戰的願望。」他低聲說。「戰鬥遲早會找上你們的。」那一剎那，他想到維奧萊特，她若知道兩個孩子正準備面對危險，肯定會十分驚恐。**有準備總比沒有好。**烏掌告訴自己。「好了，走吧，該出發囉。」他甩甩尾巴，兩隻小貓乖乖跟著走。

他們繼續沿著河流走，來到一棟紅石開始崩碎的兩腳獸巢穴，巢穴內安靜無聲，空氣中也沒有兩腳獸氣味。烏掌望向兩個旅伴。

「想進去探險嗎？」他提議。

「好啊！」萊利喵嗚說。

烏掌跟著兩張小貓走進去，兩腳獸巢穴的地上滿是碎石與兩腳獸的大型物品，一道鋸齒狀木製斜坡通往上層，烏掌抬頭一望，從屋頂的破洞窺見天空。

「你們看！」萊利號叫一聲，跳上最近的兩腳獸遺物，接著跳上木斜坡，斜坡在他腳下吱嘎作響，於是他又跳回地板上，激起一團灰塵。「好好玩喔！」他喘著氣說。

「我追你！」貝拉喵聲說著跳過去。萊利在地上滑來滑去，邁開腳步狂奔，他與烏掌擦身而過，速度快到毛髮都緊貼在身上。

烏掌擔心他們被別的動物聽見，他張口要警告他們時，背後的門道出現一道影子。烏掌伸出爪子猛然旋身，準備撲上去戰鬥，結果卻目瞪口呆地盯著門口。

「大麥！」

烏掌的第一個反應是撲到大麥身邊，歡快地舔遍老朋友全身，不過他想起他們離別前的爭執，硬生生克制住前去迎接朋友的衝動。

大麥先開口。「對不起，真的。」他衝口說出。「我不該阻止你幫助維奧萊特的小貓的，你很勇敢、很好心，我實在沒資格當你的朋友……」

烏掌衝上去，將口鼻貼在大麥臉邊。「別在那邊鼠腦袋了，你擔心是對的。我們這兩天過得辛苦了些，但都算平安。」他感覺喉嚨哽住了。「現在你來了，我們感覺更好了。」

大麥磨蹭烏掌頭頂。「你們離開不久，我也跟著來了。我本來以為那棟穀倉是我的家，但我錯了，我的家就是你所在的地方。」他後退一步，對烏掌眨眼。「我……我以為你離開，是因為你不想再和我一起生活了。」

「怎麼可能！」烏掌喵聲說。「對不起，我不該丟下你自己離開的，我這一路上一直很想你。」

「哇！是大麥耶！」貝拉激動地衝下木斜坡，哥哥的腳掌在上面那層樓蹦蹦跳跳，令烏掌緊張地仰望不住震動的天花板。

萊利大聲跑下來。「你也要跟我們去天族嗎？」

大麥點點頭。「怎麼能讓你們自己展開大冒險呢？你說是吧？」

「冒險真的好棒！」烏掌聽貝拉開心地喵聲說，不禁感到訝異。「我們遇到一隻很凶的狗，還要爬進樹叢躲牠耶！」

大麥一臉驚恐。

「我們都沒事。」萊利接著妹妹的話說。「我們在樹叢裡很安靜很安靜，後來那隻狗走掉了，烏掌確認外面都安全我們才出去。」

「而且我們跟烏掌學到很多厲害的戰鬥招式喔！」貝拉興高采烈地說。「我們會狩獵的蹲伏動作，還有用前腳掌打敵人，還有低頭扭腰閃躲！」

大麥偷瞄烏掌一眼。「原來他這麼會照顧你們，真是太好了。」他呼嚕呼嚕笑道。

貝拉點點頭。「是沒錯，可是他**很**愛管我們。」她補充一句。

「這是他應該的。」大麥喵嗚道。「烏掌熟知貓族的生活，你們應該乖乖聽他的。」他環視廢棄的兩腳獸巢穴。「你們打算在這裡過夜嗎？還是要繼續走？」

「我們走！」萊利大叫著衝出門，貝拉緊跟在後。

烏掌親切地對大麥眨眼。「你怎麼這麼擅長激勵小貓？」

黑白相間的公貓用尾巴掃過烏掌脅腹。「你能為他們做到這一步，我真為你感到驕傲。你說得沒錯，我們很久以前選擇了自己的道路，他們也有權選擇屬於自己的生活。」

他們並肩走出門，回到太陽下，烏掌走在大麥身邊，腿腳的痠痛與疲憊全被拋到九霄雲外。萊利與貝拉走在前頭，不時轉頭對兩隻年長貓咪大聲報告自己看到的新事物——新的氣味、河裡的漣漪和壓碎的葉子，他們一樣都沒放過。

「他們觀察力不錯。」四隻貓停下腳步，觀察貝拉在蘆葦叢中看見的蜻蜓時，大麥評論道。

黃昏時，他們來到一座小瀑布，看見瀑布將河水灌入一汪淺池。烏掌與大麥在溫暖的扁平岩石上趴下來，沐浴在今日最後的暖陽下，兩隻小貓則在水邊玩耍，追逐瀑布裡的彩虹。萊利不小心跑得離水池太近，「嘩啦」一聲掉進水裡，貝拉驚叫一聲，不過片刻後哥哥就浮出水面，把水甩得到處都是，嘴裡還咬著一條不停扭動的魚。萊利七手八腳地爬上岸，得意洋洋地將魚放在烏掌與大麥面前。

「你們看，這是我抓到的！」他驕傲地說。

「真的是你抓到的嗎？你確定不是你摔進池子的時候，牠剛好游到你嘴裡？」大麥逗他說。

「不管這條魚是怎麼來的，牠肯定是我們最近吃到最好的新鮮獵物。」烏掌呼嚕呼嚕笑著說。「萊利，做得好！」

灰色虎斑貓甩甩毛皮，水滴濺到貝拉身上，她尖呼一聲彈開。烏掌讓小貓們先吃，兩隻成貓站在一旁看小貓大快朵頤，烏掌深切意識到大麥站得離他很近。

「他們這麼快就適應野外生活了，真不簡單。」大麥輕聲說。「你教得很好喔。」

「他們很勇敢。」烏掌應道。「我以他們為榮。」

大麥靠著他，散發溫暖、柔軟又熟悉的氣味。「沒錯，你該以他們為榮。」他悄聲說。

第七章

當晚，四隻貓趴臥小瀑布旁的長草中，在流水輕柔的聲響中入睡。隔天一早，曙光從樹梢灑落時，他們醒了過來，大麥抓到一隻松鼠，烏掌看到貝拉和哥哥一樣積極進食，終於放下一顆懸吊著的心。

河川變得愈來愈窄、愈來愈淺，他們走著走著，小河兩岸化為傾斜的沙岸，流水旁只剩一條勉強能走的小路。四隻貓排成一列前進，由烏掌帶隊，大麥殿後。萊利與貝拉邊走邊說個不停，比賽誰能在閃亮的河裡看到最多條鯉魚，烏掌聽得心不在焉，他知道他們即將來到河流的盡頭，這也表示他們隨時會跨過天族領地的界線。

「我和著火的狐狸一樣熱！」大麥喘氣說。「能不能找個有陰影的地方休息？」

烏掌瞇起眼睛，前方似乎除了河川與沙岸之外沒有其他東西，雖然岸邊斜坡上有樹，但烏掌不認為他們有辦法爬上陡峭的斜坡。就在這時，萊利從他身旁擠到前面。

「我去看看！」灰色公貓沿著河往前跑一小段路，來到金雀花叢旁，他停下來嗅嗅花叢，拐了個彎就不見蹤影。

其他貓跟上時，萊利站在金雀花叢中的小岩洞，一臉驕傲地看著他們。岩洞不深，空間剛好夠四隻貓趴下來。

「我餓了。」貝拉喵聲說。

「我們在這裡休息一下，再找地方狩獵。」烏掌告訴她。他的腳在火熱沙地上走到又痠又痛，肚子也隱隱作痛，其他三隻貓趴下來時，他闔上雙眼。

烏掌鼻腔裡忽然充滿異常熟悉的氣味，他聽見細微的耳語聲，說話的不是同伴，而是另外兩隻貓，是他很久沒聽到的聲音。烏掌的心重重一跳，他雖聽不出那兩隻貓談話的內容，卻知道他們是火星與沙暴，他感覺到兩位舊友近在身邊，感受到他們的緊張與興奮。當初火星和沙暴也曾在這個岩洞歇腳，他們也知道旅程即將到達終點。

我成功了！烏掌心想。**我跟隨他們的腳步，來到天族了！**

他睜開眼睛，看見貝拉站在小岩洞的入口望向洞外。

「我好像聽到別隻貓講話的聲音！」她喵嗚道。

烏掌深吸一口氣。「我們現在離天族領地很近。」他喵聲說。三雙眼睛在昏暗的洞穴中凝視著他。「我們應該還沒越過邊界，但從現在開始我們要非常小心，畢竟貓族都不歡迎其他的貓侵入他們的地盤。」

萊利舔了舔自己胸口。「要是他們不喜歡我們怎麼辦？」他咕噥道。

「如果他們覺得我們是很笨的寵物貓怎麼辦？」貝拉跟著問。

大麥用尾巴貼著她脅腹。「他們要是不歡迎你們，我們會帶你回家，我發誓我們不會拋下你們不管。」

烏掌隔著兩隻小貓的頭對上朋友的視線，點點頭。

他們躡手躡腳地走出岩洞，靜靜沿著小溪前行，他們沒看到貝拉剛才聽見的那隻貓，但烏掌持續張著嘴品嚐空氣中的氣味。溪谷變得寬闊，河岸往下傾斜，閃閃發亮的溪邊多了一片樹林，大麥在林中抓到一隻年輕兔子，四隻貓迅速吃下新鮮獵物，兩隻年長貓咪時時注意附近是否有天族的蹤跡。

天上不知不覺布滿了烏雲，薄暮提前到來，烏掌決定先在這裡過一夜，明早再進入天族領土。大麥在一棵榛樹下找到乾燥的落葉堆，整理成相當舒適的小窩，萊利與貝拉乖巧地趴下來睡覺。今晚兩隻小貓異常安靜，他們似乎明白，真正的冒險即將開始。烏掌請大麥守著他們，他自己要在附近巡一圈。

「如果天族發現我們在距離邊界一隻老鼠身長的地方睡覺，那就不好了。」他說。大麥聽了點點頭。

烏掌竄入樹林，遠離小溪，每走幾步就停下來嗅嗅樹叢、嚐嚐空氣。這裡有一股強烈的貓味，不過他還沒找到地盤邊界的氣味標記。空氣中也飄著寵物貓的氣味，有時這股氣味會隱藏在野貓氣味之中，有時卻清晰得令烏掌感到驚訝。這附近沒有兩腳獸巢穴，怎麼會有如此濃厚的寵物貓味？雖然他知道天族有些戰士同時是寵物貓，他也沒想過會有這種混合的氣味。

他回到榛樹下趴了下來，大麥已經開始打呼了，萊利和貝拉卻還生龍活虎的。

「我們不想睡覺！」貝拉放輕聲音說。

「跟我們說說戰士守則的事好不好？」萊利央求道。

烏掌嘆息一聲。「好吧，可是我說完你們就要乖乖睡覺，知道了嗎？來，還記得我們之前提到的幾條規定嗎？」

「你要做好為貓族拚命的心理準備。」萊利說。「而且不可以跟別族的貓當朋友。」

「不可以隨便跑進別族的領土。」貝拉喵聲說完，歪著頭問：「可是這裡只有天族，所以我們不用管這條規則，對不對？」

烏掌動了動耳朵。「森林裡也可能有獨行貓，擅自闖進他們的地盤也不好。你們還記得哪些規定？」

「有吃的要讓長老和小貓先吃。」萊利喵嗚道。「而且你只能殺獵物，不可以亂殺其他動物。」

「你怎麼可以一次講兩條規則！」貝拉出聲抗議。

「你們都很棒喔。」烏掌對兩隻小貓說。「除了這些以外，還有幾條規定。」剎那間，他似乎又回到見習生受訓的坑地，聽白風暴訓誡所有剛成為見習生的小貓，白風暴一直是那麼溫和又有耐心，他努力幫助烏掌，想讓烏掌作為見習生的日子好過一些……「見習生正式成為戰士的第一晚，會為全族的貓守夜。只有指導過見習生的戰士有資格當副族長。」烏掌頓了頓，絞盡腦汁回想戰士守則。「族長去世時，原本的副族長會成為新族長。」

他閉上嘴，萊利與貝拉沒有出聲，他們的脅腹規律地起伏，兩隻貓早已陷入夢鄉。烏掌捲起身軀，下巴埋入大麥腹部的毛髮。看到萊利和貝拉這麼努力學習戰士的生活方式，他只希望天族能給他們嘗試的機會。

「喔？你們是誰啊？怎麼，四隻小戰士在森林裡迷路了嗎？」

烏掌被尖銳的話聲與撲面而來的熱氣驚醒，他一躍而起，喉頭低鳴。五隻貓繞著他們的小窩轉圈，他們瞇著眼睛，耳朵緊貼頭皮。他們不是戰士，烏掌聞到那五隻貓身上的寵物貓味，在樹葉清新的氣味襯托下顯得更甜膩、更刺鼻，他們的毛髮光滑水亮，身上的肥肉比肌肉多。他們不友善地盯著烏掌，第一隻貓的語調也飽含挑釁意味。

「你是啞巴嗎？」第一隻貓譏諷道。他是隻毛色很深，接近黑色的虎斑貓，一雙綠眼炯炯有神。「巡邏隊怎麼可以睡著呢？」

烏掌聽見旅伴緩緩甦醒。「我們沒有惡意。」他齜牙咧嘴地說。「你們走你們的路，別來管我們。」他確信這群貓不是天族戰士，他從沒看過如此尖酸刻薄的巡邏隊。他往前跨出一步，背脊的毛髮直直豎起。

「我好怕怕喔。」虎斑貓誇張地倒抽一口氣，還裝模作樣地倒退兩步，然後又湊上前。「騙你的。我看你不順眼，你聞起來不像那些天族的白痴，看你這瘦巴巴的樣子，應該是野貓吧？我不曉得你是哪來的，總之給我滾回去！」

「想打就試試看啊。」大麥走到烏掌身邊，沉聲說。

看見肩膀寬闊、身材高大的大麥，聽見他充滿敵意的低吼，虎斑貓臉上少了點自信。

「你們沒聽到帕夏說話嗎？」另一隻寵物貓喵嗚道，這次是隻薑黃與白色相間的母貓。「快滾。」另外三隻寵物貓也往前踏一步，俯視烏掌他們的小窩。

貝拉硬擠到大麥和烏掌之間。「你們沒聽到我們說話嗎？我們就是不走，你們想打架就來啊！別以為我們不會戰鬥，我們可是戰士！」

「戰士？」帕夏笑罵。「哈！妳以為我們怕戰士嗎？」他對烏掌動動耳朵。「快帶著你的松鼠口臭跑遠一點吧。」

啪！

烏掌以迅雷不及掩耳的速度舉起前腳，一掌拍在帕夏雙耳之間，寵物貓號叫著踉蹌倒退。

「你敢對我動手？你馬上就要後悔了！」帕夏嘶聲說。他大步走到烏掌面前，尾巴左右甩動。

帕夏的其中一隻同伴——身上有銀黑色塊的母貓，打斷他們。「帕夏，這有什麼好玩的？我好冷喔，不能像昨天那樣在峽谷裡跑步嗎？那還比較有趣。」

「對啊，和這群沒用的髒打，哪有什麼意思？」那隻薑黃與白色相間的母貓附和道。

帕夏又瞪烏掌一眼。「要是再讓我看到你們，我一定讓你們後悔一輩子。」他惡狠狠地說，說完就轉身跳進樹林。「走！我們再去給天族一個『驚喜』！」

烏掌看著他們竄進樹林的陰影，消失無蹤，他的心仍然狂跳不停，剛才打虎斑貓的腳掌也隱隱作痛。

「他們怎麼凶巴巴的！」貝拉說。

「而且聽他們的說法，他們對天族也沒那麼友善。」大麥說著，對烏掌揚起眉毛。「你覺得他們會入侵天族營地嗎？」

烏掌聳聳肩。「我覺得他們只敢說不敢做，」他喵嗚道。「否則早就趁我們熟睡時把我們撕成碎片了。我猜他們今晚應該不會再騷擾我們了，他們要在天亮前回去找他們的兩腳獸。」

他趴回小窩，舔了舔發脹的腳掌，三隻旅伴也紛紛在他身邊趴下。

「我先不睡，免得那幾隻貓跑回來。」大麥在烏掌耳邊低聲說。

烏掌點頭致謝。從寵物貓的對話看來，他們離天族邊界非常近了，明早萊利和貝拉就能抵達新家。

前提是天族願意收留他們。

第八章

被那群「夜間訪客」一吵，烏掌本以為自己睡不著了，沒想到下一次睜開眼睛時陽光已從樹木的枝枒間透下來，小窩裡只有他一隻貓。

「大麥？」他喵聲說。

「我在這邊。」大麥黑白相間的屁股出現了，他正拖著一隻松鼠走在落葉中。「我們幫你抓到獵物了。」他宣布。

萊利與貝拉的臉也出現在樹叢旁邊。「我們爬到樹上追松鼠，牠跑下樹的時候大麥剛好抓住牠！」萊利喵嗚道。

「哇！」烏掌嘆賞道。他記得火星說過天族擅長在樹上狩獵，也許萊利和貝拉在這裡能過得如魚得水。

他們分食松鼠，將吃不完的部分埋在距樹叢一小段距離的位置。萊利找到回溪邊的路，他們又踏上尋找天族的旅程，一路上四隻貓都保持警戒，注意周遭樹林的聲響與氣味。

儘管他百般警戒，一棵冬青樹後閃過貓影，三隻貓跳出來擋住他們的路時，烏掌還是嚇了一跳。三隻都是母貓，一隻是長腿的薑黃色戰士，她身邊是一隻灰色戰士與較嬌小的白貓，看小白貓顫抖的腳掌與圓睜的眼睛，她應該還是見習生。

「你們來這裡做什麼？」薑黃色母貓低吼。「這邊是天族地盤！」

烏掌聞到冬青樹那邊濃烈的氣味，這才發現他們離天族邊界不到一隻狐狸身長。

「我們不歡迎你們！」灰毛戰士斷聲說。

「沒錯！你們怎麼還不快走！」小白貓跟著尖聲說，惹來灰貓詫異的眼光。

「可是我們走了很久，好不容易才走過來——」萊利開口說。

「那就請你們再好不容易走回家。」薑黃色母貓咆哮。

「等一下，」烏掌放低姿態，踏上前站到萊利身邊。「我們對天族不懷任何敵意。我是火星的朋友，火星是之前救了天族的貓，妳認識他嗎？」

三隻母貓困惑地盯著他，烏掌感覺自己的心不斷往下沉，沒想到天族早忘了好幾個月前幫助他們的雷族貓。

薑黃色戰士微微一動。「我聽母親說過這位火星的事。你們來天族，有什麼事嗎？火星是你們其中一位嗎？」

烏掌搖了搖頭。「不是，但他曾經是我的好朋友，我希望他在天族的朋友能和我談談。」

薑黃色母貓上下打量他。「你聞起來不像部族貓，」她說。「身上倒是有濃濃的牛味。」

「我不是部族貓，」烏掌承認。「至少現在不是了。請問現任天族族長還是葉星嗎？能不能帶我們去見她？請告訴她……火星的朋友烏掌來找她。」

戰士仔細看著他，一拍心跳後，她轉向小白貓。「雲掌，去帶我母親過來。」雲掌點點頭，匆匆跑走。

大麥走上前，站到烏掌身旁。「我叫大麥。」他點頭自我介紹。「這是萊利，還有貝拉。」

薑黃色母貓擺了擺尾巴。「我叫火蕨，她叫梅子柳。」

「呃……你們的領地好漂亮。」烏掌結結巴巴地試圖打破尷尬的沉默。

「你怎麼知道？你又沒進我們的領地看過。」梅子柳指出。

大麥對上烏掌的視線，微微搖頭，看樣子這兩隻戰士沒有結識他們的打算。

萊利和貝拉等得不耐煩，開始動來動去時，烏掌聽見逐漸接近的腳步聲。雲掌沿著小溪跑回來，身後跟了一隻棕色與乳白色相間的虎斑母貓，這隻貓年紀不輕了，動作卻依然優雅，琥珀色眼眸也閃閃發亮。新來的母貓站在火蕨身旁，審視四位訪客。

「我是天族族長葉星。」她直視烏掌雙眼。「火星提過你的事，我沒記錯的話，你就是離開雷族的那隻貓？」

「是的。」烏掌承認。「我現在和大麥住在一起——」黑白相間的公貓向葉星鞠躬。

「——我們這次帶了大麥的親戚來找妳，這兩個孩子叫萊利和貝拉。」

「你現在還住在貓族原本的地盤附近嗎？」葉星問道。烏掌點點頭，正想告訴她其他貓族已經遷離森林時，葉星接著說：「你們走了這麼遠，想必有十分重要的事情要說吧。」

烏掌突然覺得自己沒做好充足的準備，他該如何對這位態度冷淡、位高權重的族長開口，請她讓兩隻素昧平生的貓加入天族？

他遲疑了太久，大麥忍不住先抬頭說：「我妹妹維奧萊特的小貓想成為戰士，能不能請你們讓這兩個孩子加入天族？他們已經開始受訓了，而且他們很有天分。」

葉星睜大雙眼，身旁的火蕨與梅子柳豎起毛髮，雲掌也靠上前嗅嗅貝拉的毛髮。「這隻聞起來好奇怪。」她往後一縮，喵嗚道。「她怎麼可以當戰士！」

「你覺得我們會隨便收留流浪貓嗎？」火蕨低吼。

「我又不是流浪貓！」萊利氣呼呼地說。

「安靜！」葉星揚起尾巴下令。「你們大老遠來到這裡，提出這樣的請求，讓我們天族感到十分榮幸，可惜事情沒那麼簡單。現在的天族足夠繁榮興盛，我們族裡已經有很多忠心耿耿的戰士，不必像過去招募外來的戰士了。」

烏掌感覺腳下的大地似乎裂開了。**她怎麼連一絲機會也沒給萊利和貝拉！**他當然從一開始就知道葉星會感到為難，但烏掌一直希望她看到萊利與貝拉的決心，以及他們已經學會的技能後，能回心轉意。

「妳不要我們，是因為我們以前是寵物貓嗎？」貝拉喵聲問。「烏掌說你們族有些戰士也是寵物貓，我保證，我們可以只當戰士，不當寵物貓！」

葉星眨眼。「天族的確有晨間戰士，但他們在我們族裡訓練了好幾個季節，我相信他們對天族一心一意，絕不會背叛族貓。」

「我們也可以訓練！」萊利辯駁道。大麥用尾巴掃過小貓的口鼻，阻止他說下去。

「我看得出他們很有熱忱，」葉星歪著頭對烏掌說。「但你們為何千里迢迢來到天族呢？難道火星不讓萊利和貝拉加入雷族？」

烏掌眨眼。「因為雷族走了。」他重新感受到令他窒息的哀傷，勉強擠出字句。「為了建新的轟雷路，森林被連根拔起，戰士沒地方生活，所以貓族都離開森林了。我雖然看著他們離開，卻……卻不知道他們現在身在何方。」

葉星雙眼泛淚。「火星和沙暴竟然被迫離開家鄉，真可憐！希望他們現在都健康平安。」

「我相信他們過得很好，」烏掌喵嗚道。「假如他們遭遇不測，星族應該會告訴我的……吧。」他瞥見大麥斜睨他一眼，不由得感到愧疚。烏掌很少對大麥提到星族，也許大麥以為那些戰士祖先對他而言已經不重要了。

葉星嘆一口氣。「我一直努力讓族貓記得火星和沙暴，」她喃喃說道。「畢竟天族欠他們一筆恩情，但過了這麼多個季節，族貓已漸漸淡忘他們來訪的往事，更何況有很多戰士是後來才加入天族的。」她又直起身子。「我們歡迎火星的朋友來天族作客，我們也永遠不會忘記火星和沙暴的恩情，但很抱歉，我們不能讓陌生貓咪來天族接受戰士的訓練。」

她轉身離去，顯然她所謂的「歡迎」僅止於天族地盤邊界。其他幾隻貓跟著離開，只有梅子柳停下來嘶聲說：「不准偷走我們的獵物！」說完，她小跑步跟著族貓遠去。

烏掌沮喪地盯著天族戰士的背影。

「他們好凶喔！」貝拉低吼。

「而且他們都沒讓我們把新學的戰鬥技巧表演給他們看！」萊利嘀咕。

「對不起。」烏掌喵聲說。「我沒想過她會這麼不友善。」

「我們回峽谷裡的岩洞吧。」大麥提議。「還是別在天族邊界逗留太久比較好。」他走到低垂著尾巴的貝拉身邊。「我還是以妳為傲，」他對貝拉說，說完又轉向萊利。「還有萊利，我也為你感到驕傲。你們在旅程中學到了好多好多，你們勇敢、強壯又聰明，肯定能成為厲害的戰士，是不是啊，烏掌？」

「那當然。」烏掌邁開腳步往小溪的方向走去。他毛皮發燙，後悔當初給了這兩隻小貓一線希望，結果到頭來他們除了腳掌痠痛、毛皮沾了路上的灰塵之外，什麼也沒得到。他腹中猛然刺痛，四腳踉蹌幾步。

大麥箭步走到他身旁，撐起他的身體。「你還好嗎？」

「只是有點累。」烏掌沙啞地說。「等我們到岩洞那裡，我休息一下就好了。」

在回到布滿橘色塵土的岩洞之前，大麥一直走在他身邊，關心他的狀況。烏掌趴在岩洞地上，萊利與貝拉也跟著癱在地上，下巴枕在腳掌上。

「我出去狩獵。」大麥喵嗚道。「你們待在這裡休息吧。」

烏掌睡得很沉，睡夢中有什麼東西戳戳他側腹，使他腹部一陣抽搐。岩洞中，萊利與貝拉瞪大眼睛站在他身旁，天色已暗，看來他睡了很久，大麥捲著身體趴在他背後。

「好像發生什麼事了！」貝拉尖聲說。

烏掌豎起耳朵，峽谷山壁間迴響著遙遠的號叫與尖鳴。

「你覺得天族被別的貓攻擊了嗎？」萊利小聲問。

「不曉得，但聽起來不太妙。」烏掌霍然起身，走到岩洞口。

「你要去哪裡？」大麥坐起身，用他低沉的聲音問道。

「我去看看外面的情況。」

「我陪你去。」大麥喵嗚說。

「我們也要！」萊利和貝拉異口同聲地說。

烏掌嘆了一口氣。「好吧，可是你們千萬別出聲。」

「我們會跟老鼠一樣安靜。」萊利信誓旦旦地說。

貝拉歪頭說：「可是老鼠常常吱吱叫還有動來動去，其實牠們滿吵的。」

「那我們就跟死老鼠一樣安靜！」哥哥嘶聲回應。

他們放輕腳步沿小溪前行，來到兩岸陡坡變得平坦的一片樹林，貓咪痛苦的叫聲變得更響亮。烏掌路過那棵帶有氣味標記的冬青樹，回頭望向其他三隻貓，點頭示意他們跟上來。現在他們走在天族地盤裡，烏掌全身毛髮直豎，但他沒有停下腳步，也盡量走得寂靜無聲——但他們其實不必躡手躡腳，即使發出聲響也會被前方傳來的尖叫聲淹沒。

烏掌走到樹林邊緣，停頓片刻，他在星光下望見一個巨大的暗影矗立在溪邊，也許是巨岩。比暗影更遠的地方，貓群在沙崖之間飛撲、衝刺，發出憤怒與驚懼的尖叫。烏掌輕甩尾巴吸引同伴的注意，接著快步跑上最近的沙崖，山坡一開始很平緩，後來變得較陡峭，最後化為一大片貧瘠的草地。遠方有一閃一閃的明亮黃光，烏掌猜那是兩腳獸地盤。

他走到沙崖邊緣往下望，雖然他覺得自己站在隨時可能被發現的位置，下方的貓卻沒有注意到他。大麥、萊利與貝拉輕手輕腳地走到他身邊，驚恐地俯瞰峽谷——谷裡縱橫交錯的小徑上，貓群怒吼著前後衝鋒，一堆柔軟的小形體被撞飛，烏掌嗅著飄到崖頂的氣味，猜到那是新鮮獵物堆。

烏掌的眼睛漸漸適應星光，他發現有五六隻貓追著其他的貓亂跑，用尖叫與嘶吼刺激他們。愈來愈多貓從谷壁裡的窩窟出來，其中還有一些看樣子才剛學會走路的小貓。

「快帶他們回育兒室！」一隻母貓尖喊。

「好可憐的小貓咪，年紀這麼小，不能離開母親亂跑喔。」熟悉的嘲諷聲傳入烏掌耳裡。他對上大麥的視線。說話的貓是帕夏！烏掌再次眺望峽谷，仔細一看，看見昨晚騷擾他們的另外幾隻貓，那群寵物貓該不會想挑了整個天族？

「戰士們，集合！」葉星號叫一聲，身上的乳白色塊在星光下分外搶眼。戰士們排成勉強算是一列的陣形，一起嘶吼著衝向侵入者，寵物貓則嘲諷地尖叫著轉身，爬回懸崖上。

「你們等著瞧，我們會再回來的！」帕夏大喊，他此時離烏掌非常近，差點被烏掌踩到。

烏掌等四隻貓躲在草叢裡，大氣也不敢喘一口，等寵物貓風風火火地跑遠才敢正常呼吸。下方的天族營地靜了下來，只剩小貓被趕回巢穴時的嗚咽聲，以及被吵醒的長老不悅的咒罵聲。

「他們居然敢連續三晚來侵擾我們！」一位長老嘶聲大罵。

葉星安撫道：「我保證，我們一定會找到阻止他們的方法，你們先回窩裡休息吧。」

「哇！」貝拉輕聲說。「那些寵物貓好像害天族很頭痛耶！」

烏掌從沙崖邊緣後退幾步，他聞到身上濃烈的天族氣味，才發現自己剛才一直趴在地盤邊界的氣味標記上。

「天族每天晚上都要被他們騷擾一次，一定很受不了。」大麥說。

他們開始走下山坡，回到溪邊。

「天族為什麼要讓那些寵物貓跑進營地？」萊利喵聲問。「天族貓不是戰士嗎？他們應該可以保護自己啊！」

烏掌搖了搖頭。「那群寵物貓應該沒有什麼明確的目的，他們只是想把大家吵醒和搗亂而已。」

「幸好那是天族的事，跟我們沒有關係。」大麥喵嗚道。「啊，我們回到岩洞了，你們兩個回去睡覺吧，我們明早就出發回家。葉星也說了，她不會讓我們留在這裡。」他催萊利與貝拉回到岩洞裡，他自己也走進去，用身體和尾巴捲住兩隻小貓。

烏掌在岩洞口趴下來，下巴擱在腳掌上。大麥說得對，既然葉星要他們走，他們沒理由繼續待在這裡，但寵物貓入侵天族營地，惹得天族戰士大聲號叫的畫面牢牢印在他腦中。天族應該有能力阻止那群寵物貓才對啊？

第九章

烏掌睜開雙眼，發現自己趴在一塊平滑的岩石上，身旁是一汪星光滿溢、平靜無波的水池。他坐起來環視四周，他身後是有許多凹洞的螺旋斜坡，通往坑地頂部，身下的岩石冰冰涼涼，但他的毛皮沒有因此而變涼。他走到水池邊低頭喝水，池水如光輝般流遍他的身體，這時他才注意到一隻貓站在他身邊，尾巴輕輕搭在他背上。

「烏掌，過來坐我旁邊。」銀流呼嚕呼嚕說。她優雅地在岩石上坐下，尾巴蓋住腳掌，等烏掌走過去。烏掌慢慢坐下，腹中疼痛令他皺起臉。

烏掌注意到銀流憂心的視線。「我老啦！」他開玩笑說。

銀流繼續用那雙藍色大眼注視著他。

烏掌感覺全身竄過一股惡寒。「我……我回不了家了，是吧？」

「嗯。」銀流承認。「但你不要怕自己客

死他鄉。」她微微哽咽地說：「那不重要，重要的是，有愛你的貓陪在你身邊。」

烏掌感覺喉頭哽著淚水。「我是為大麥感到害怕。」他輕聲說。

「大麥也知道你不想離開他，他都懂，而且他不會因為見不到你而放棄愛你。」

又有兩隻貓走到池畔，一隻是擁有閃亮藍眼的深灰色公貓，另一隻是肩膀寬闊、毛髮灰白相間的公貓。銀流站起來，對他們點點頭，自己沿著螺旋形道路往上走遠。

深灰色公貓率先開口。「我的名字叫守天。」他喵嗚道。「在火星和沙暴前來解救我的族貓之前，我曾是天族最後的戰士之一。我向你保證，萊利和貝拉在天族將有一席之地，你只要保持耐心，就能幫助他們找到他們的歸宿。」

「我是雲星，我擔任族長時，天族才剛來到這座峽谷。」灰白相間的公貓沙啞地說。「在那之前，我們和其他貓族一起居住在森林裡。」

烏掌向他們點頭致意。「能見到兩位，是我的榮幸。」

「火星和沙暴走過的路，你和你同伴走過的路，我從前也走過。」雲星喵聲說。「謝謝你帶新的戰士來天族。」

「但是他們根本不歡迎新戰士！」烏掌忍不住說。「葉星甚至不准我們進入天族領土！」

「讓他們看看這兩隻年輕貓能給天族的貢獻。」雲星說。「你們今晚也看見了，天族其實需要你們的幫助。」

烏掌甩了甩尾巴。「葉星也說了，天族自己有強大的戰士，我們還能對天族做出什麼貢獻？」

守天默默走到池邊，將一粒石子彈到水中，石子撲通一聲落水，星光滿布的漣漪四面八方擴散至坑地邊緣。

「你看，」守天說。「石子能觸及的地方，遠遠超出你我的想像。懂了嗎？」

烏掌注視著閃動的水波，想像天族貓害怕地守在峽谷裡，等待寵物貓群再次衝過空地侵入營地。他點點頭，腦海又恢復寧靜。「我明白了。」他回答。

雲星將下巴靠在烏掌頭頂。「我以貓族、以戰士守則之名請託你，」他低聲說。「幫幫我們。」

「我會的。」烏掌答應他。

烏掌醒轉時，黎明灰濛濛的光線剛灑入岩洞，洞外沁涼的空氣帶有樹葉的氣味。他推推大麥。「該起來囉！」

「要回家了嗎？」貝拉睡眼惺忪地喵嗚道，她身旁的萊利也打了個哈欠。

「我們沒有要回家。」烏掌宣布。「我們要回去找天族。」

原本在伸懶腰的大麥停下動作。「什麼？可是他們昨天甚至連讓我們進到天族地盤都不願意，」他瞇起眼睛說。「而且你需要回穀倉休息。」

「我沒事。」烏掌對他說。「我昨晚夢到星族，看到可能可以制住那些寵物貓的東西。」

「我們走！」萊利跑到岩洞口喵聲說。「我們要讓那些狐狸腦寵物貓學會尊重天族！」

昨日天族將萊利當侵入者看待，現在他卻主動要幫助天族，烏掌為萊利的忠誠感到驕傲。貝拉跟著點頭。「我們應該回去幫忙。」

大麥嘆息一聲。「看來只有我持反對意見了。」他喵聲說，接著用尾巴尖端掃過烏掌背脊。「好吧，我們走，但如果你需要停下來休息，一定要告訴我，明白嗎？我知道你身體不舒服。」

「嗯。」

烏掌再次帶三個旅伴往小溪上游前進，走一段路後在樹林中停下來狩獵。大麥強硬地要求烏掌趴在柔軟的青苔上休息，他自己則和兩隻小貓抓住一隻在山毛櫸樹下啄食的鴿子，四隻貓吃完鴿肉、清理過口鼻後，繼續朝森林外圍走去。

在白晝充足的光線下，烏掌清楚望見半懸在溪流上方的灰褐色巨岩，溪水消失在岩石下，岩石底部映著水面反射的陽光。他們才經過冬青樹不久，就看見幾隻貓迅速跑來，這次帶頭的是梅子柳。

「不是叫你們別再來了嗎！」梅子柳低吼。

她身旁跳出一隻薑黃色公貓，公貓豎直了身上的毛髮說：「快滾出去！」

「梅子柳、彈火，等一下！」一隻擁有清澈綠眼的銀色虎斑母貓從崖底小徑跳出來，擋在他們面前。「你們夠了！這些貓並沒有惡意。」

「妳怎麼知道？」彈火咕噥道。話雖這麼說，他還是乖乖站在原地，看著銀灰色母貓走到烏掌等貓面前。烏掌嗅到母貓身上的藥草味，瞥見黏在她耳尖的一絲蛛網。

「我是天族巫醫，名字叫回颯。」她喵嗚道。「我聽葉星說過你們的事。」

聽到她溫和的語氣，烏掌放鬆了緊繃的毛皮與背脊。「我有話要對葉星說，這是非常重要的事，請妳讓我們見她一面。」

回颯注視著他，片刻後她轉身，豎起柔軟的銀色尾巴。「跟我來。」她領著烏掌等貓與梅子柳和彈火擦身而過——彈火低低嘶吼一聲——沿著一條窄路走去。回颯停下腳步，轉過頭。「不好意思，」她喵嗚道。「葉星的窩空間不大，我只能帶烏掌進去，能請你們三位在這裡稍等嗎？」

大麥望向谷底，有一些戰士開始從巢窩裡走出來，或從岩石後方走來。

「別擔心，他們不會對你們怎麼樣的。」回颯告訴他。「鷹掌會負責招呼你們。」

一隻毛皮光滑、黃眼炯炯有神、身形嬌小卻健壯的灰貓剛從窩裡走出來，就對大麥點點頭。「包在我身上。」他堅定地說。

「謝謝你。」回颯喵聲說。「如果等下檀爪來了，要你做別的事情，你再來告訴我。」她對烏掌解釋：「鷹掌是檀爪的見習生，檀爪是晨間戰士，所以她現在不在族裡。」

「鷹掌似乎很認真盡責。」烏掌說。

回颯點頭說：「是啊，但我們不能讓他和比利暴的見習生卵石掌待在一起，他們兩個關係可差了！」

他們繼續沿著小徑前進，留大麥、萊利與貝拉有些尷尬地和灰毛見習生站在一起。烏掌和回颯經過幾間小岩洞，烏掌嗅了嗅飄出來的氣味，那些應該是戰士窩。他們來到一塊凸出的岩平臺，葉星和另外兩隻貓坐在平臺上，一隻是臉型較寬但相當俊美、薑黃與白色相間的公貓，另一隻則是深薑黃色公貓，烏掌走近時這隻貓的視線掃過他全身上下。

葉星微微點頭。「烏掌，沒想到你又回來了。」她先示意身旁那隻臭著臉的深薑黃色公貓。「這位是我的副手銳爪，這位是比利暴。你想和我說什麼就直接說吧，我信任他們。」

烏掌深吸一口氣，暗暗祈禱戰士們聽不到他狂亂的心跳。「我想幫你們解決那些寵物貓……呃，他們造成的小麻煩。昨晚發生的事，我們都看到了，我有個想法，說不定能遏止他們再次來犯。」

銳爪豎著毛髮站起身。「你們昨晚擅自闖進我們的領地？」他低吼。「我們當時站在崖上，在你們的氣味標記另一邊。」烏掌邊回應邊努力克制忍不住要顫抖的腳掌。

「銳爪，坐下。」葉星喵嗚道。

薑黃色公貓緩緩彎曲後腿，坐了下來。「那幾隻寵物貓除了煩以外沒造成什麼問題，」他啞聲說。「我們才不怕他們。」

「總不能讓他們自由進出你們的營地吧？」烏掌喵聲說。「我們應該讓他們明白，他們不能擅自越過天族地盤的界線。」

「你以為是我們歡迎他們進來的嗎！」比利暴說。

葉星舉起一隻前腳。「烏掌，你有什麼方法，能防止他們侵入我們的營地嗎？」她說得漫不經心，讓烏掌說話似乎純粹是禮貌，而不是真的對他的想法感興趣。

烏掌站起身，伸出前爪在布滿沙子的岩平臺上畫圖，他用簡單的線條畫圈，再畫出向外擴散的漣漪，就像他夢中那汪灑著星月光輝的水池。

「這是你們的營地。」他指著中間的圓圈說。「如果要防止侵入者靠近，就必須在更遠的地方設立界線。」他將腳掌放在最外圍的漣漪上。「這是你們營地和兩腳獸巢穴的中間點，你們要在這裡設防，只要在這裡劃清界線，用行動對寵物貓證明你們不會讓他們跨過這條線，你們的家就不會再受侵擾。」

「你算哪根蔥，哪來的資格教我們怎麼設立界線？」銳爪不屑地說。「你連部族貓都不是。」

然而葉星卻盯著沙地上的線條點頭。「所以你的意思是，我們應該把地盤界線設在峽谷邊緣？嗯，有道理。那裡能做氣味標記的地點比較少，也比較難巡邏，不過這麼一來我們的確能保護峽谷。」她抬頭直視烏掌。「假如你是我，你會怎麼讓寵物貓遠離新界線？」

烏掌吞一口口水，腦中閃過從前在雷族生活的點點滴滴：巡邏、檢查邊界的標記、接受虎爪的訓練……「整晚不停沿著新界線巡邏，直到寵物貓完全明白界線在哪為止。」他喵嗚道。「這麼一來戰士就得白天休息，但你們有晨間戰士，也許白天就讓他們負責各種工作吧。如果戰士打得夠賣力，說不定你們嚴密巡邏一晚就夠了。」

「我們沒有一次打得不賣力好嗎！」銳爪張牙舞爪地說。

烏掌眨眼。「你們必須在今天正午前標記新的地盤界線，必要的話可以用樹枝或石堆搭建標記處，然後在黃昏前好好休息。一到黃昏，每一隻戰士和見習生都必須在邊界就位，別讓任何一隻寵物貓越過新界線。」他喘著氣頓了頓，肚子又一陣刺痛，他忍住沒將身體縮成一球。

葉星若有所思地凝視著烏掌。「雷族又一次幫助了我們。」她喵聲說。

「我現在已經不是雷族貓了。」烏掌說。

葉星沒有接話，她起身沿小徑走到峽谷底，優雅地跳上一塊岩石。「天族，集合！」她號叫道。

烏掌跟在銳爪與比利暴身後，蹣跚地走下石平臺回到大麥身邊，黑白相間的公貓一臉擔憂地瞅著他，但烏掌沒有說話。他往葉星的方向一點頭，葉星正在對族貓說明擴張天族版圖的計劃，族貓們靜靜聆聽，不時偷瞄幾位外來客。葉星說完後用尾巴邀烏掌發言，烏掌嚥一口口水。

「去啊！」貝拉興奮地微微蹦跳，對烏掌尖聲說。

烏掌沒有爬上葉星所在的岩石，現在他肚子這麼痛，根本沒辦法跳上去。他原地轉身，面對聚集在身邊的天族貓咪。「你們比自己所想的還要強，」他忍痛大聲說。

貓群中傳出不悅的低語。

「你又知道我們有多強了？」

「覺得我們太弱就來打一場啊！」

烏掌繼續說：「你們和寵物貓不一樣，戰士祖宗都站在你們這邊，你們對戰士守則的信念也將幫助你們堅持下去。既然那群寵物貓對你們無禮，你們就必須讓一條看不見的界線變得一清二楚，讓他們用身體的疼痛記取教訓。」他吸氣。「他們不是戰士，他們不可能獲勝！」

「他們不是戰士，他們不可能獲勝！」貓群複誦道。烏掌終於鬆一口氣，挺直的身體微微垮下來，他對上葉星的視線，看見天族族長點頭。

銳爪跳上岩石，開始將貓群分成幾批巡邏隊，分派任務，有的貓負責在離懸崖邊緣好一段距離的地方描出新界線，有的貓負責做氣味標記。銳爪說著說著停頓下來，烏掌驚訝地聽他對萊利與貝拉低吼：「你們想幫忙，是吧？」

兩隻年輕貓咪點頭如搗蒜，耳朵都拍在頭上「啪答啪答」作響了。

銳爪朝萊利一彈尾巴。「你跟著櫻桃尾、蜂鬚和暮掌一起行動，在新的氣味標記處搭石堆。」萊利飛快跑去加入巡邏隊後，銳爪示意貝拉。「妳幫彈火和花掌去樹林裡撿樹枝。」

「那晨間戰士呢？」貓群中，梅子柳喊道。「如果我們要在開戰前休息，平時的工作就交給他們是嗎？」

一隻苗條的黑白公貓昂起頭。「我們不僅會完成平時的任務，還會留下來戰鬥。」他朗聲說，他身旁的幾隻貓也贊同地點頭。「我們和你們一樣，都是天族貓，這場仗我們也會打！」

「馬蓋先，謝謝你。」銳爪喵聲說。

「他們邀我加入巡邏狩獵隊。」大麥在烏掌耳邊低聲說。「你就在這裡休息吧。」

烏掌開口要反對，卻被大麥打斷。「你肚子痛對不對？烏掌，別想騙我，我知道你很不舒服。我幫天族抓新鮮獵物的這段時間，你要好好照顧自己。」

烏掌只好點點頭。「我在這裡等你回來。」他答應大麥。

烏掌看著黑白相間的大麥快步走向一組巡邏隊，巡邏狩獵隊員包括態度冰冷的火蕨，但也有一隻較友善的公貓主動走到大麥身旁，他們隨隊走出營地。

回颯出現在烏掌身旁。「你有力氣爬一小段路嗎？」她問。「我保證，你去了一定能大飽眼福。」

「好啊。」烏掌喵嗚道。他跟隨回颯走在峽谷中，沿一條曲折的小徑來回爬坡，來到懸崖頂，烏掌稍微鬆一口氣，悶哼一聲爬上平坦的崖頂。

「習慣爬坡之後就不會那麼累了。」呼吸如常的回颯告訴他，然後用尾巴指向高懸在峽谷上方一塊凸出的岩平臺。「這是天族一個很特別的地方，」她解釋道。「我們每逢滿月就會聚集在這裡，我想和星族交談的時候，也會來到這裡。」她輕巧地走到平臺上，示意烏掌在她身旁趴下。

「我很喜歡這個位置。」回颯眺望峽谷與更遠的樹林，喃喃說道。「這裡很平靜，在這邊你能看見下面發生的一切。」

烏掌點點頭，他遠遠望見大麥黑白相間的身影在樹林中奔竄，萊利也在崖上，在離烏掌一段距離的地方用腳掌滾動石頭。烏掌聽見後方的腳步聲，他轉身看見三隻貓走近，同時隱隱意識到回颯不知何時消失了，現在岩平臺上只有他一隻貓。

走近的三隻貓是如此眼熟，烏掌的心一疼，眼睛努力眨掉淚花。藍星、白風暴與獅心踏上平臺，站在他面前，三隻貓都對他點頭致意。

「能再次見到你，是我們的榮幸。」藍星喵嗚道。「不用起來沒關係。」見烏掌作勢撐起行動不便的身軀，她補充一句。

「是我的榮幸才對。」烏掌呼嚕呼嚕說。

「你沒有被遺忘。」白風暴告訴他。「我們一直照看著你，看到你和大麥建立屬於自己的幸福生活，我們也很高興。」他垂下頭。「可惜我們沒能減少你在雷族所受的痛苦。」

「就算可以改變過去，我也不會這麼做。」烏掌說。「要是以前沒發生那些事，我也許就不會和大麥相知相惜，以前的我根本沒想過貓能過這麼幸福快樂的生活。」

獅心凝視著他，烏掌感覺自己的毛皮暖洋洋的。「我們這次來見你，是想做一件老早就該做的事。」金色虎斑貓說。「你對天族、對你遇見的每一隻貓都展現出了勇氣、正直與忠誠，這些我們都看在眼裡，所以我們想為你取戰士名。」

烏掌深吸一口氣，想當初他還是見習生時，他天天盼望獲得全名的那一日，對未知的戰士名朝思暮想。然而現在，他不再是見習生，不再是雷族，也不再是森林的一份子。他注視著眼前這三隻高貴的貓。

「謝謝祢們。」他喵聲說。「可是我已經有名字了，我這輩子一直以『烏掌』這個名字為豪，現在也沒有改名的必要。」

藍星點點頭。「我就猜你會這麼說。」她用腳掌輕輕劃過岩石面。「我相信你明白，你的時日不多了，你願意加入我們星族嗎？我們非常歡迎你。」

烏掌轉身望向下方的峽谷，看見大麥站在樹林邊緣仰頭注視著他，對他彎曲尾巴打招呼，烏掌也晃晃尾巴回應。他回身面對星族的貓。

「我不能加入星族，」他輕聲喵嗚道。「我必須等一隻貓，雖然他不是部族貓，但我希望以後我們還能在一起。」

獅心點點頭。「我們瞭解了。你放心，你們以後能在某個地方重逢的，但你們也可以隨時來星族找我們。我保證，你一定能找到那條路。」

他伸長脖子，將口鼻搭在烏掌頭頂。烏掌感覺到獅心的氣息輕吹在他毛髮上，感激地陷入毫無痛苦的沉眠。

第十章

烏掌醒轉時，回颯坐在他身旁，尾巴微微抽動。

「啊，你醒了。」她喵聲說。

太陽正悄悄落到樹林下，帶有暮色的陰影聚集在峽谷中。通往兩腳獸地盤的貧瘠草地安安靜靜，不見任何動物的蹤影，但烏掌嗅到微風帶來的新鮮邊界標記味。下方的天族營地裡，貓群焦躁不安地繞圈踱步。

「新界線設置完成了。」烏掌與回颯爬下山崖時，回颯說。「我的族貓已經做好拚命守衛邊界的心理準備。」

「希望戰鬥不會嚴重到需要誰去拚命。」烏掌喵嗚說，語氣帶一絲不安。

他走向巨岩時，萊利與貝拉蹦蹦跳跳跑過來。「今天超棒的！」萊利大聲說。「櫻桃尾說我超擅長推石頭！」

「我找到一根最長的樹枝！」貝拉喵聲說。「然後我跟花掌一起把樹枝帶回來了。」

一隻棕色公貓對他們喊一聲。

「那是兔跳，」萊利幫烏掌介紹。「我們今晚要跟他的小組去巡邏。晚點見囉，烏掌！」兩隻年輕的貓迅速轉身跑走。

大麥走到烏掌身旁，毛皮上沾附了新鮮獵物的氣味。「他們已經交到朋友了啊。」他說。

「天族有不少好貓。」烏掌表示同意。「狩獵都順利嗎？」

「很順利喔，本來那些瞧不起我的貓看我抓到兩隻老鼠和一隻松鼠，都不說話了。」大麥語帶笑意。「你吃過了嗎？」

一想到食物，烏掌的肚子就不停翻攪，一陣劇痛竄遍全身，視界邊緣浮現暗影。他感覺到大麥用力靠著他，撐起他的身體。

「快趴下來休息。」大麥邊說邊扶著烏掌走到峽谷邊一片柔軟的沙地，烏掌趴下來的同時，痛得倒抽一口氣。

「你今晚不可以參戰，」大麥擔憂地睜大雙眼，喵嗚道。「你身體太虛弱了。」

烏掌凝視著老朋友。「唉，大麥，你太瞭解我了，這世界上沒有一隻貓像你這樣懂我。」他用鼻尖輕蹭大麥的臉頰。「但有一件事情我一直瞞著你，其實我也不是故意不說……我從以前到現在一直都是戰士，不管從前發生過什麼事，我還是忠誠於貓族，我一定要和他們並肩戰鬥。」

大麥雙眼泛淚。「你怎麼這麼頑固？」他低聲說。「我真的不能阻止你嗎？」

「嗯，但你可以陪我。」烏掌回答。「請你陪在我身邊。」

大麥將頭靠在烏掌頭上。「我永遠不離開你。」

烏掌勉強站起身，他們加入天族戰士的行列，默默爬上山壁來到被風吹得窸窣作響的草原。銳爪用尾巴示意眾貓沿著新的領地邊界散開，一路上新搭建的石堆與樹枝堆都帶有濃濃的氣味標記。**大家今天都辛苦了。**烏掌心想。

他身旁的天族戰士動作都迅速而有效率，除了他們毛髮上有稍微不同的氣味之外，根本看不出晨間戰士與其他戰士的差異，顯然天族的戰士雖來自各方，集結起來仍然是極度忠誠、訓練精良的一族。

烏掌和大麥蹲伏在草叢中，身旁是比利暴與他的見習生卵石掌，卵石掌的白毛沾了棕色塵土，幫助她隱匿在沐浴月光的草叢中。烏掌從剛才就沒看到萊利與貝拉的蹤影，他只希望那兩個孩子記得他教導的一切。**星族，請保佑他們平安！**

銳爪刻意壓低音量用氣聲說話，聲音在靜謐的空氣中傳遍邊界邊的隊伍。「等等我下令，你們就進攻！」

烏掌感覺自己在草叢中待了一整個月，才聽見朝他們跑來的腳步聲。他全身一緊，這次的寵物貓比較多，他們已經興奮到開始鬼吼鬼叫了。**他們根本不曉得我們為他們準備了盛大的歡迎會！**

烏掌身邊的比利暴探出腳爪，縮起後腿準備飛躍。寵物貓群愈跑愈近，愈跑愈近……

「上啊！」銳爪高吼一聲，天族戰士們如潮水般一擁而上。

寵物貓嚇得戛然止步，驚恐地號叫，即使寡不敵眾他們還是開始奮戰，每隻寵物貓一次和兩三隻天族戰士對戰，形成一團團尖牙利爪的旋風。烏掌彷彿又回到見習生時代，回憶起虎爪教過他的一切，他跳躍、躲閃、用爪子出擊，大麥如影隨形地跟在他身邊，他的戰鬥技巧不遜於任何一位戰士。

在昏暗的夜裡，烏掌無意間撞上一隻銀黑相間的漂亮母貓，是他們剛來到天族地盤附近那一晚騷擾他們的寵物貓之一。

「你們怎麼還在？」她罵道。

「我們好歹是天族的客人，哪像你們！」大麥喘著氣說，然後猛地撞上她脅腹。

母貓往旁跳開，接著伸出利爪撲向他們。烏掌縮起四腿滾到一旁，趁母貓來不及止步，突然站起來用兩隻前掌重擊她臀部與後腿。母貓咆哮著摔倒，馬上又縮起兩條後腿，直直踢中烏掌毫無防備的腹部。

熾熱的劇痛竄遍烏掌全身，他模模糊糊地看著大麥衝向寵物貓，爪子狠狠抓在母貓背上，嚇得她尖叫著跑走。烏掌仰天一倒，靜靜躺在地上喘息，等待痛楚消失。他聽見大麥追趕寵物貓的腳步聲，寵物貓們逃跑時地面也跟著震動，天族戰士紛紛歡欣地嘶吼著，將寵物貓群趕得遠遠的。

草地上又復平靜，戰士們一隻隻走回來，其中幾隻貓腳步蹣跚。烏掌聽到歡呼聲：「我們贏了！他們全跑了！」

戰士們加速離去，他們跑回峽谷，回到因為這一戰而不必受侵擾的天族營地，準備慶功。

大麥的臉出現在烏掌上方。「你還好嗎？是不是受傷了？」

烏掌搖了搖頭，硬撐著身體起來。大麥開始檢查他的身體狀況，每看到一處傷就要大驚小怪，結果被烏掌一個怒瞪制止了，他們晚點有充足的時間檢查傷勢，現在他想和天族同慶這一場勝仗。烏掌跌跌撞撞地走回峽谷，一路上幾乎都是大麥撐著他走路。葉星站在岩石上，身上的乳白色色塊在月光下閃閃發亮。

「烏掌，你來了！」她喊道。「你今晚助我們一臂之力，全天族都必須感謝你！若是少了你的建議，那些寵物貓大概一輩子都不會懂得遠離天族地盤。」

聚集在岩石下的貓紛紛轉頭看烏掌，一雙雙眼睛閃耀如星，每隻貓都狂喜地號叫。烏掌闔上眼睛，終於卸下心中的重擔。**成功了！**

他身旁有了動靜，萊利與貝拉鑽出貓群，他們的毛髮亂七八糟，貝拉一隻耳朵多了條爪痕，但他們都興奮地微微發抖。

「哇哇哇！」萊利高呼。「剛剛那一戰太酷了！」

「我們有用你教我們的戰鬥技巧喔！」貝拉喵嗚說。「我用前腳攻擊，被我打到的寵物貓就跌倒了！」

「做得好。」烏掌忍痛呼嚕呼嚕笑。「你們是我的驕傲！」

「也是我的驕傲。」大麥喵聲說。

「萊利、貝拉，你們在哪裡？」站在岩石上的葉星喊道。「我有個重要的問題想問你們。」

兄妹倆互看一眼，硬擠到貓群最前面。「我們在這邊！」貝拉喵嗚道。

葉星用尾巴示意他們上前。「上來吧。」

萊利和貝拉爬上岩石，與葉星面對面站立。「你們今晚打得很好，」她誇獎道。「你們和我的族貓一樣英勇無畏。我錯了，我雖然沒看著你們長大，但我知道我能信任你們。你們今晚用行動證明了一件事：你們應該加入天族。」

貝拉發出細小的尖叫聲。

葉星點頭說：「萊利、貝拉，如果你們加入我們，這將是天族莫大的榮耀，你們願意嗎？」

烏掌感覺自己的心猛地一跳，身旁的大麥開始呼嚕呼嚕笑，聲音大到連觸鬚都開始震顫了。

天族族長對兩名戰士點頭說：「微雲、蕁水花，你們願意當他們的導師嗎？」

「我很樂意。」身型嬌小的白色母貓微雲喵聲說，她身旁一隻健壯的棕色公貓也跟著點頭。

「萊利掌、貝拉掌，星族歡迎你們以見習生的身分加入天族。」葉星開始舉行儀式時，烏掌感覺自己又回到溪谷底的空地上，聽藍星第一次唸出他的見習生名字。

「你該休息了。」大麥在他耳邊悄聲說。烏掌沒有反駁，他讓朋友扶著他走上通往巫醫窩的小徑，雖然耳裡嗡嗡作響，烏掌還是能聽到身後傳來天族貓的歡呼：「萊利掌！貝拉掌！」

銀色身影沿小徑走來。**是銀流嗎？**烏掌意識模糊地想。

「啊，烏掌。」回颯低聲說。「和我來。」

她轉身要回巫醫窩，烏掌卻遲疑了。「請不要帶我進去，」他啞聲說。「我比較想待在樹下。」

回颯點點頭，她輕推著烏掌轉身，朝樹林走去。

「等一下！」走在他們身邊的大麥喵嗚道。「他病得很重，應該跟妳回窩接受治療吧？」

「大麥，已經太遲了。」回颯輕聲說。「我們現在就遂了烏掌的心願吧。」

他們走到窸窣作響的樹林，烏掌在一片柔軟、清涼的草地上趴下，感覺到陰影聚集在他身邊，輕扯他四肢。他並不怕，畢竟他早就知道這一天會到來。多虧了他的努力，萊利掌和貝拉掌可以過他們夢寐以求的戰士生活了，可是大麥……

烏掌的老朋友蜷縮在他身邊，就和每晚入睡時一樣，烏掌感覺到大麥的身體微微顫抖，好希望自己能安慰他。

「沒關係的。」大麥語音破碎地輕聲說。「我知道你不得不走。我跟你保證，我絕對不會忘了你。」

烏掌又喘了一口氣。「我會等你的——不管你以後去到何方，我一定會再找到你。」他脖子一軟，頭垂到大麥的前腳上，一切都顯得愈來愈遙遠。

他隱隱聽見從遠方走近的腳步聲。

「我們會用戰士的禮節送他離開。」葉星喵嗚道。「這裡離他的家鄉很遠，但為他守夜是我們天族的榮幸。」

大麥痛苦地嚥一口口水。

朋友，對不起。烏掌心想。他任由暗影填滿腦海，身旁的樹木閃爍著星光，他的腿又恢復年輕時強健的感覺，腹中的劇痛也消失了。烏掌站起來，凝望下方的大麥。**我會一直一直照看著你。**他默默發誓。烏掌轉身走進森林，雖然他的心很想留在朋友身旁，但他知道自己必須繼續前行。暗影在周圍合攏，不過前方某處閃爍著枝葉間傾灑而下的溫暖陽光，空氣中飄著獵物的氣味。

再見了，大麥。我們總有一天會重逢。

國家圖書館出版品預行編目(CIP)資料

說不完的故事3 / 艾琳．杭特（Erin Hunter）著；朱崇旻譯. -- 初版. -- 台中市；晨星 2019. 03
面；　公分. --（貓戰士外傳；12）

譯自：Shadows of the Clans

ISBN 978-986-443-843-3（平裝）

874.59　　108000130

貓戰士外傳之XII Warriors Super Edition

說不完的故事3 Shadows of the Clans

作者	艾琳．杭特（Erin Hunter）
譯者	朱崇旻
責任編輯	陳彥琪
校對	許仁豪、陳品蓉
封面插圖	萬伯
封面設計	王志峯
內文編排	張蘊方
創辦人	陳銘民
發行所	晨星出版有限公司 407台中市西屯區工業30路1號1樓 TEL：04-23595820　FAX：04-23550581 行政院新聞局局版台業字第2500號
法律顧問	陳思成律師
初版	西元2019年03月01日
再版	西元2023年01月01日（四刷）
讀者訂購專線	TEL：（02）23672044 /（04）23595819#212
讀者傳真專線	FAX：（02）23635741 /（04）23595493
讀者專用信箱	service@morningstar.com.tw
網路書店	http://www.morningstar.com.tw
郵政劃撥	15060393（知己圖書股份有限公司）
印刷	上好印刷股份有限公司

定價250元

（缺頁或破損的書，請寄回更換）

ISBN 978-986-443-843-3

歡迎加入貓戰士俱樂部！

姓　　名：	暱　　稱：
性　　別：口男　口女	生　　日：西元　　　年　　月　　日
職　　業：	聯絡電話：
電子信箱：	
通訊地址：	

你最喜歡哪一隻貓戰士？為什麼？

★有參加集點活動才須寄回回函。

貓戰士鐵製鉛筆盒抽獎活動

請將書條摺口的蘋果文庫點數與貓戰士點數黏貼於此，集滿2個貓爪與1顆蘋果後寄回，就有機會獲得晨星出版獨家設計「貓戰士鐵製鉛筆盒」乙個！

點數黏貼處

請填妥後對折裝訂，貼妥郵票後寄出即可。

貼郵票處

407

台中市工業區30路1號

晨星出版有限公司

TEL：（04）23595820　FAX：（04）23550581

e-mail：service@morningstar.com.tw

http://www.morningstar.com.tw

請沿虛線摺下裝訂，謝謝！

加入貓戰士俱樂部

【貓戰士會員優惠】

憑卡號在晨星出版社購書可享優惠、擁有限定商品、還能獲得最新消息等會員福利。

【二方法擇一，加入貓戰士會員】

1. 拍照本回函資料，加入官方Line@，再以Line傳送，或上傳至FB粉絲團。
2. 掃描「線上填寫」QR Code，立即填寫會員資料。

★若已經加入會員，將不會重複寄出會員卡。如若遺失卡片，可至官方LINE及FB詢問卡號。或寄信至service@morningstar.com.tw

★因需要處理時間，需2週左右才會拿到會員卡，敬請見諒。

「線上填寫」　官方line@　官方FB粉絲團